全国少数民族文学创作
骏马奖
获奖作家作品精选集

东西 主编

作品精选

QUANGUO SHAOSHU MINZU WENXUE CHUANGZUO
JUNMAJIANG
HUOJIANG ZUOJIA ZUOPIN JINGXUANJI

黄佩华
作品精选集

广西民族出版社
Gvangjsih Minzcuz Cuzbanjse

《全国少数民族文学创作骏马奖获奖作家作品精选集》

丛书编委会

作者简介

黄佩华，壮族。广西西林县人。文学创作一级。中国作家协会会员，广西民族大学驻校作家。

20世纪80年代开始业余文学创作，先后在《小说选刊》《民族文学》《当代》《上海文学》《作家》《花城》《江南》《清明》《青年文学》《漓江》等20余种刊物上发表短篇、中篇、长篇小说和散文作品。

出版长篇小说《生生长流》《公务员》《杀牛坪》《河之上》《五月病》《花甲之年》，小说集《南方女族》《远风俗》《逃匿》《广西当代作家丛书·黄佩华卷》，散文集《生在平用》，长篇传记《抗倭女杰瓦氏夫人》，民族文化图书《壮族》《彝风异俗》等。有作品翻译成泰语、越南语、俄语和柬埔寨语。

曾获第一届广西独秀文学奖，第二、第四、第五届壮族文学奖，第二、第三届广西少数民族文学创作花山奖，第四、第五届广西文艺创作铜鼓奖，第四、第七届全国少数民族文学创作骏马奖。

《全国少数民族文学创作骏马奖获奖作家作品精选集》

序 言

◎ 邱华栋（中国作家协会党组成员、副主席、书记处书记）

这是一套获得全国少数民族文学创作骏马奖（简称骏马奖）的作家作品精选集。骏马奖是由中国作家协会和国家民族事务委员会共同举办的，旨在奖励全国少数民族文学创作优秀成果的国家级最高奖项。骏马奖自1981年创立至今，已连续评选13届，对推动中国少数民族文学创作和提高优秀民族作家创作积极性产生了良好效果。这一奖项的设立，体现了党和国家的民族政策，体现了中华各民族的大团结，体现了各民族文学交流互补、共同繁荣的盛世气象，对中国的改革开放和祖国的统一发挥着积极的推动作用。

党的十八大以来，各民族作家在文学作品中自觉弘扬中华优秀传统文化，中华民族共同体意识显著增强，都在努力讲好中华民族共同体故事；继承和发扬爱国主义传统，自觉维护祖国统一、民族团结。许多作品展现了中国式现代化文明的新成果，全面、及时反映民族地区的发展变化以及中国式现代化的伟大成就，引发各族人民的共鸣、共情。

此次广西民族出版社推出的《全国少数民族文学创作骏马奖获奖作家作品精选集》，主要收录党的十八大以来，历届骏马奖获奖作家中的部分优秀作家所创作的作品，以此推动我国少数民族文化建设，增强各民族读者的“五个认同”，推动各族人民相互了解、相互尊重、相互包容、相互欣赏、相互学习、相互帮助，像石榴籽一样紧紧抱在一起。相信这些弘扬主旋律，有正能量、有感染力，能够温润心灵、启迪心智的文学作品以丛书的形式集中推出，能起到推动新时代民族文学融入现代传播格局，加强民族文学阵地建设的作用。

精选集包括了八位作家的中短篇小说集和一位作家的散文小说合集。这九位作家都是当代极具实力的创作者。他们分别是：满族作家于晓威、回族作家石舒清、藏族作家梅卓、仡佬族作家肖勤、回族作家马金莲、壮族作家陶丽群、蒙古族作家鲍尔吉·原野、布依族作家潘灵、壮族作家黄佩华。所收录的作品可以视为这些优秀作家近年来的代表作。这些作品各具特色，思想性和艺术性都比较突出。

有些作家的作品，呈现的是一种普遍的人类境况，或具有民族共同体成员的普遍性特征，深入人的心灵世界。如满族作家于晓威专注于对人性或人的命运与境遇的勘探，其《裙子的那种蓝》将两位人物的复杂内心与行为动机通过有意无意间的只言片语揭示出来，余音袅袅。《马桶》表面写的是男性和女性的不同思维方式，但背后是人和人的隔阂与疏离的现实，以及对沟通与爱的渴望，而深潜其中的忏悔、内疚与辩解纠缠在一起，呈现出心理的幽暗、隐微与内在冲突。《L形转弯》里对人物心理复杂性的描述，借助对真相抽丝剥茧的层层推进于峰回路转中完成，对那种爱恨交织的幽微精神世界的把握举重若轻。

回族作家石舒清对普通人、边缘人命运的关注，使其作品获得了一种超越一时一地的具体事件的普遍性意义。《淘书纪事》中，摆旧书摊的人是为了谋生获利，而淘书的人当时只是为了乐趣和喜欢，两种看似完全不同类型的人竟因书产生了一种不自觉的紧密联系。那些摆旧书摊的人，他们的命运，他们人生的意义，就这样与一位写书的作家关联到了一起，作家记录他们的行迹，也是为了映照自己的人生，从而形成了一种奇特的共生关系。而其《九案》选取九件旧案为题材，反映人生的各种乖张错谬，在那些看似离奇怪异、不易理解的人和事背后，几乎都有一个共同点在指引着读者对作品的理解，即事与愿违。《淘来的故事》及《慢光阴》的命意和叙事策略与《九案》相仿。如《记工分》一篇，本来似乎是一句道歉就能解决的小事，竟因当事人的固执与偏狭，导致了家破人亡的惨案。令人唏嘘之余，却也引人沉思，到底是哪些不可逆料的因素参与导演了悲剧。

现代教育与文化的普及，产生了一个重要结果，就是女性和男性一样，受教育程度和文化水平普遍得到提高，即使是在偏远的少数民族地区也不例外，所以涌现一批批少数民族女作家也就是顺理成章的事情。藏族作家梅卓的小说多以传统的安多地区为背景，既有融合历史、传说与现实的魔幻叙事作品，也有书写社会和时代巨变引发的人们思想意识和行为模式的剧烈变化的现实力作。《神授·魔岭记》将在藏族、蒙古族等少数民族间广泛流传的英雄史诗《格萨尔》中的英雄除魔故事，与藏族少年阿旺罗罗成为神授传唱艺人的历程交叉叙述，形成一个有机的双线（复线）结构，表现的其实是普遍的人类命运及人类理想。《在阿庆与多拉雪山之间》里，年轻一代接受了现代的文化教育，已经不再将传统的信仰视为神圣不可动摇之物，像才让甚至有可能是表面装着相信，其实却是借机敛财。作家虽然故意以模棱两可之辞制造悬念，才让的不辞而别显然已道破玄机，而他在外乡办学校的传闻，又使故事的含义变得暧昧与多重。

仡佬族作家肖勤的小说多以乡村、基层干部和群众的生活为题材，充满人世间的烟火气，同时常常以“曲终奏雅”来收束全篇。《你的名字》以人的名字与身份、命运的关系为切入点，在一种貌似戏谑的笔调背后，是对正道与人情的呼唤。《所有的星星都有秘密》写的是关于农村合作医疗资金被套取的故事，属于反腐题材，但作家没有停留在事件的表面，而是深入表现故事背后人物复杂的关系与内心。《丹砂》里的堂祖公为人驱魔却驱不了自己的魔，但他其实是个真正的好人，喜欢说“收了米油在手，不如存了丹砂在心”，免费教村里的孩子认字。当然，故事的核心是，有些秘密即使已经不是秘密，也还当其是秘密才能减少对人的伤害。

回族作家马金莲的作品多以底层弱者为关注对象，描写贫穷对人生活与生命态度的影响，特别是含辛茹苦的妇女形象让人印象深刻。《醉春烟》用多重视角来反映复杂的人际关系，姐姐和男孩的成长具有象征意味。中篇小说《日夜之间》设置了类似悬念又不能完全称之为悬念的叙事障碍，主人公赫莲如来到偏僻的乡下山野，为的是要“杀”自己的父亲——一个怪人。但在与父亲的相处中，她逐渐改变了自己的认识和态度。在大自然和人类自然情感的相互作用下，她开始与父亲和解，同时与自己和解。《暂借》里年近四旬的李小梅，吃自助火锅时偶然与一位男青年坐在一桌，最后误打误撞被别人当成了他的“女朋友”。善良的她没有揭破真相，有一些瞬间甚至感到无由来的幸福。小说通过一个意外事件将人内心的微妙复杂展现出来，构思精巧。

如果说马金莲笔下多以女性形象为主，壮族作家陶丽群则更加专注于对女性人物与命运的描述，有些篇章对人物心理的刻画非常深入。在《母亲的岛》里，岛是母亲走向经济独立、获得自我新生的空间。那个从异地嫁来的母亲，一直默默忍受丈夫和子女们的使唤，但有一天突然只身往孤岛去，自己开荒种地，养殖家禽。小说并没有交代她的动机，也没有指出结局，但非常明显的是，她想寻找属于自己的空间，而不愿再被当作丈夫和子女的附属品。《净脸》则是描绘人类对温暖的需要，莫老太给临终之人或逝者家属以安慰，而自己也从中获得某种解脱与宁静。几位女作家的写作，给读者的普遍印象就是细腻、幽微，甚至精致。

由于历史的原因，中国的少数民族普遍聚居于中国的边疆地区，对维护祖国的统一和领土的完整起着至关重要的作用，而其在生产方式和文化上既具有东方或中华民族的共同特征，也具有自身的独特性，展现出中华文化的丰富性和多样性。收入丛书的蒙古族作家鲍尔吉·原野的作品，既有散文，也有小说，主要以书写草原生活为主，视野开阔，气韵生动，而又情真意切，诚挚感人。《把干净的字排在一起》里写道，“鸟类、蚂蚁和月光都不需要说教，它们按着自己的轨迹轮回”，这可以说是对大自然最高的礼赞了。当然，我们的作家也没有天真到认为人类不会试图主导世间的一切。《草原上的小黄羊》里，善良的牧民收养受伤的小黄羊，因为没有报告有关部门而受到了批评，原因是不能“私自收养”。《跑步者》一篇，把一般人视为单调枯燥的跑步写得趣味盎然，但也涉及人的身体运用的复杂性，并不是简单地为健身和运动背书。

布依族作家潘灵的小说虽然也有边疆生活的背景，但每一篇都能自出机杼，别开生面。《太平有象》一语双关，将人民对美好生活的期盼写了出来。《奔跑的木头》通过两个各有残障的年轻人之间的故事，讲述历史变化与个人际遇的复杂纠葛，同时赋予人物性格一种复杂性。《被遗忘的戍者》读来令人唏嘘，那个“不知有汉，无论魏晋”的清代守边战士的形象让人难忘，相形之下，民国殖边队的几个人物反而有些面目模糊。小说最有意思的地方在于，守界者能活着并完成自己的使命，其实有赖于越界者。

壮族作家黄佩华的早期小说表现边远地区人们的生活与风俗习惯，如《远风俗》一篇就是代表，以一种古老的风俗“以弟为子”为出发点。他近期的小说以普遍性的题材为主，如《落叶》着眼于主人公的暮年生活，由其中风所引发的一系列情节，促使读者去思考如何养老这一现实问题。《乡村大厨》围绕着乡村创业展开，其背后是命运的转机问题。

总体来看，收入精选集中的作品题材丰富、风格多样，反映了新时代作家们的创作成果，是当代中国文学的重要收获。期待作家们创作出更多更优秀的作品，不负时代的重托，永攀文学的高峰。

是为序。

2024年7月7日星期日于北京

目 录

远风俗

原载《漓江》1992 年冬季号 / 获第七届全国少数民族文学创作骏马奖

那个秋日的中午，大地色调单一，天空阴晦，空气中飘逸着一种轻淡的忧郁。这时候，我二姐被一双粗糙有力的手夹住腰杆，举到马背上。那匹豆粒一样结实的矮马便由一个汉子牵引着，嘚儿嘚儿地离家了。

二姐不撑阳伞也不让把红布盖在她头上。她只穿了一套新衣，换上花布鞋，就毫不犹豫地走出家门，上了马。

在即将走出屋角的时候，二姐抬头仰望了一下天空，眉宇间的皮肉跳了跳，便头也不回地走了。

“秀，哭哇！”

“秀，你为什么不哭？”

两个衣着艳丽的伴娘紧跟在二姐后面，不停地催她哭。可是她却从容自如地在马上摇晃，那张脸平淡得如同一张树叶子。这时候，二姐想的是老天为什么不来一场倾盆大雨，把整个世界淋个透彻。

我混杂在送亲的队伍中，心情沉重得迈不开步，不时被欢乐的同伴推搡一下。我已经失去二姐了。二姐的一念之差便把自己归属于那个离我不远的壮汉。那个壮实的男人成了我二姐夫之后就变得步履轻快，巴不得这支队伍一下子就飞到他家。

二姐夫跟众多的山里汉子不一样，他脸膛红润，明显营养过剩。他从头到脚都是黄色的军用品，敞开衣襟，白色背心印着醒目的“中南野战”红字。据说他曾在部队养过几年马，到过几百里外的平原。他的样子神气又威武。

迎亲和送亲的队伍出了村就开始上坡。蜿蜒的羊肠小道把我们拉成了一条细长而弯曲的绳串。

二姐和驮她的矮马在离我较远的前头走，看上去像个孩童。走过一片低矮的灌木林，矮马已不需要牵引，它把我们带入一个望不见边的茅草坡上。草茎已经黄熟，高齐人肩，看上去一片厚实且松软。矮马完全被草海淹没了，只看见二姐的身子一颠一颠的，像海里随浪漂的浮物。

一阵强风乍起，茅草即刻被吹压成一道道波浪。走在前头的二姐时而被浪谷吞噬，时而抛露浪头。但样子仍很安详，很平静。

谁的一张白色头巾被风卷走，在宽阔的草海上狂舞，大伙乐得一阵欢呼。

看到风的肆虐，我就很自然地联想到我的父亲。他就像这一阵强似一阵的狂风，而二姐就像那张被风撕扯的白头巾。

几天以前，二姐还是离村十余里外的一个供销分店的售货员。我曾经多次到她的工作单位去看望她。每次，她都用自己节省下来的钱给家里捎东西，有食物，也有日用品，尤其少不了给父亲带一壶上好的米酒。

我记得二姐刚离家的时候人很瘦弱，面色蜡黄。可是后来她就整个人都变了模样，脸庞圆满如月，体形丰腴。村里一些粗鄙的男子都说二姐是为吃工资的干部们准备的。尽管听起来刺耳，但我还是承认二姐不应当嫁给村上这些举止粗野而又形容污秽的男人。

二姐是父亲让我叫回家的，那天父亲的一句话就把二姐唤了回来。离家回单位的时候，我看见二姐的眼睛肿得如同桃子，粉红的脸上爬满泪迹。我说天快黑了，别走了，但她竟头也不回地撇下我走了。

后来我才知道老家那边来的那个麻子是来为人说媒的。麻子三番五次地来和父亲会谈，密谋，从而导致父亲作出了把二姐叫回家的决定。当我明白了一些事理之后，我就不止一次地为那天充当父亲的通信员而懊悔不已。

二姐是在一个黑夜里携行李回到家的，从此就没再回单位去。单位领导多次登门，试图说服她，但都被父亲挡回去了。不到一个月，二姐的婚期就到了。我想，当二姐被那双粗大的手举到矮马背上的那一刻她一定是想哭了，但她始终没有哭出来，这点连我都感到困惑无比。

风骤然停止。草地又蓬松如稻。载着二姐的矮马把队伍引向一处耸突的山梁。“之”字形的小道在山梁上蜿蜒而上，最终没入了天和山吻接的另一方。我看见二姐的矮马劲头十足地爬上了最高处，然后那马咴咴地唱了几声，便撒蹄而去。

什么时候，我们的头顶上飞行着一大群乌鸦。它们是跟着队伍前进的，时而聒噪不止，时而追逐嬉戏，看上去自如而欢快。

这条山道，原先只是野兽迁徙或者游弋在草坡和丛林踩踏而出的痕迹。当年我父亲手持砍刀和利斧沿着这一段一截的兽道披荆斩棘，终于把两个不相往来的村子连通了。后来人们量出这条山路足有三十里。这路，我的父辈以及亲戚们已经走了二十来年了。当年，父亲带领母亲和我的兄姐沿着这条路来到驮娘河边，加入一个有河流有大道的村落。那时候，山里的老家还是一个土匪窝，村民们靠种植罂粟为生，大森林里满是成群的野兽和瘴气。

把我们家带出大山是父亲的英明决定。迁出大山后，父母又相继生养了包括我在内的几个兄弟姐妹。成群的儿女显示了父母的能力和好运气。这一切常令许多缺丁少后的家庭羡慕不已。为此父亲就在人前经常哲人一样地说："人的富贵和子女的多少是命中注定的，不能比。"

我第一次走这条山路。想不到这第一次竟是把二姐送到一个偏远而完全陌生的地方，送给我跟前这个一身军装又满身朝气的男人。我真不懂，当年父亲千辛万苦从山里走出来，二十年后竟又把他的女儿送回到山里去。

我爬到高处，看见二姐伫立在矮马旁边，仰望天上的鸦群，神情淡漠。她看见我走近，忙把我唤到跟前。

“弟，你走累了。来，和二姐骑马。”

我说：“不，你自己骑吧。”

二姐说：“别犟了，路还远呢。”

我不再争辩，牵马的汉子轻松地把我举上马背，随后，二姐也被举上来了。我觉得矮马的脊背明显地沉陷下去，我和二姐的身体被挤贴到一起。马跨一步，我的身子就被往后推一下，二姐丰满而温热的胸怀支撑着我。后来，二姐干脆用两只臂弯揽住我的腰部。而我却双手紧攥马鬃，生怕掉下马去。

二姐的胸怀我是熟悉的，就跟她的脸孔、手掌和她的气息一样。还很幼小的时候母亲照料不了众多的儿女，就把我交给了二姐。白天，二姐背起我四处去玩；晚上，我就和二姐睡在一起。因此，我很小就熟悉了二姐的气息。偶尔，我尿床，二姐就一巴掌响亮地击在我的屁股上。我不敢哭。尿床的感觉真是妙不可言，我分明是在辽阔的旷野上面对太阳很自在地射尿，有时还和众多的伙伴一起边走边在路上淋一条蛇一样弯曲的尿线。但一醒来，床上却是一片温湿。若是冬天，尿床的后果更是不便复述。

“弟，你来抓住缰绳，让姐抱住你的腰。”二姐真的放了缰绳，双手箍住了我的腰，我忽然感到一阵奇异的酥痒，禁不住边扭动身体边怪笑。

我的头颅无意触到了二姐的鼻尖，她呻吟了一声。我急忙回首，只见她秀美的眼里盈满了泪水。

是的，二姐已有好几年没有触摸到我的身体了，这种陌生感使我对她的抚摸变得神经质。我意识到自己不仅从肉体而且从心灵上伤害了二姐，便默不作声地垂手低头，这时候我感到天地间的一切都凝固了。

“弟！”二姐的声音像是悠远的呼唤，她又把我搂紧了。

这时候我的眼里又浮现出以前二姐教我游泳的情景。我们这地方，老早就有露天裸体沐浴的习惯。时常不论男女，聚到驮娘河边，各自尽情洗浴。我是在姐的怀中，在女人们光滑如鱼的躯体中学会游泳的。那时候二姐的胴体在我的眼中平淡无奇。

矮马停止了前进，它低着头，把宽大的鼻孔凑在一堆老马粪上不停地嗅，然后毫不羞耻地在老粪堆上撒尿。二姐夫越过伴娘走上前来，抓住缰绳就在前头引路。此后他的臂膀和后脑勺便在不停摇晃的马头中相映成趣，几乎占据了我的整个视野。

我实在不知道二姐夫是如何讨得我父亲欢心的。我猜想他可能是占了是老家人的便宜。父亲对老家怀有深厚的情感，每当看到老家那边来人，他总是格外热情，指示母亲倾尽最好的食物来款待。在老家人面前父亲总有一种负罪感，总有一种还不尽的情，最后导致了他作出把二姐嫁回老家的决定。二姐夫显然是占了这点便宜。

实际上村里那个大嘴巴文书人也是不错的，他曾多次厚着脸皮到我家来，亲口对我父母说他喜欢二姐，希望二姐能够嫁给他。为此我对他就特别地恐惧，平时一看见他我就敬而远之，我真怕他也开口向我提起要娶二姐的话。大嘴巴文书还是民兵营长，一挎起冲锋枪也是极威风的。还有长住在村子附近武装部农场的那个张助理，有事没事经常往我家跑，开口就说二姐如何如何。我想他也是很喜欢二姐的。

喜欢我二姐的恐怕还有一个人，就是那个长了一脸络腮胡子的小马哥。他和二姐同在一个供销分店工作，除了一个管山货收购的老头外那儿就只有他们俩了。每次我去，小马哥都爱带我去打鸟捕鱼，回来时就送我一种时髦的文具或者一副扑克牌。我曾经看见二姐的大盆里泡有小马哥的衣服。

上述三人当然不曾料到二姐会作出这样的选择，特别是小马哥，独自一人就跑了几趟，但始终没有见到二姐。

矮马领着弯弯曲曲的队伍向一处深沟走去。茅草地逐渐被稀落的灌木所代替。这时我的身体完全是靠二姐在后边紧紧搂住。搂住我的二姐一路无语，两只眼睛一会儿越过我的肩头注视着二姐夫的背后，一会儿盯住路边的草木。这时候的天空依然灰蒙蒙一片，乌鸦依然在我们的头顶上飞翔聒噪。

二姐一定是在默记这条路上的所有标记，为的是将来她一个人往返时不至于迷路。或者她在一心一意地揣摩在前面走的二姐夫，试图看透他的一切。而我的脑子里却又重现当年父亲挥舞长刀劈开这条山道的情景。但这情景刚一闪而过，我就感到小腹有些胀痛，于是就急急地对二姐说：“我想屙尿。”

二姐夫走在队伍的最前面，尽管牵着矮马，但他的步幅均匀，步伐坚定有力，像个凯旋的战士。显然，他手里牵的二姐便是他的战利品，他的两只略有点湿润的眼睛一刻也没有离开虚幻中的二姐，目光不停地在她的面部、胸脯和大腿上扫描。他的表情似乎很淡漠，但眉宇间却掩藏不住那一丝溢出的喜气，眼里强烈地透露出一股压抑已久的饥渴。

他是一个普通的退伍兵，而且生长在这大山里，他过去做梦也没有想过要到山外去娶姑娘来做老婆，尤其是像我二姐这样的人。当初，他曾听到村上的老人们说，早年搬到大河边去住的阿年叔有意要把他三个姿色出众的女儿中的一个嫁到山里来，作为某种情债的偿还。他一点也不相信。因为阿年叔的大女儿已出嫁，三女儿尚小，唯有一个是在供销分店工作的秀。

他从部队回来已有近一年的时间，仍没有被招工招干的迹象。不少同期归来的战友已得到了安排，要么去当公安、武装干部，要么到县城的工厂去当工人。总之，他是等得有些不耐烦了。他清楚自己的底子：初小文化。才初小文化的退伍兵是不容易被看中的。于是，他想到了结婚。

山里的女子并不缺少，只是他离家几年，毕竟开了眼界，回来后就觉得一切都不如先前那么亲切。不很亲切是难以接受的，更谈不上要去喜欢要去爱哪个姑娘了。当阿年叔的那个心愿传来时，他怦然心动了。他觉得是一次极好的机会，或许就是天赐的良缘。于是，在一个酷热的夏日里，他就全副武装——穿上整套崭新的军服，去到秀所在的那个供销分店，当面考察一下秀。

秀的俊美与热情使他大喜过望。

秀属于那种娇小玲珑、腼腆秀气的女孩子，见了生人就有点脸色泛红，举止也有点慌乱。

当他迈着标准的军人步伐走进商店的时候，秀即刻注意到了他，并微笑着准备为他服务。

他一开口就是在部队里学到的那种地方母语很浓重的普通话。他的普通话是故意卷起舌尖讲出来的，听起来颇混浊，也很让人费解。她想笑，但极力掩饰住了。在旁人的帮助下，她终于听懂了他要表达的意思是什么。半个多小时的时间他只买成了一把指甲钳。她一直是微笑相陪，没有露出丝毫的不满与厌恶。直到他又迈着军人的步伐离开商店后，她才忍俊不禁用手捂住嘴窃笑一场。

其实二姐良好的服务态度被二姐夫误解了，他以为她始终这样微笑是对他怀有好感，至少是爱屋及乌，她肯定对人民解放军有种崇敬之情。热爱解放军当然也热爱当过解放军的人了。出于这样的判断，二姐夫在迈出商店门口的瞬间就下定决心要向我二姐进攻了。

但是，这么轻而易举就能得到二姐是他始料未及的。从那次当面考察到现在，不足三个月，他的理想就变成了现实。

事隔不久，二姐就准确地知道那天那个操普通话用半小时买一把指甲钳的退伍军人已经三派媒人到家来，和父亲商讨娶她的事。二姐知道这一消息后，那美丽的圆脸一下子变了颜色，笑意在她的眉宇间褪尽了。那段时间，她常出差错，甚至出现了挑大粪桶去河边洗澡的笑话。

对于父亲的主观武断二姐并不打算抗拒，她仅仅是有些厌恶而已。当年大姐已被招到国有林场去工作，但父亲仍旧给她选择了一个农民丈夫，到头来还是回来了。父亲常对儿女们说："我养你们图什么？不就是图孝顺图听话嘛！"为此，儿女们并没有谁打算违抗他的旨意。

实际上，二姐对本地的一些退伍兵并没有多少好感。因为她曾听到不少关于退伍兵的既滑稽又恶心的故事。比如某个退伍兵到部队几年回来，就装着认不出自家门，在村巷里像癞牛一样乱窜。一个老者看不过眼，把他领到村边的牛圈，他却骂那老者"妈的那个大巴子"。还有一个是从部队回来后就装作忘记了本地土语，对父母家人对乡亲对牛马都说一口只有他自己才听得懂的普通话。有一次，这个住在阁楼上的同志半夜拉肚子，他想下楼解手又没有楼梯，于是用普通话向全家求助，结果没一个人理睬他。眼看快要憋不住了，这个同志突然说出一串地道的土语，父亲大人听了，才起来为他搬梯，同时手指点到他的额上说："我操你的娘，老子以为你这个杂种真不懂说土话了哩！"

别人说的可以不信，但那天二姐夫来买指甲钳她算是耳闻目睹了。一想到自己就要和这样的一个人同床共枕，一起走过漫长的一生，她心里就禁不住直打战。

矮马又在小沟边的一个坡坑上停下来，不一会儿我就闻到了一股鲜暖的马粪味。二姐有点烦躁地用腿击马肚，马满足地又向前走。

“弟，你以后常来看姐。”

我说：“嗯。”

“以后，你过年穿的新衣服姐给你做，你自己来要。”

我说：“你不想回家了吗？”

二姐沉默。

走了整整一个下午。傍晚时分，我们看见了目的地岩怀村。岩怀雄踞在一道山梁上，背靠一堵高山，三面临沟。

二姐面坡而立，神色淡漠地仰视眼前这个她即将加入的山村。

“秀，这大坡，你要挨走一世了。”

“是啊，秀，我真不敢想。走这种路腿要断的。”

两个伴娘担忧地边揩汗边看二姐。

二姐说：“看你们，别吓唬我了，我家祖辈都住在这里。现在，也还有一个村的人哩。”

众多的岩怀人簇拥到村口观看我们。我害羞，不敢在前头走。这时候我看见那个多次到我家去说媒的中年麻子，他正笑盈盈地向我们走来，那些发亮的麻点在他黧黑的脸上扭动。

一看见麻子我就想起茅草坡上空的那群乌鸦。

麻子果然没给大家带来好消息。他说新娘先到别的家去休息，等到午夜时分良辰才正式过门。二姐和两个伴娘不依，于是就发生了争执。争执的结果使麻子既难堪又狼狈。

二姐姣好的圆脸上神情变得严厉了。她把二姐夫叫近前来，叫他在前头牵马带路。二姐夫一脸无奈，在众目睽睽之下把二姐举上马背，然后默默地朝自己家走去。二姐像个将军，平静地检阅夹道看热闹的人们。她以往极少这么任性，这一次的行为显然和整个气氛不太协调。不过她的这点主张和这次重大的婚姻相比是那么微乎其微。

我们穿过弯曲狭窄的村巷，在一个低矮的院门前二姐下马了。有人手忙脚乱地取来一串鞭炮，噼噼啪啪地燃烧起来。之后，二姐被人簇拥着迈进了院门槛。那道幽黑的房门正张开巨口迎接她。

二姐不按事先择定的时辰过门的消息第二天就传到父亲的耳朵里。他为此怒发冲冠，大声怒骂。如果二姐近在身边，她一定被痛打一顿不可。这一举止使父亲感到难堪、扫脸，因为这关联到家教和他的声誉。可是，到了该回门的第三天，二姐并没有回来。

不回娘家的决定是二姐作出的。这天大早她就送走了伴娘和一大群送亲的人。她想叫我和她多住些日子，可是我想到了那些小学第四册课本。临别前她悄悄地往我衣袋里塞了两元钱，回来的路上，我的手一直没有离开过那只装有钱的衣袋。

二姐开始了一种全新的生活。每天，天色还没有透亮，她就起床，小心翼翼地挑桶出门，生怕弄出响声惊动正在酣睡的公婆、丈夫和其他家人。开始，扑卧在院墙柴堆边的两条大花狗对她很不友好，不时龇牙咧嘴，发出一种令人心悸的吼声。几个早上之后，狗便变得友善了，偶尔还迎上来，甩动尾巴，嘴里呜呜地低叫。后来，两条大花狗就紧随着她，成了她的忠诚卫士。水井在坡下的深沟边，一下一上几百米，挑回两担水，天就清亮了。

她的新家有年迈的公婆，有小叔和两个姑姑。一家七口一起住在一栋三间的旧瓦房里。二姐担水回到家，婆婆就候在厨房门口迎接，无比怜爱地说别挑了，该休息了。然后接下她的扁担，边挂边骂，这两只懒猫，太阳晒屁股了还不起来，以后没人敢娶了。二姐不搭腔，接着蹲下身子掏土灶，燃上火，给全家人热洗脸水。她和婆婆忙完这些活，两个姑姑才睡眼惺忪地从睡屋出来。以往，这些活是她们轮流干的，现在嫂子来了，她们乘机偷懒一阵子，也好给嫂子一个表现的机会。当姐的彩一见忙过的二姐总有点不好意思，埋怨二姐不叫醒她。二姐只是朝她笑笑，表示理解。她们两人同年。小姑叫作甜，她才十六岁。每早起来后她总爱装模作样地嚷嚷，说嫂子一个人把活干完了，以后她肩上长毛了怎么办。于是姑嫂间就有了一阵笑闹。

彩和甜从不使用牙膏牙刷，二姐郑重其事地送给她们每人一套，并手把手地教她们刷牙。每天清晨，小院里便飘散着牙膏的清香。

二姐夫已经忘掉了在部队早起的习惯，每天他差不多是最后一个起床。新婚的日子使他格外地疲倦。他营养过剩的脸已不那么油光，而是变得晦暗糙手，原先的那股蛮劲死力已悄悄地从他的体内耗掉。他基本不出集体工，整天陪队干们东溜西达，或者背支老式步枪带两条大花狗出入森林。他偶尔也打到野狸之类的野物，队干和村汉们就提着酒壶聚拢到一起，酩酊大醉一场。因此二姐夫在村里有极好的人缘。

二姐觉得最难侍候的是家公。家公最挑剔的是早上的洗脸水和晚上的洗脚水，太热了或是太凉了都会招致他的唠叨。家公早年与我父亲熟识，一起到很远的右江边去挑盐巴，或是赶鸭子下安南。他们早就达成某种默契，二姐过了门之后尽可以当作女儿一般使唤。家公青年时代就患上了慢性鼻炎，每五分钟就要擤一次鼻涕，鼻尖上时常守着一粒晨露般晶莹的东西。他五十出头就不当劳力了，不时动弄一下木工活，做些犁耙和矮凳之类。大概得了某种较好的遗传基因，家公的脸皮细嫩而红润，但是没有胡须，眼睛很小。家公看人的时候总是眯缝着眼，让人捉摸不透他是在想问题还是在观察你。

有一天吃晚饭的时候家公说："媳妇来得一段光景啦，也习惯了。往后，彩和甜你们要分做点家务事，不能压在嫂一个人的肩上，比如早起挑水。嗯！"有了这句话以后，姑嫂三人就开始轮流早起。二姐是不习惯睡晏觉的，天还没亮她就会醒来。但她并不急于穿衣下床，而是静静地躺着。一边听二姐夫猪一样粗重的鼻息声一边想心事。二姐夫每天都睡得很晚，他喜欢去找人打扑克、吃消夜，生怕回家早了或睡得早了同伴们笑话。后生们喜欢逗弄那些刚当上新郎的同伴，经常用些不堪入耳的话语嘲笑和挖苦他。二姐夫尽管当过兵，但还惧怕这种友善的嘲弄。因此每当玩耍到夜了人家想散了，他还装着一副还可以再来的架势。山里的汉子玩乐方式总是这么单一无聊。不爱玩牌不善聊天的男人唯一的乐事就是上床摸女人了。

秋天的日子很短晴，夜却悠悠地长。队里的活路越来越少，田里地里留下人们一个年头光秃秃的痕迹。人们余下的活就是把征购粮交售给国家。女人们都聚在仓库前边的晒场上翻晒谷子，男人们则负责赶着马帮，把谷子驮到山下公路边的粮站去，一个来回就是一整天。他们顺便捎些土产山货去卖，换回些烧酒之类的东西。晚上就围成一堆，边饮酒边咀嚼香喷喷的兽肉干和脆脆的炒黄豆。

二姐并不感到十分寂寞。岩怀村里有大半的人口是我家的宗族，父亲的一个弟弟和一个妹妹都住在这个村里。叔叔就住在当年父亲和祖父出力建起的老宅里。初来乍到的二姐随时都会得到亲戚们的关照。家里没事的时候，她总是到各家去转转。哪家得到点什么好吃的东西或是什么小吃，总忘不了叫她去尝尝。

秋末，妇女们都开始纺纱织布，做针线活，准备打发漫长的冬天。二姐在外工作的时候学会了些衣料的剪裁，嫁过来后又买了台缝纫机。于是，村上的女人们就常找她指点裁缝些复杂的活。

二姐生性开朗、豁达，为人直率、坦诚，而且见过世面，又有文化，很快就得到了村上女人们甚至许多男人的信任和好感。在一个太阳暖融融的冬日里，她被选为村里的妇女队队长。其实，二姐的当选并不是偶然。村上的住户有黄刘两大姓氏，黄氏家族占人口百分之六十，刘姓占百分之三十，其他是杂姓。二姐是黄家的人，如今是刘家的媳妇，而且和姐妹们相处不错，理所当然地成了各方面都能接受的人物。

二姐荣任妇女队队长的当天傍晚，家公笑盈盈地吩咐家婆用最好的稻米煮饭。他自己却蹲在院门口，边揩鼻涕边抽烟筒，待晚归的鸭群回家，冷不防一个快手，鹰爪般的手掌迅速而准确地捉住了走在最后的那只肥笨母鸭的脚爪，倒提起来，说："这只肥，这只肥。"跟着，他亲手把那只鸭杀了，作为二姐当上队干的庆贺礼。

家公是很看重这种荣誉的。当年二姐夫被公家百里挑一，招到部队去当兵，他家成了岩怀村历史上的第一个光荣军属。每年八一，他都杀鸡宰鸭叫队干和寨老到家来大吃一餐。也因此，他走路不驼背躬腰了。二姐夫退伍回乡以后，这种荣耀也随之暗淡。原先下乡来爱住他家的工作队员也莫名其妙地找借口搬到了队长家。现在，就在他感到失落的时候，二姐的当选无疑弥补了这种空落。荣誉又归来了，这还不值得庆贺嘛！

二姐夫却不以为然，只说了一声："婆婆妈妈的事我一听就烦。"酒足饭饱之后就丢碗出门，找他的另一种乐趣去了。天气变冷了，二姐夫不太爱上山去打猎，他注意到了夜栖在小队仓库和树上的雀群。秋天，村里的麻雀和一种叫作小香猪的谷雀特别大群且肥壮。这一晚上，二姐夫就要带领同伴们收拾它们。他手捏一支尺余长的三节电筒，顺着弯曲而狭窄的村巷走，雪白的光柱不停地跳跃着。不时有几条狗凶猛地冲出巷口，使劲吠几声，但一被强烈的光射中便立即歪了头，没有了先前的勇气，只剩下一对绿莹莹的眼睛，无奈地缩回头。这时候，二姐夫总是得意地嘿嘿笑几声，用普通话乱骂几句“妈的那个大巴子”之类的。偶尔，一些狗不识好歹，奔扑过快刹不住脚，整条横在二姐夫的跟前，他要么一跃过去，给它的头部一个飞腿，这一击狗不是飞去老远就是下颏脱臼；要么一个箭步，来个海底捞月，在前的那只手准确地攥住狗的下巴，另一只手立刻紧跟上去，死握住整个狗嘴，然后转身往上一提，将狗扳倒，一边脚板立即踩到狗的前胛上。这个动作容不得狗哼一声就被英勇的二姐夫连续几个拳头，猛击在耳鼓上。经他整治的恶狗没有不老实的，即使乱吠，也是躲在门洞里，瓮声瓮气的，像个咳嗽的老人。二姐夫的这一手功夫，是在部队养马时，一个蒙古族士兵教给他的，不过那是用来整治烈马的。他身材适中，动作灵敏，因此对付狗也是绰绰有余的。

他来到谷仓边的晒场上，几个伙伴已等候在那里。他问：“都看清在哪蔸树了吗？”暗里有人答：“就在仓房旁边那蔸凤尾竹上，我一直守着，少说有几百只。”二姐夫打了个饱嗝：“好啰杂种们。”他吩咐他们爬上四周的高树，在凤尾竹的三方，捡了三张用破渔网改成的单面大网。然后他摸进竹丛，猛然剧烈地摇晃起竹丛。酣睡在梦中的鸟儿纷纷惊醒，噗噗地飞向夜空，而等待它们的竟是几面“天网”。看着雀儿纷纷触网且惨叫不绝，几个壮汉乐不可支。

山里的冬季总是多雨，黏稠的雨雾终日笼罩着村子。通往山下的路泥泞不堪，路上尽是矮马踩出来的一窝窝泥水。这种天气连狗都懒得出门。人们只好窝在火塘边做手工活或者吹牛谈天。女人们偶尔到井里去挑回几担水，也是骂咧咧而去，骂咧咧而归。一些浪漫的男人多爱骑马到村外去拉大便。这是二姐夫和他的同伴们发明的，很快就成了村里的一种时髦，一种享受。

冬天漫长而无聊，而二姐却是在忙碌中度过的。女人们有做不完的针线活，也有说不完的心事。她们遇到什么困惑和郁闷之事，都喜欢去找二姐倾诉。

下村的玲姑娘临嫁却逃婚，跟一个在镇里起楼房的外地工人跑了。玲的父母恼羞成怒地来找二姐，说要去报公安，把玲抓回来完婚，把那个拐走玲的骗子告上法庭。二姐早就知道这事的根底，玲要走时还来找过她。二姐说：“叔，婶，这件事还是不要闹大好。玲是自愿嫁给人家的。她有心计，有眼力，能离开我们这地方是她的福分。”

玲的父亲气呼呼地说：“嗐，急死人了，人家男方来催要人哩。”

二姐说：“玲还没跟他结婚，算不上是他家的人。她走了，没有犯哪条法律，你们如数把彩礼退还给男方就行了。”

玲的父母如释重负地回去了。不久，玲和她的男人恭恭敬敬地给双亲来了封信，还寄了两千元钱，一部分赔原来男方的彩礼，一部分给父母压压惊。

二姐时常独自一人站在屋旁一个僻静的地方，两眼呆呆地望着雨雾迷蒙的天空。细想着玲，又想着自己，心胸里有一种说不出来的东西在不停地涌动。她常常站得一头水雾，回到屋里，即刻换上另一种面孔，一样有说有笑。

二姐亦开始背着人做一些婴孩的小衣服，默默地期待着那个小生命的出现。但一想到自己也要成为母亲，和所有的少妇们一般辛劳，不免又有些怅然。

这天早晨二姐夫破天荒早起，洗漱过后他就跨上矮马出门了。昨日傍晚他得到了公社的通知，要他立即到公社去一趟。这一消息无疑是件好事，他虽然抑制不住内心的激动，却不肯透露给家人知道，包括二姐。

他仍是全副武装，一身的军装，外边套上自己改装的小毛领棉衣，又穿上军用雨衣。走惯了山道的矮马因路滑而走得迟疑，它浑圆而结实的身体在二姐夫的屁股下滑移。他仗着骑术高明，一边哼着小调一边将手插进衣袋里，悠然地随着马步一颤一晃。

此时二姐夫想得更多的是那个即将降临的幸福，那个美事。他就要成为一名真正的吃公粮的人了。自己就要加入到公家人的行列中去，和那些威风的干部们为伍。真是老天有眼。至于要当什么样的公家人，他更倾向于去干那些裤腰上拴半斤铁的公安和武装干部。每当看到那些先他参加工作的，腰里持着家伙的同类耀武扬威地在城乡乱窜，他的心里就升起一股妒火。当然，随便在县城的一些单位打杂，或是到外地的工厂去都是可以做的，总比在这山旮旯里好。他希望尽早结束农村这种无聊乏味的日子。

矮马喷出来的是团团白色雾气，树梢上结挂着朵朵冰花。二姐夫整个人龟缩在雨衣里，只露出一张冻得发红的脸。

一路孤寂，路上几乎没什么人来往。天地间的色调都是浑浊晦暗的一体。他弄不清楚已经走了多少个钟头，走着走着，原先的激动与兴奋渐渐淡漠，占据他整个精力的是饥饿。昨晚，他只顾高兴多喝了些酒，不吃饭。夜里又趁酒兴多亲热了一会，耗去不少体力。现在，二姐夫浑身慵倦，在马上歪歪斜斜的，有点身不由己。

饥寒交迫的二姐夫终于走出山路，来到大路上。中午时分，他来到了公社所在地。他把矮马往路旁的电线杆上一绑，就钻进了一家米粉店，迫不及待地将双手伸进灶膛里，随后又一口气吃了三大碗米粉。

下午，当公社秘书提着火笼打开办公室门的时候，二姐夫精神抖擞地出现了。秘书告诉他一个不好不坏的消息：县里给了两个招工指标，一个给他——到县水泥厂去当工人，一个给知青——到铁路上当火车司机。

二姐夫听了，脸色严肃起来。他沉默许久，才说：“能不能给我和那个知青换？”

秘书板着脸说：“别他妈挑挑拣拣啦，听说是最后一批了。这个名额还是公社党委考虑到你是最后一个安排的退伍兵才给你的。”

“可是……可是……”二姐夫嗫嚅着。

“怎么，你不想去？很多知青天天来闹要出去呢！”

二姐夫没敢再吱声。

第二天，二姐夫面色平淡地回到家，平心静气地对父母说县里招他去当工人了。父亲听后木愣许久，疑是儿子诓他，忙问道：“那么说，昨天是公家叫你去了？”二姐夫有些不耐烦地说：“要不是，这种鬼天气哪个还出门？发癫！”父亲紧眨几次细眼，又揩去红鼻上的那粒晶亮物，忽然喊道：“杀鸭，杀鸭！”

二姐正在叔家叙家常，甜把她叫了回去。她糊里糊涂地吃上了比往日更丰盛的晚餐。直到深夜，二姐夫才漫不经心地向她说起得安排工作的事。

他说完之后就感到世界进入了可怕的沉默。而二姐则感到自己被一个强有力的物质吸入苍穹，四周无声无色。这时候一对快乐无比的硕鼠正在他们的床下尽情地调情。当母鼠发出一声尖叫之后，二姐就有了一种冲入大气层然后被重重地摔到地上的疼痛。

“什么时候走？”

二姐的声音平静而没有色彩。这真使他大失所望。他渴望的是二姐会因此而激动或是会招来连声的反对。他刚才故意说得很平淡，却又希望对方的反应是激烈的。因而他容不了二姐的漠然，便气呼呼地说：“我就知道你对我的前途这样不痛不痒！”

二姐无言。

二姐整夜睁着眼睛，在无边的黑夜中思想。鼠们快活的叫声和二姐夫混浊的梦呓搅和在一起。她听到了母鸡带崽觅食的叫声，那边睡屋响起了家公粗重的咳嗽声，这种虚张声势的咳嗽声多少有些催人起床的意思，但二姐已决定不理，还有别人呢。她继续蜷缩在厚重的被褥里，不一会竟睡着了。不知过了多久，一只有点冰凉的手伸到她的胸部，她醒了。二姐夫说早饭熟了。

这一天对于二姐夫来说是一个意义非凡的日子。这一天天气开始晴好，阳光普照。二姐夫用矮马驮着行李离开了村子。二姐没有去送行，是小叔陪他去工厂报到的。

兄弟俩走过了山路又走过了公路，走过了县城又继续往北，天色将黑的时候他们来到了县水泥厂。这里靠着奇形怪状的石山，傍着小溪，稀拉地撒有几排屋子，像个小村落。更远的地方，耸立着烟囱和厂房。正巧有几个工人下班回来，满脸尘土，只剩下一对发亮的眼睛。二姐夫看了不由得打了个寒战。

整个冬季过去了，二姐并没有回来。春节也过去了，仍是没有见她的影子。但是二姐没有食言，在春节到来之前就托人给我带来了一整套新装。

母亲时常为二姐没有归家而悄悄哭泣。从很远的时候起，我们这里就有了“不落夫家”的习俗。就是姑娘出嫁后在没有生孩子之前是不到夫家去生活的，偶尔去了，也是小住几天就回娘家来。尽管从1949年10月1日以后中国的一切发生了变化，但在我们这样偏僻的地区还是多少有点这类的遗风。母亲心想二姐即使不像旧时代女子那样，亦应该记住还有娘家，还有父母，也还有兄弟姐妹。母亲每每想到二姐就止不住伤心得落泪。

二姐手里的“7”字形锄落下举起，举起又落下。她的锄头举起时缓慢而沉重，触地时略有些歪斜，地皮上被铲起一小股烟。

整排挖山的女人都在不停顿地挥舞手里的锄头，她们的跟前都腾起一道黄色的烟尘，或轻或淡。二姐眼里的烟尘变成了一道摇曳缥缈的火，随后她听到了不知从什么地方发出的隆隆的响声。这种神秘的声音起先很小，还伴有一种类似蚊鸣的响声，后来随着那道火色的浓重，隆隆的声音就愈来愈重，直至变成巨响充斥她的耳朵时，她颓然倒下了。

一左一右在二姐旁边挖地的彩和甜大惊失色，扔下锄头就把二姐抱在怀里。女人们都停住劳作，围拢过来。这时的二姐仿佛坠入了一个黑暗混沌的世界里，不过她仿佛听到一阵阵遥远而混杂的声音。

饥饿使二姐失去了掌握锄头的力量。她终于倒下了。一开春，整个村子就面临饥荒，男人们再也没有心思挣工分，四处去找借粮食。有的则凭着还有些许力气，到深山里去挖山薯，拿回来掺进稀溜溜的米粥里。

到地里干活的只有女人。而身为妇女队队长的二姐则要肩负着带领女人去开垦荒地的责任。她每天早起，挨家挨户地去催促姐妹们出工。一回到家，锅里的稀粥已经所剩无儿。由于上一年办婚事，加上二姐夫时常用谷子来熬制水酒，家里的粮食就更显得紧张，因而喝稀粥的日子就比别人久远。小叔变成了全家的主心骨，他一会去公社买少得可怜的救济粮，一会到水泥厂去找二姐夫弄点余粮，再就是上山去弄些野生植物。他比别人更需要力气，他需要吃饱。

傍晚，二姐由彩和甜搀扶着回到家，两只瘦骨嶙峋而又无精打采的花狗意味深长地睨了她一眼，耷着尾巴摇不起来。家公家婆看着面黄肌瘦的二姐疼惜不已。

二姐被安顿到床上躺下后，家公站在大门口，仰天叹了一声，接着他用左手坚决地抹去了鼻尖上那粒晶莹剔透的东西，右手朝正在躬身熬粥的家婆连勾两下，家婆会意地拢过来。一小时后，二姐就喝上了一顿鲜美无比的鸡汤。家公一丝不苟地蹲在灶口烧烤那对坚硬的鸡爪和枯瘦的母鸡头，然后细心地啃嚼，闻香而来的狗们白费了在一旁全神贯注的精力，一点骨末也没舔到。狗们咯咯蠕动的喉咙渐渐被妒恨之火烤焦了，生出一种难闻的气体，但家公没有闻到。

农历三月的一天，天气有些闷热，无数的知了相互展现图案别致的薄翅，它们聚集在茂密的茅草中痛苦地交欢。

二姐形单影只，驱赶一匹瘦骨嶙峋的矮马穿行在漫无边际的茅草坡上。没有风草们平静而庄严地挤挨而立，目送二姐回娘家来。

她爬上坡顶的时候，忽然生出了歇息一会的念头，于是她将马绑到了一棵孤立的小树上。前面便是她熟悉的河川，驮娘河谷春意盎然，木棉花开得如火如荼。这时候她看见远处的天空有一片刺目的黑影，那黑影愈来愈大，渐渐地她认出了那是一群乌鸦。乌鸦的出现使二姐感到异常亲切。它们缓慢地在她的头上盘旋，兴奋地聒噪，做各种各样的姿势翻飞。看着看着，二姐就有种抑制不住的激动。激动之后便是一种不可思议的惊奇：因为她看到了一只纯白的乌鸦。白鸦的出现使二姐亢奋得跌坐在地上。

半小时之后，那风姿各异的鸦群终于离去。二姐忽然觉得饥饿难忍，身体的各个部位都溢出了汗液，无味无温。矮马却变得很精神，咴咴地叫。

于父亲来说，二姐的出现似在他的预料之中。他平淡地接过二姐手里的马缰，舀来半盆玉米，让矮马美美地大嚼大咽。母亲看见二姐那张清瘦寡白的脸，不停地唉声叹气。

当我从学校放学回到家，见到的是一个单薄得矮小的妇人时，我简直不愿相信她就是我二姐。

面对二姐，我愣了好久说不出话，觉得她那张苦笑的脸只剩下那对乌亮的大眼和洁白的牙齿。

“弟，认不出我了吗？”二姐有气无力地说。

我不敢正视她，低头问了一声：“姐，你……你来啦？”

二姐尖声地笑起来：“看看，都把我当成客人了。”

母亲斥责了我一句：“怎么这样和姐说话，你是越读书越笨了。”

二姐过来拿走我的书包，掏出两本作业簿，说：“都怪我不回来。”她随便翻了一下作业本夸赞道：“得这么多高分，弟是比我们几个大的聪明了。”

我听了，内心很得意，脸上却有点羞赧。抢过作业本我就溜掉了。

作为第一次回娘家，二姐住了三天。三天里二姐是真真正正享受到了农村生活的富足，体验到了家的温馨。家里人和亲戚都杀鸡宰鸭，做最好的饭菜给二姐吃。夜晚，母亲和大姐她们就做汤圆糍粑等可口的小吃。父亲特意开启他的两只蜂箱，尽管蜜少，但仍让二姐饱了口福。大河边的亲友们向二姐慷慨地展现了他们的丰衣足食。

二姐在明亮的电灯下向我们叙说岩怀，叙说刘家人和两只大花狗，当然也少不了说那天她在山顶上看到的那只白鸦。在叙述中，二姐的语调平静而诙谐，常常引得听者哄堂大笑。

父亲的兴趣集中在亲家鼻尖上的那颗亮物。

他说亲家还年轻的时候鼻子就坏了，饮酒时那东西时常滴到酒碗里，因而大家都不愿意接受他敬的酒。父亲还说动物界只有两种东西最宝贵，一种是犀牛，另一种就是白鸦。犀牛会自动去寻找龙脉宝地，而白鸦的胆是透明的，肉眼看不见，那东西能使瞎眼的人重见光明。

大哥说等有机会就去茅草坡上射杀那只白鸦。父亲轻蔑地瞟了大哥一眼，说：“哼，好狗不撵狐狸，好枪不打乌鸦。”又说：“那只白鸦是神鸟。”

短短三天，二姐居然养好了体力，气色也变得好多了。回去时，她已能挑一副几十斤重的担子。

矮马沉重的驮子和二姐肩上沉甸甸的袋子都是大米。人类整年整月地辛劳忙碌都是为了得到更多的大米。

二姐夫过完春节回水泥厂后就没想回家。他在那个偏僻的水泥厂找到了自己的乐趣。厂里的工人虽然工作极苦累，却可以在工余纵情地划拳赌酒。没有下酒菜就上山打鸟猎兽或下河炸鱼，有些手脚麻利的还时常于夜色黑暗时游到附近的村寨去偷鸡摸狗。二姐夫的枪法不错，又当过兵，自然有份当个扛枪的民兵，闲时总爱上山去溜达，就和他在家时一样。偶尔提回来一只野雉或是一条蛇什么的，就有一帮工友聚过来抬碗豪饮。工人们微薄的工资到手，又全部纷纷扔进小卖部里，换成了一壶一瓶的烧酒。

湿热而漫长的夏季，二姐独守空房，度过了一个个孤寂的暗夜。每当她从梦中醒来，发觉身旁空空，便再也眯不上眼，心里升起无限的惆怅。这时候她想到的是该养个孩子了，有了孩子或许就不再感到孤独和无聊。这么想着，二姐就想到了二姐夫。这一天早起，二姐就在这一闪念的支配下离开了村子，徒步向水泥厂赶去。

傍晚时分，二姐风尘仆仆地来到水泥厂，她走了百余里路。可是不巧，二姐夫上班去了。厂领导叫了一个工友去把他换了下来。为了不让二姐看了伤心，二姐夫仔细揩了把脸，但浑身还是沾满了灰尘。两人见面时，二姐几乎认不出二姐夫来了。他变得又瘦又黑，腰躬背驼，笑起来脸涩涩的，像另外贴上了一层皮。

二姐的到来使他有些惊奇："你怎么自己跑到这里来了？"

她动动嘴唇，想说什么终没出口，只是浅笑。二姐夫说："三月三，端午节，七月十四，我都想回去一下，妈的路太远了。厂里还给我戴个班长的破帽子，哪里脱得开身！"

二姐仍是不语，跟在他身后进了门。她真想立即在床上躺一下，可是随着一声开关响，她傻眼了：天啊，脏乱不堪的床铺，满地的烟头、酒瓶子，臭气熏人的杂物，蜘蛛网……这哪是人住的地方！她突然感到一阵少有的恶心，急忙手捂住胸口，冲出屋去，哇地吐了起来。

二姐夫好生奇怪，跟到门外，说："怎么搞的，一进屋就吐了？"

二姐感到好些了，就站起来，摇摇头说："你房间太难闻，受不了！"

二姐夫嘿嘿笑说："我住惯了，倒不觉得怎样。这是半格房子，不通风，等一会你适应了就好了。我先收拾收拾。"

二姐说："还是我来吧，你去煮饭，我一天没吃了。"

夜里，二姐夫抚摸着二姐的肚皮说："我以为你有了呢。"

二姐困乏得懒说话，见他这么说，心就委屈了，酸酸地直想大哭一场，但又觉得不妥，忙改口问道："有？我自己会有吗？"

二姐夫说："我们同住了那么几个月，也该有了。"

这时二姐也想：真该有了，为什么没有呢？嘴上却说："我这次多住几天，等你要一个仔。"

二姐夫一听，死死地把二姐搂过去，简直要把她揉碎了。

第二天早起，二姐夫说："你怎么那么瘦了？春节时可不是这样。现在又瘦又黑。"二姐说："我以为昨晚你就看清楚我了。"二姐夫只是嘿嘿讪笑。

水泥厂女工极少，新来个女工，不管是农村的还是城市的，都会招来许多复杂的目光。有的还指指戳戳，然后浪笑。好在二姐见过世面，走路时大步走，不惊不慌。

二姐夫还是照常上班，上过四点班转白班，只不过再没喝醉过一次酒。二姐来了些日子，他整个人形容就变得更枯槁了。而二姐经过了一段时间的调养，气色却渐渐变得红润起来。到二姐夫转上零点班的时候，二姐回去了。

二姐满怀希望地等待秋天的来临，同时也希望那个她期待已久的生命的出现。但是，随着日子的流逝和收获季节的到来，她内心也渐渐地生出某种说不清楚的空落和怅惘。

这一天傍晚，二姐收工回来刚踏进院门就嗅到了一种奇异的香味。她一进屋门就看见我父亲和她家公蹲在一起吟诵经文。他们面前摆有一张木桌，桌上摆放着一对煮熟的鸡鸭和一些瓜果杯碗之类，几炷香烟雾缭绕。二姐还认出了堆放在桌边的衣物是她和二姐夫的。两亲家虔诚地边翻动霉黄的线装书本边低声吟唱。二姐看到这情景，心里陡然涌起一种少有的疼痛，她径直钻进自己的房间，扑在被子上不想动弹。

父亲壮年时不知从哪里弄到几本近乎霉腐的经文，并无师自通，时常被人请去或独自为亲友们祭祀祈祷。偶尔的应验和言中竟使他名声大振。这次他特地来岩怀是应亲家之约为二姐祈祷的。

二姐的心累了，在两位老人的呢喃中进入了梦乡。

冬去春来，二姐还是没见要生养的喜讯。二姐夫几乎失去了信心，偶尔回来一趟也是整天酗酒，过一种昏沉的日子。

这时候，彩出嫁了。紧接着就是小叔子结婚，娶来的女子是本村的，与二姐和甜她们都很熟。妯娌姑嫂相处得还挺融洽。自然，婶的出现使二姐感到了一种压力，即女人本能的压力和她们各自在家庭中位置的变化带来的压力。

才几个月，比二姐年轻的婶就开始出现了妊娠反应：乏力、头昏、呕吐……婶在家庭中得到了特殊的照顾。有时候，二姐还要好好安慰她给她拿药，为她忙上忙下。每当婶病得愁眉苦脸或是吐得死去活来之时，陪在她身边的多是二姐而不是她的丈夫。

家婆把家里所有的鸡蛋全煮给了婶吃。脾气变得暴躁的婶并不认为这种关心是一种善意的照顾，常常把碗一推，气呼呼地说：“讨嫌，整天就光懂得煮鸡蛋，鸡蛋，闻到都腻歪了！”又推给二姐说，“嫂，你吃吧，你也该补一补了。”

这种时候，二姐就柔声地开导她，说一大堆老人说的好话，劝她不要生气。有机会，二姐还托人或者亲自到圩上去买些猪骨头之类的东西，炖给她吃。

"嫂，你真好。和你共一家人我算是有福气了。"婶经常攥住二姐的手说。

二姐听到这类话并不自喜，却说："别给我戴高帽子，我们既是一家人又是姐妹，要是我，你也会这样待我的。"说到这里，二姐的内心就掠过一丝痛楚。

婶孕育的生命终于呱呱坠地，是个男婴。公婆欣喜若狂。第二天早上，公婆特地为男婴的诞生举行一次家宴，恭请亲朋好友。这一殊荣本应是属于二姐的，只因她没能给刘家先生贵子。二姐腰扎围裙，默默地为客人们送菜添酒，眉宇间一样地洋溢出一种喜悦。

一个乡里下来的干部在岩怀村待了一个多月，他的任务是要在这个村里选出一名县人大代表。结果，二姐很顺利地当选了，因为本选区被指定选出一个有一定文化的妇女代表。二姐借到县里开会的机会，到县医院做了一次全面的妇科检查，结果是令人欣慰的：她没有不孕症。

手里拿着报告单的二姐心想，科学已经证实了她的能力，任何怪罪于她的说法是不成立的。她应该让二姐夫知道，同时也应该让他来检查一次，说不定毛病就在他身上呢，有毛病就该及时医治。于是，二姐当即打电话去把二姐夫邀来。二姐夫认真仔细地看了二姐的报告单之后一言未发，他也是相信科学的。以往他嘴上未说心里却在埋怨二姐，甚至经常有意冷落她，不给好脸色看，借酒消愁。当二姐说要他去检查时，他显出一种无所谓的样子，而心里却是忐忑不安得厉害。这种科学的诊断真要命，再硬的汉子也奈何不得。

检查的结果出乎意料，各种数据显示二姐夫的一切都是正常的。这一结果使他们如释重负。这一夜，二姐夫以少有的粗鲁在客房里毫不客气地把二姐折腾了一个晚上，尽善尽美地施行了他的男人权利之后第二早就走了，赌气似的。

和二姐出嫁那天的情形一样，一大群乌鸦在秋日宝蓝的苍穹下自由自在地飞翔。

我和二姐一前一后穿行在大茅草覆盖的山道上。我眯着眼，生怕被齐头的草茎击中眼睛，不时被一点什么东西绊倒一下，沮丧极了。

昨天晚上，父亲突然庄重地宣布二姐成了我的母亲，我成了二姐的儿子。

当时我双眼迷惘地盯着从容淡定的父亲，而父亲则自顾往水烟筒嘴上添烟末。母亲显然很难过，有意背过脸去，埋头做她的针线活。二姐的目光一刻也没离开我，我感到那眼神里混杂着求助、热切和慰藉。

父亲继续慢悠悠地抽他的烟，见我愣不吱声，又说："转学的事我去跟黎老师说。二姐家鸭蛋多得很。"他哈哈笑说，"给他买支手电筒。"

二姐忙跟着点头。

我说："你们哄我。"

父亲说："大人说话还有假吗？二姐对你那么好，岩怀也是很好玩的，鸟多得很，随便你安鸟套。"

我想了想，又看了满脸期待的二姐，说："我不想喊二姐夫做爹呢。"

二姐说："行，就叫作叔吧。"

接着，父亲吩咐宰杀一对鸡鸭，点上灯香，叫来几个老年人，为我的过继举行了仪式。

我之所以答应这件事是因为二姐挺可怜，加上她平时对我极好。但对于我为什么会成为二姐的儿子我想不通。后来我才知道这是一种古老的风俗。

乌鸦在秋阳下翻飞，嬉逐聒叫，我不时仰望天空，骤然觉得乌鸦颇亲切。这寂寥而漫长的路上，只有乌鸦陪伴着我们。二姐的脸淡淡的，看不出情感，而与两年前她出嫁那时相比，那脸色除了失去光泽之外，再就是多了一些说不清的东西。

"弟，以后你肯叫姐作妈吗？"二姐终于说话了，一路上我们都不说话，我只感到心里沉沉的。

我停住脚步，回头看看二姐，二姐半张着嘴，在等待着我的回答。

"在人家面前，我就叫你作妈，我们自己在时就叫姐。"我说。

"弟呀，这样也好。以后你大了，读成书，就离开家乡，我不拦你。只要你还把姐看作姐就行了。"二姐情不自禁拉住我的手，眼里泛出一种奇异的光。傍晚时分我们终于爬完了村边的陡坡，进入我的新家。公婆为了欢迎我而特地宰了一只肥鸭，进餐的时候我一个人独享了两只鸭腿。

夜晚，我又和二姐睡到了一铺床上。开始我总感觉不自然，故意离她远一些，渐渐地我便在迷糊中睡去。

第二天，二姐把我送到学校，直看到老师把我带进三年级的教室，在座位上坐下了，她才放心离去。

同学们都用一种友善的目光朝我看。当老师把我的名字介绍给他们时，大家都使劲地鼓掌。后来我才发觉我的辈分比很多人高，连上语文的黄老师也得称我为叔，听起来怪难为情的。为此许多孩子都对我敬而远之。二姐知道后就对黄老师和一些亲戚说，我已经是刘家的人了，原来的辈分就不论了。

寒冷的冬夜，二姐把我紧搂在怀里，让我享受她的温暖。有几次，我从梦中醒来，便发觉嘴里被一个柔软而温暖的东西堵住，稍一醒神才觉出是二姐的乳房，而二姐却还睡得很甜。我感到羞涩，就睡到床的另一头去。二姐总是说，我都是你名分上的妈了，有什么不好意思呢。说着，她竟呜哧呜哧地哭了。我为了不让她伤心，就又回头来。久而久之，也习惯了。天气愈冷，二姐的身体就愈热，像一团火。

放寒假时，我对二姐说我要回家。二姐犹豫了一下说："我也想去看一趟父母，我们去了就回。"我说："我想再久一点，这里不好玩。"

二姐没吱声，目光郁郁地看得我心里直打战。我们要走的那天早上，天忽然淅淅沥沥地下起了雨，一下就是一个冬。

家里的两条大花狗和我关系极好，几乎到了形影不离的地步。我去上学，它们就扑趴在教室的屋檐下，偶有同学将吃剩或烧煳的红薯扔出来，它们就扑过去分享。而后就站在门口，目不转睛地盯着正在讲课的老师，以为他手里的黑板刷是个能吃的东西。这时几乎全班的同学都被狗的形态吸引住，狗歪头摆脑，长舌作帕，在毛茸茸的嘴脸上翻卷，呼出一团团白雾。老师被盯得恼了，大声责问："是哪家的狗？"我就站起来答："是我家的。"老师变了一副脸，平声说："把它们赶回去！"狗见了我，反而把尾巴摇得更勤了。

有一天，公大花狗闯了祸。阿公拖着在火塘边逗耍的小弟弟拉屎了，召之即来的大花狗忙不迭地将嘴伸进去，舌头在小弟弟粉嫩的屁股上席卷。恰在这时，阿公的鼻尖上出现了一粒晶亮的黏液。正当他腾出一只手去处理那东西时，小弟弟突然厉声号啕大哭起来。阿公低头一看，不禁吓愣了：大花狗在匆忙中错咬了弟弟那颗阳物，此时正流血呢！阿公把啼哭的小弟弟往阿婆怀里一搁，操起一柄利斧追大花狗去了。

公大花狗知道闯了祸，就飞快地溜走了。阿公追出来，正巧母花狗从外边跑回院子，怒气冲冲的阿公竟不分公母，就将利斧劈去，母狗倒下了。再后来是公狗被阿公用猎枪射死。小弟弟的小鸟被咬了一个小口子，感染了几天，只留下一块小疤痕。而我却永远失去了一对亲密的伙伴。

一个牛毛雨肆虐的下午，有人送给二姐一张字条。她一看便大声惊诧起来："见鬼，见鬼了！"

二姐的脸色煞白如纸，我接过字条一看，写着：刘建军工伤住院，速来探望……

当即，二姐由小叔陪伴，一人一匹矮马，冒雨往县城赶去。

二姐夫是和另一个工友爬上提升机顶安装电动机时不小心跌下来的。那个工友当即不省人事，送到医院后诊断是脑颅骨破裂，重度脑震荡。二姐夫稍轻：左臂骨折，其余完好无损。

第三天，小叔就先回家了。二姐则被允许留下来护理二姐夫。

这时候已近春节，天又下雨，人们都围在火塘边熬日子。我更感到孤寂，没有二姐、没有大花狗的陪伴，整天和阿公轮流背抱小弟弟，时常在背后印上一摊臊尿。弟弟哭了就常招来阿婶的唠叨，总之，日子窝囊透了。我终于择得一次机会，随着一队来给未来亲家送年货的男女回到了父母身边。人家是来岩怀娶姑娘的，岩怀村里出众的姑娘都嫁到条件好的大河边去。不像我二姐。

见我回来，母亲高兴得把我搂起来，连说："乖啊，是来接外婆去过年的吧？"我说："妈，二姐去医院看姐夫了，我不想在那边过年。"

父亲对我的到来并不显出兴奋，而是用严厉的目光瞄了我一下，说：“谁叫你回来啦？给我回去！这样惯了人家怎么看我们。”

母亲边替我烘烤衣服边说：“算了，这种天气赶狗都不出门呢！”

父亲说：“他来得就能回去。”

他嘴上这么说，但声调已平和多了。我猜度他已同意我留下来过年。但在家里，一律得称他们外公外婆，其他哥姐也变成舅爷舅母了。大年三十，二姐托人给我捎来了新衣服和爆竹之类的年货。她仍然陪二姐夫待在医院里。

春天，二姐时常背着人哇哇地呕吐。我还在她的衣车架上看见保胎丸，我估计二姐是怀孕了。但二姐每天仍照样出工做活，从不需要特别的照顾。

有时我想等她睡着时探摸她的肚子，看是否凸起来了，但每次都先迷糊睡去。

细心的阿婆终于看出了端倪，二姐怀孕的消息终被公开。甜姑和婶被阿婆数落了一番，她们被说成是粗心大意不懂关心的人。后来还是二姐替她们开脱说：“起先我也拿不准是不是，我吃得做得的，用什么照顾哩。”

阿婆说：“嗯，别嘴硬了，你不需要保养我孙儿要哩。”

起先，二姐被队里照顾做一些轻松的活，在家几乎免除了家务。有时间，二姐就腆着肚子四处走走，到亲戚家坐，满脸喜盈盈的。偶尔，她也把以前做好的婴儿服饰翻出来，量量比比拆了重做。

二姐夫因祸得福，适逢县中学更换工人宣传队，厂里把他推荐上去，他被选中，成了最后一批进驻学校的工宣队队员。工宣队的活很轻松，只协助校方整顿纪律抓校风，帮体育教师整理出操队列。刚好让他继续养伤。而最令他感到意外的是二姐竟然怀孕了。在他的记忆中，好像只是那么两三次，而且是在病床上偷隙弄的，急急忙忙，生怕被护士看见。以前相处的多少日子都枉费，竟搞不过这两下子。二姐夫有点纳闷。

二姐的肚腹愈来愈鼓凸，我已另搭床铺睡。二姐时常被胎儿搅动得无法入睡，这时候她就呢呢喃喃地说点什么，似是说给胎儿听，也像说给自己听。

怀孕使二姐变得丑陋而笨拙。她原先姣好的圆脸上已布满一些形状怪异的褐色斑块，笑起来也龇牙咧嘴的，沉重的肚腹牵扯着她脖颈上树根般的筋条。行动迟缓得令人难以置信，洗一次头花了大半天，进食时的一系列动作常常分成几个定格。尽管如此，二姐对我还是温存的，她吃到什么好东西总少不了我一份。

有天傍晚，二姐夫突然闯进屋来，阿公阿婆叫他吃饭他也不搭理，扔下挂包就往屋外走去。

阿公气愤而又无奈地瞪住他的背影，一言不发。二姐若无其事地吃饭。我总有点不祥的预感，二姐夫这次的神态不像以前。

二姐夫直到全家都入睡了才醉醺醺地回家，他不洗脸脚就拱上床去。二姐经不住他带来的一身臭气，欲下床离开，却被他拉住了。她叫他去洗脸脚他不去，问他干什么他也不说。他只是不停地唉声叹气，随后就呜哧呜哧地哭泣。

二姐想他一定是醉酒了。他醉酒的时候丑态百出，呕吐哭闹算是小事，有时还动手扭打别人。有一次二姐夫竟然脱光衣裤躺在地上，二姐想把他弄上床来，却被他扳倒，硬让她陪着在地上睡。那时候她才嫁过来不久，终于没有出声。

这一次二姐想自己怀有身孕，既然他醉了就更应该离他远点，就起身向我的床铺摸来。不料她刚下床就又被他拦住了。

这时她忽然意识到他并没有喝醉。她干脆在床沿上坐下，点亮油灯，摆开架势，想看看他要做什么说什么。不想他又把灯吹熄了。

二姐像尊泥塑呆坐着，面对黑暗她无声无息。她等了好一阵，直等到困乏了，二姐夫才迸出一句惊天动地的话。他咬牙切齿又悲痛万分地质问二姐肚子是怎么弄大的。话一出口他就气喘如牛，黑暗中二姐感到了两道炽热的火束直逼她来。

二姐想哭想喊想骂却没有表现出来，她只觉得浑身冰冷，头脑一片混沌。在沉寂中过了很久，她才平静地说：“我自己也说不清楚，可能是要弟来抱养了祖宗显灵了吧。”

“你不要以为我是三岁小孩，随便哄我！”二姐夫几乎是怒吼道。

他们的争吵惊动了另一间屋子的阿公。老人家摸索下床，趿鞋，点亮油灯，然后到厨房操了一把菜刀。由于激愤，油灯晃动剧烈。忽明忽暗的灯光终于出现在二姐卧室的门口，直照到二姐夫凶神恶煞的脸上。

阿公的菜刀逼近了他的脑门。阿公也是咬牙切齿地骂：“你这个野种，老婆有身了你还东闹西闹，你少跟我玩这套！你妈个×呢，老婆有身了连斤白糖也不买来，你还有脸来伤她，你像什么人！你再闹就给老子滚出门去！”

二姐夫面色灰暗，头低目呆，额头被菜刀顶出了个深深的印痕。他终于没有起身离去，而是在阿公的怒目逼视下不停地抽烟，一言不发。

阿公给够了下马威，提着菜刀退出去了。摇曳的灯影下，坐着一对木头人。

夜里发生的事尽管离我不远，但我一直没有知觉。从阿公整个早上的表情里，我看到了一种敌对的情绪。满脸阴郁的二姐夫吃过午饭就闷声不响地走了。

这是一个极凉爽的秋夜，二姐被胎儿的一阵阵拳打脚踢弄得痛不欲生。异常活跃的胎儿似乎不愿再忍受黑暗的憋闷和一层层柔软的束缚，欲要杀开一条血路。二姐为此而大汗淋漓，呻吟号叫不止。

阿婆以世故的目光静静地注视着二姐肥硕的愈来愈充血的下身，等待小生命的出世。

婶和甜一人守在一边，紧紧攥住二姐抽动不止的手，不停地为她擦汗。她们的手已被抓出道道血红的指痕。

雄鸡啼叫头遍不久，二姐突然感到一阵天崩地裂般的剧痛，紧接着她听到了从大腿间传来的嘹亮的哭声。她昏厥过去了。

这一夜我又是睡得出奇地死，早上醒来时天已大亮。我看见二姐的床前簇拥着一堆女人，叽叽喳喳地低声说话，间或还传出一串清亮的婴孩的啼哭。

全家人都忙碌地进出，显然把我给忘了。往时总是有大人喊了我才会起床，到学校去上课。

我像一条小狗一样钻出屋来，阿公蹲在火塘边上，兴奋得满脸通红，他在大声地指挥阿婆她们杀鸡。他只告诉我我有了个小弟弟。小弟弟的出现使我说不出是高兴还是痛苦。

男婴出生后的第三天早上，刘家以传统而隆重的方式庆贺他的诞生。但是接到口信的二姐夫并不回来。

这一早上这名男婴——我的弟弟正式被阿公命名为阿龙。阿龙并不是龙的意义，而只在于他的声音，龙和隆没什么不同，只是一个音的符号。

后来很多人都说阿龙有点像我。既不像妈也不像爸，反而像我。有时候真正的外甥的容貌挺像舅舅的，真是有点莫名其妙。

二姐夫家的明显标志是每个人都有一副可爱的兔唇，从阿公到他的儿女们都是一样。厚厚的有点上翻的嘴唇使门牙暴露出来。

阿龙没有兔唇将帮助他将来成为一个美男子。但为这个原因至少要受相当长时间的委屈。

二姐夫是在结束工宣队的工作之后回家来的，这时阿龙已牙牙学语，我也将要小学毕业。

他对阿龙原先并没有多少兴趣，总是用一种观察的眼光偶尔看上一眼。但小阿龙却天性豁达而好奇，时常对他陌生的父亲目不转睛地看着，有时父亲的一举一动会引得他咯咯发笑。

二姐夫在家住了些日子就又回工厂去了。要离开的时候他对阿龙忽然萌生出一种亲近感，就从二姐的怀里将阿龙抱过去，用兔唇在那张粉嫩的脸上使劲地吮吸。尽管阿龙难受得啼哭不止，但他这一亲密的举动使二姐心里涌出一些说不出的滋味，她站在一旁默默地注视着自己的丈夫和儿子。其实，这时他们谁也不会料到，二姐的子宫里又悄悄地孕育了一个新的生命。

这个冬天人们过得异常兴奋与紧张，大伙不分白天黑夜地开会讨论分田划地。这一嬗变使一些人不知所措又不顾一切。村里的一对吴姓亲兄弟为了抢夺一块好田，竟大打出手，老弟粗壮的手指差点把老哥的喉咙掐断了。

小叔也一反常态，兴奋得双眼潮红，他的某种思考在村子里激动不安的氛围中终于成熟。这天晚上，小叔和阿公发动了一场蓄谋已久的父子舌战。起因是阿公在煮蛋给两个孙子吃的时候把鸡蛋给了小叔的孩子，而阿龙却得到比鸡蛋大的鸭蛋。意外的是二姐也介入了这场纷争。她向小叔解释说，从蛋的营养价值看，鸡蛋要比鸭蛋营养丰富得多。吵红了脸的小叔说这是屁话，他质问二姐为什么人家总是争要大的田块而不是小块田。二姐觉得这个类比实在荒唐无比。同时她也猛然记起小叔的文化程度是文盲，于是就不再吱声。

这场争吵的结果是小叔他们从这个大家庭中独立出去，房子和院子都分去了三分之一。

大家庭的分裂动摇了阿公的家长地位，有好几天他都默不出声，蹲在火塘边守护着阿龙。奇怪的是在他情绪低落之时，那粒亮物居然消失了。

家庭结构的变化又促使阿公操持利具带领我们上山去拓荒。通常是阿公和我在前边砍树除草，二姐和甜姑在后头挖地。一个冬春下来，一家人共挖了三亩多地，接着就撒上了旱谷、玉米、棉花、瓜豆之类的种子。

二姐夫在工厂工作并没有给家里带来什么实惠。几十元工资，还不够他抽烟喝酒。偶尔回趟家，还从家里挑不少东西去。他受过工伤，体力明显不同以往，工作生活条件又是如此无法改变，他也几乎是没有了继续在工厂待下去的兴趣。

有一次他回来，阿公说："家里有老有小，人手不够。你在工厂也没有给家里带来什么好处，我看回来算了！"

一句话，二姐夫毫不犹豫地办了退职手续。

新学年开始的时候我考上了城里的初中。离家那天，阿公把我送到村口，还往我袋里塞了五元钱。我长这么大还是第一次拥有这种1960年版的五元面额的钞票，正面那位手持钢钎戴着护目镜的工人叔叔从此在我的心中占据着重要位置。那天二姐和二姐夫用矮马一直把我送到了学校。

在工厂混了几年，二姐夫已成为一个名副其实的酒鬼。但如今家里温饱还成问题，哪来那么多钱给他过瘾？没了固定收入，断了酒钱，他又不得不土法上马，自己动手熬酒。酒渣可以喂猪喂鸡，阿公起先也没多少反对意见。可是久而久之，整个流程就出现了阻滞，酒熬得太多太密，猪禽报销不了那么多酒渣，楼上的谷堆也日益见瘦，阿公就行使家长权力，严厉制止了。

没有酒喝，二姐夫就像被抽了筋骨样的没力气干活，整天像个聋哑人似的不说不笑。后来他实在是熬不住了，就悄悄地把家里的鸡鸭拿到圩上卖钱换酒。他的勾当最终被阿公当场捉住，恼羞成怒的阿公差点用火铳把他崩了。

“你妈个×呢男盗女娼，我刘家还没出过你这样的孽种！”

阿公狠狠地给了他一枪托，见他像狗一般地跌坐在地上打滚，当即气得昏厥过去。

二姐夫的鼻子比狗还厉害，村上谁家有肉有酒，他都准确无误地不请自到。一见酒碗他就呵呵地直搓双手，满脸通红。每次他逢酒必喝，喝酒必醉。

醉酒后的二姐夫总有一肚子出不完的气，有气总得要找地方发泄。这时候的二姐和阿龙变得很碍他的眼。他动不动就说二姐拉了他的后腿，让他吃不成公家饭，连酒也没钱喝了。几乎每天晚上夜深了他才回家，总让酒友们连扶带抬地送回来。进到里屋也不到自己的床铺睡，而是一身酒气死皮赖脸挤到二姐他们三娘仔的床上，不是弄哭孩子就是动手整拧二姐，直把她身上捏得青一块紫一块的。

有一天凌晨，二姐终于忍无可忍跑到了叔家，哭哭啼啼地把二姐夫的恶习向叔诉说一番。年届十八的堂哥没有听完就冲出屋门，怒气冲冲来到刘家，径直进入二姐的睡屋把二姐夫从床上拖下来，眼看就是一阵拳打脚踢。堂哥的行动惊动了全家，阿公提着油灯来看，对堂哥说："把他弄死当×。"惊慌失措的阿婆怕真的把人打坏了，忙过来向堂哥求情。

甜姑的远嫁使二姐肩上的担子愈加深重。她是被一个搞矿生意的广东客娶走的。当初二姐怀疑他是人贩子，要他出具证明。那人第二次来时便提了一皮包的证件来，什么离婚证、身份证、党费证、复员证、立功证和营业证一应俱全。二姐和家人看了都不得不信。据说广东客是看上了甜姑的身材和她的肤色，是在圩上众多的姑娘中看上甜姑的。情窦初开的甜姑早就看透了自己的家自己的村子，早就想逃离这个地方，早就想快点嫁人。广东客自然不费吹灰之力就把她弄到手。然而甜姑不想像下村的玲那样悄然离去，她不想让村人小瞧自己，不想像出售的矮马一样让人无声无息地牵去。

广东客在甜姑的带领下买来了不少礼物，认真地喊一声爹妈，临走时还塞给阿公一沓厚厚的钞票。二姐夫看见了阿公手里的票子就满眼放光，双手快速地搓擦着。他以为老头子准会弄些酒肉来挥霍一番，饱餐一顿。不料阿公却对二姐说："阿弟妈，明天你陪我去公社银行把钱存好。备战备荒，哪个都不能动。有人读书，有人老了，有人还小……唉，不当家不懂柴米油盐贵啊！"

这时候阿公鼻尖上又跳荡着一粒晶莹的黏液。

夏天的阳光没有一丝杂质，把大地照得一派明亮。黄熟的稻田在阳光下默默地伫立。二姐和二姐夫头顶炎炎烈日在狭窄的沟谷中收稻。二姐夫光着上身，只穿一条短裤，他手里的禾把举起落下，循环往复，谷斗发出一种零落而有气无力的声音。二姐俯身躬腰，不停顿地刈着稻子，脊背的衣服粘贴在皮肤上，一圈圈的汗盐在太阳下泛着银光。

二姐全然没有察觉身后的谷斗已经没了声息。等她发觉山谷里一片沉寂的时候她才朝谷斗看去。

当二姐朝谷斗看去的时候，二姐夫已经赌气走回到村边。他无论如何也抵御不了酒的诱惑，昨天村里有人死了，正在大闹三天道场。做道场是把死鬼超度到阴间的一种隆重的仪式。这种时候正是阳间的人们放开肚皮喝酒吃肉的时候。我们这地方，死了人也是喜事，叫白喜。谁想吃酒肉就到办喜事的人家去，不吃白不吃。

二姐夫已经饿了几天酒，加上刚才的劳作、太阳晒，他已浑身无力，手脚酸痛，步伐变得拖沓而迟缓。这时候他听到自己的咽喉里滚动着一种酷似水流的声响，这种声响似是一种超然的动力，驱使着他朝目的地走去。

一天下午我们期考，我和数学搏斗了两个多小时出来，浑身已是大汗淋漓，头脑里萦绕着一种细丝般的鸣响。

校园沐浴着清亮新鲜的阳光，刺激人眼。我拖着疲倦的双脚穿越空旷的球场向宿舍走去。忽然间我的视野里出现了一个黑色而矮小的人影，我定睛一看竟是二姐。

“弟。”

“二姐。”

我们面对面在球场边站立，这时候我眼中的二姐异常矮小，让人一时找不到描绘的词儿。

“老师说你们考试？”

“考数学，最后一科，明天放假了。”我低着头说，“你怎么来了？”

“他死了。”二姐直盯住我，“你，你姐夫死了。”

尽管二姐说得有些平淡，但是我仍然觉得有一张黑色的巨毯把阳光遮住了，把我和二姐遮住了。

二姐夫是喝够了酒死的，死在公社的圩场上。

二姐说他不堪忍受断酒的折磨，趁家中无人之际，撬了阿公的老铜锁，把那本存有甜姑身价钱的存折掳走了。后来二姐夫直奔镇上，领了二百元现金，就泡到餐馆里喝了一整天，再后来就死了。

二姐是处理了二姐夫的丧事之后专程来学校看我的。她说二姐夫死了也是野鬼，进不得家，买了口棺材就草草埋了。

我们这地方有个习俗，在家外的地方野死，便不得进家。是鬼也是野鬼，入不了祖宗庞大而错综复杂的神族。大概在阴间的二姐夫真的也只是个讨厌的孤魂野鬼了。

夕阳西斜的时候我和二姐正步行在回家的途中。我们想连夜赶回父母身边去，第二天我再和二姐回家。

明天，茅草地上空还会有乌鸦伴随我们吗？

落叶

原载《民族文学》2023 年第 2 期 / 《小说选刊》2023 年第 3 期

·一·

这天晚上，坐在饭桌边的阮正西正举起手中的筷子，伸向他爱吃的那碟油炸花生米时，右手突然失去了动力，五指一松，筷子咣当一声掉落在饭桌上。几乎是同时，他肥胖的身体往右一歪，整个人像被水泡的沙雕瞬间瘫倒在地板上，随人歪倒的椿木椅子在瓷砖地板上发出刺耳的撞击声。

坐在他对面低头吃饭的覃梅花听到响动声，本能地抬起头往桌对面看去，只见对面的男人已经歪倒在地板上，瘫成一堆，几乎无法动弹，只听到从他嘴里发出的一阵混沌而微弱的哼哼声。

“老阮，老阮！”覃梅花边惊呼边绕过饭桌扑向阮正西，俯下身用手搂住他的脖颈，大声呼唤，“老阮，老阮，你怎么了？你怎么了？”

尽管她使尽了浑身气力，但地上的阮正西像只沉重的沙袋根本无法挪动。她赶忙用双手攥住他的左臂，尝试把他拽起来，可是他的身体实在太软太沉了，就连只扳动他的一只手都很费力。此时的阮正西憋红了脸，想张嘴说什么可是又说不出来，嘴里只是咿哟哟地叫唤。

惊慌中，覃梅花猛然悲怆地意识到，这个男人中风了！

她看着表情痛楚的男人，忽然想到，这样的病人是不能自己处置的，随意搬动可能会加重他的病情。这么想着她便松开手，半跪在他跟前，轻声对他说：“老阮，你听我说，你莫急，你莫乱动。我马上打电话。”

他似是听明白了，挣扎和呼喊都是徒劳的，于是渐渐地安静下来，等她打电话呼叫援兵。她赶忙拿起桌上的手机，先是拨打了120，又打给了阮小农。

阮小农是阮正西的儿子，此时他和老婆孩子正在岳父母家吃晚饭。五一劳动节是法定假日，他们照例是要回来和老人一起吃饭的。电话铃声刚响了两声，阮小农便习惯性地从裤袋里掏出手机，只瞥了屏幕一眼就阴沉着脸往阳台走去。

“什么人啊，非得人家吃饭的时候来电话。”岳母首先不满地嘟哝道。

“你懂什么？没有急事人家会随便在这个时候打电话嘛！”岳父跟着呛了一声。

“你们都不懂的，有时候半夜两三点了还有电话，人家说是谈工作。我也是服了，一个县信用社中层干部每天都有那么多工作，而且不分白天黑夜。”阮小农妻子罗敏说。

显然，三个人都对阮小农的这个电话心生不满，但嘴里说出来的味道却不一样。

“你们都不许说我爸坏话！”儿子阮多多用筷子敲着桌子，大声抗议说，“哼，我老爸早出晚归，工作兢兢业业，他是好人。”

十岁的阮多多昨天在学校刚好写了一篇作文，题目叫《我眼中的爸爸》。很显然，爸爸阮小农在他眼里相当正面，因此他用了一些刚刚掌握的词语。

“多多，我并没有说你爸的坏话啊，我是说打电话的那个人呢。”岳母急忙申辩。

阮多多瞥了罗敏一眼说：“哼，我妈妈说了。”

“哎哟，都说儿亲妈女亲爹。多多，你不许这样啊！”罗敏满脸严肃，她瞟了独自坐在沙发上玩手机的女儿一眼，有些生气地说，“以后你妹妹也跟你学，都向着你爸，你们这是要气死我啊！”

说话间，阮小农铁青着脸走进来了。他并没有要坐下来继续吃饭的意思，而是径直到沙发上拎起手包，扭头对大家说：“你们慢慢吃啊，我有急事要去处理一下。”

他撂下话，便打开屋门闪身走了，把一桌人都弄蒙了。

阮小农赶到继母覃梅花家楼下时，120救护车已经到达，车顶上的急救灯无声地闪烁着，一种不祥的预感倏然向他袭来。

眼前的这栋六层旧宿舍楼，对他来说是既陌生又有些抵触的。因为他只来过两次，又因为这里住着他的继母覃梅花。他仰头看了一眼一单元四楼左边的窗户，那里透射出昏黄的灯光，隐隐约约还听到有几个人在说话。他不由得深吸了一口气，便抬腿向楼梯口走去。

房门大开。客厅里，一名男医生和两名女护士正在和司机艰难地把阮正西搬上担架。

“小农，你快进来帮医生一下吧。”覃梅花惊魂未定地招呼说。

“怎么搞的，怎么会这样？”阮小农有些语无伦次地走进屋里，弯腰抱起了父亲的两边臂膀，几个人一起发力把病人移到担架上。

阮正西躺下后，两名护士一人高举药瓶，一人正往他左手背上扎针头，准备注射药物。

看见儿子来到身旁，阮正西散淡的目光立马聚在阮小农的脸上。他轻微地嚅动嘴唇，想说话却又吐不出字来，顿时有两行泪水滚出了他的眼眶。阮小农一把抓住了他失温的右手，无声地紧握一下，又轻轻放回担架上。

覃梅花趁护士打针的空隙迅速穿上外套，背起坤包，注视着担架上的阮正西，他正被阮小农和男司机缓缓抬起，向门口慢慢移去。

120救护车鸣笛，一路呼啸，扰动了小城节日夜晚的节奏。坐在担架一侧的覃梅花借着忽明忽暗的路灯光亮，凝视着担架上的男人，她的内心不禁涌起了一阵一阵波澜，情绪也低落到了极点。

好好的一个人说倒就倒下了，就像一阵风吹来一样，让人没有一点准备，让人猝不及防。她晓得，眼前的这个男人肯定是凶多吉少了，等待他的不是瘫痪就是坏脑子，不会回到从前那样大碗喝酒大口吃肉，不会再四肢敏捷，不会再谈笑风生。她晓得，和她以前的男人一样，阮正西得的是同样的病症。

进入急救室不到半个小时，值班医生就给覃梅花和阮小农下了病危通知书，并告知初步诊断的结果：阮正西得的病极有可能是脑血栓，也就是人们常说的脑梗。最终的诊断结果，还要经过全面的检查和会诊才能断定。

正如覃梅花所料，男人患上了她最不想听到的那种病。尽管之前她对男人的病症有了大致的判断，但当她听了医生说的话之后，还是感到一阵头晕目眩，跌坐到急救室对面那张唯一的长椅上，和阮小农并排而坐。

“我爸他……喝酒了吗？”阮小农冷冰冰地问。

“喝了。”她低声说，“也就二两这样。米酒。”

“你们吵架了吗？”阮小农略为犹豫地问。

“没有，真的没有。”她低声而坚定地回答。

阮小农从来没有称呼过她阿妈，偶尔会叫她一声阿姨，更多的时候是什么也不称呼，就像现在这样。

她感受到了阮小农的不满和逼人的气势，她想心平气和地跟他说明晚上的情况，但她没办法让自己平静下来。她晓得，小农不喜欢他父亲和自己在一起，甚至曾经阻挠过他父亲再婚。但是她也晓得，小农和她一样，都拗不过性格有些偏执的阮正西。

·二·

覃梅花一直认为自己是一个苦命的女人。和前夫黄国林结婚那时候，她才二十一岁，是乡供销社的一名售货员，而二十五岁的黄国林则是乡政府工作人员。

结婚后第二年，大女儿媛媛出生，两个人既高兴又有些愁苦。身为丈夫的黄国林整天在乡下蹲点，在家的日子少得可怜，带孩子的重任只能落在她的身上。为了节省低得可怜的工资，她不敢请人带孩子，自己一个人边上班边带孩子。天长日久，见她这样子，同事们难免对她有些闲言碎语。领导为了照顾她，不得不把身板壮实的女保管员调到前台，让身材单薄的她接替去了仓库。这一调整让她的工作清闲了不少，但她还是经常要搬动一些重物，比如麻袋、箱子之类的东西。好在她身体没什么大毛病，以前在家干过农活，所以那些重活自然也难不倒她。两年多后，二女儿兰兰呱呱落地。看见她又生女孩，重男轻女的黄国林挨家的时间就更少了，她的日子过得更加困难了。

那时候，退伍军人阮正西所在的乡派出所就在供销社仓库隔壁。他是从另一个乡调过来任派出所副所长的，因所长长期缺位，他和另一名年轻民警就成了整个乡的警力。

阮正西和黄国林一样，都有些喝酒的喜好，且酒量相当，一回生二回熟，两个人很快就成了酒友。当时阮正西在乡里还是个单身汉，每次喝酒的战场也多半是在覃梅花家。在她眼里，阮正西虽说平时不苟言笑，总给人不好接近的感觉，但喝了酒之后他却像是换了个人，说话幽默俏皮，妙趣横生，有时候连她听了也忍不住跟着笑起来。更让她感动的是，有时候媛媛和兰兰没有地方玩耍或者闹孩子脾气，他还把她们带到所里去。媛媛上幼儿园后，有时候他还和另一个警察帮忙接送孩子。几年后，阮正西和县一小女教师岑丽莎的爱情终于结出了果实，他也得以调到县城派出所工作。但他和覃梅花一家始终保持较为密切的关系，媛媛和兰兰对他这个警察叔叔更是一直怀有好感。再后来，黄国林和覃梅花也调到了县城工作，阮正西时不时还会约上老酒友一起喝上几杯。

生活若是按照既定的轨迹延续下去，那么每个人的命运就不会有太多的变故。然而，就在覃梅花刚过五十那年，第一块不幸的砖头便砸中了她。丈夫黄国林突然罹患脑梗，在病榻上躺了一年之后便撒手向西，抛下她和两个女儿走了。家中失去了顶梁柱，意外的打击使覃梅花从此变得低沉消极，整天愁眉苦脸，沉默寡言。加上更年期的到来，她患上了抑郁症，许久见到女儿一次也不愿意跟她们沟通，母女关系变得愈来愈差。

老朋友的早逝也让阮正西十分难过，作为一个有家室的男人，他不晓得如何安慰成为寡妇的覃梅花。过早失去丈夫让她一时缓不过神来，她不想见到熟人，也不愿意跟别人说话，每天除了上班就是回家把自己关在屋里。她的大女儿媛媛在乡镇当领导，长年工作生活在乡下，不轻易回来一次。二女儿大学毕业后留在了省城，自然没法照顾到孤寡的母亲。

阮正西永远忘不了黄国林临终时的眼神，那双即将关闭的枯眼一直在他和覃梅花的身上游移。尽管他已经不能言语，但阮正西多少意会到他想表达什么，大概能知晓他是希望老朋友能够关照一下他的妻子和女儿。

刚开始那段时间，阮正西几次带老伴一起去看望覃梅花，试图排解她心头的苦闷，但她每次都是屋门紧锁，避而不见，他打电话给她她也不接。每到过年过节，阮正西只好通过媛媛捎带一些东西给她，或是买了礼物送到她家门口。阮正西晓得，寡妇门前是非多，他自然不方便时常去敲那扇不会开启的门，只能用手机给她发几句问候的话，把惦念压在心底，暗自祝愿她能过得平安顺遂。

时光匆匆过了许多年，不幸的砖头也砸到了阮正西的头上。妻子岑丽莎在一次例行体检中查出了大问题，癌细胞已经在她的身体内肆意扩散。他急忙把她送到省城的大医院，但也仅仅维持了一个多月。这一年阮正西刚刚退休，他一时无法接受老年失伴的现实，一度整天以酒解愁，一蹶不振。

有一天晚上，他和酒友在大排档喝得微醉，几个人刚出门口，他竟在街边暗影中看到了一个熟悉的身影。尽管他喝得有些迷糊，但仍然壮起胆子紧赶过去将她拦住。这次邂逅再一次改变了两个人的人生，一来二往，覃梅花终于抵挡不住阮正西的激情攻势，一对孤男寡女终于走到了一起。然而，由于儿女的限制和阻挠，两老虽说领了结婚证，但并没有真正生活在一起，还是各住各家。

覃梅花和阮小农像陌生人一样坐在长椅上，两个人各想各的事，目光却不约而同地盯在急救室白蒙蒙的玻璃门上。阮小农忽然觉得这时候该做点什么，便从包里摸出手机，分别给妹妹阮小草、小叔阮正北和妻子罗敏发了微信。之后便将身体仰靠在椅上，闭上双眼。

·三·

这天晚上，远在千里之外的省城，正在酒桌上谈笑风生的阮正北忽然听到手机叮咚一声，赶忙打开手机，花哨的屏幕上立刻跳出一行字：叔，老爸突发中风，现正在县医院抢救中，已发病危通知。后面跟了一个流泪的表情。

二哥还是中风了。噩耗像一记重锤击打在阮正北心上。一个月前，他回老家上坟时曾经和二哥吃过两顿饭。当时他总觉得二哥的面部表情和往常不太一样，尤其是笑着时右边脸颊有轻微的僵硬感，仔细一看，原来是二哥的右嘴角有点点往上翘起，似是有点歪斜了。当时他把自己的观察告诉二哥，却被二哥当即反驳：“正北呀，你放心吧。我阮某人也已经七十出头，属于‘孙管干部’了。感谢时代，让我心宽体胖，还吃得做得。不信你和我比赛吃扣肉看看。”话音刚落，阮正西就拿起筷子夹起一大块扣肉，刺溜一声就往嘴里塞，不到半分钟一块扣肉便被他吞进了喉咙。阮正北晓得，二哥当过兵，后来又一直干警察，身体一直相当强壮，在家族中一直号称“阮三大”，即力气大，酒量大，饭量大。传说，年轻时有一次他在乡下追捕罪犯，饿了两天肚子。回到派出所后他一个人煮了一斤面条，还炒了一只鸡，吃得连汤都不剩。退休后的二哥，三天两头还骑着一部250 CC的老式三轮摩托游走乡间，去打理他置放在老家落叶寨的十多箱蜜蜂，偶尔还采回来一些城里鲜见的山珍野味。可是如今，被认为是阮家最强壮的一棵大树轰然倒下了。

阮正北匆匆告别了饭桌，在酒楼门外给阮小农打了个电话，告诉他，脑中风病人的黄金抢救时间一般是五六个小时以内，一定要让医生尽力抢救，不惜一切代价。阮正北干过两个小单位的头头，说话做事都很果断利索，处置危机时像个久经沙场的指挥员，处理问题步步到位，滴水不漏。不过，阮小农平时很不习惯小叔说话的口气，总觉得他是在给自己的下属安排工作。

阮正北接着提醒说：“小农，我记得你阮正章堂伯前些年也中过风，我去看他的时候他舌头都硬了，说话都听不清楚，走路都站不稳。他后来恢复得不错，听说还能自己上街买菜了，久不久还打电话来撩我聊天。你明天去问问他，到底他是怎么治疗的。好吗？”

“好的，谢谢叔。”阮小农弱弱地说。

“行吧，你老爸病情有什么变化要随时告诉我。”阮正北又说，“噢，那个覃阿姨怎么样了？你听我说，你是晚辈，是男子汉，不要跟一个老阿姨一个后妈太计较，好吧？”

“好的，谢谢叔。”

阮小农觉得，自己和继母的关系确实不好，从来没有主动跟她沟通交流，这是基本事实。他总觉得有人背地里把他和继母的关系告诉了小叔，每次和小叔见面或者是通话，对方都会顺带提醒他几句，话里带着警告的语气。不过有时候他又想，也许根本就没有人告他的状，小叔是玩笔杆子的，随便就可以虚构很多故事，所以他完全可以假设一个重建家庭会出现哪些情况，因而会根据自己的臆想来对他敲山震虎。

“噢，你也把你老爸的病情跟正南叔说一声，免得以后他怪罪你。”阮正北说。

“得嘛，叔。”阮小农有些不耐烦了。

打完电话，阮正北头也不回地离开了酒楼，漫无目的地独自在街边踱步。

想想不到二十年时间，父亲刚过七十就走了，没得享几天清福。后来走的是母亲，终年八十三岁。俗话说，七十三八十四，阎王不请自己去。再后来是大哥，接近退休年龄的小学教师阮正东，那天在隔壁村小学放学后参加了一场白事，喝了点酒，驾着摩托车回家的路上冲到深沟里当场殒命。现在轮到二哥阮正西倒下了。这难道就是传说中的宿命吗？正像寨上老人说的那样，哪片树叶老了变黄了就自然会从枝头落下来，人也是如此。

阮正北多次听父亲说过，他们阮姓的祖先来自历史上一个叫阮国的国家，阮国后来被周文王灭掉了，其子民为了延续香火，以阮为姓散居各地。到了高祖父那一代，阮家在粤西被仇人剿杀，高祖父独自一路向西逃难，最后在桂西北高地的驮娘河畔停下了脚步。虽说高祖父逃离了夺命之忧，得以休养生息，然而从曾祖父到祖父再到阮正北的父亲，阮家整整三代都是单传。就是说这三代阮家每一代都只有一个男孩子，这个孩子他承担了传宗接代的任务。到了父亲这一代，除了父亲之外，他还有一个姐姐两个妹妹。祖父是一个开明的人，他知晓当地有一种叫欧贵的风俗，源自句町古国的婚俗。这里的女孩子并不一定要出嫁，她们可以招喜欢的小伙子上门，两个人共同生育的下一代可以随母姓，也可以跟父姓。这样一来，祖父的三个女儿就有理由留在了阮家，继续繁衍生息。祖父这一招，只经两代人就使阮家扩大到如今的五六十人。仅父亲这头，他就有了正东正西正南正北四个儿子和一个女儿正中。后来，老大正东又生了两男一女，正西一男一女，正南两女，正北和妹妹正中各有一子。在老家落叶寨，今天的阮家已是不折不扣的大户人家，正所谓人丁兴旺，如日中天。

可是，阮氏家族的命运还是应验了寨上的一句老话，叫作旺火烧锅，树高易折。到了阮正北这一代，人口是比以往多了，可真正能称为栋梁的并没有几个。他们四兄弟，要说走得最高最远的就是老三阮正南了。他早年考上广东的华南农大，毕业后留校当了老师，退休前已升至二级教授，后来带了几个专利加盟某上市公司，成为一个不大不小的股东。老二阮正西高中没毕业就入伍当兵，后来经过努力，干了多年的所长，先是派出所所长，然后是看守所所长，退休时肩膀上扛的是一杠三星一级警司。阮正北虽说大学中文系毕业，但也只是玩点笔头，写点不痛不痒的文学作品，自娱自乐而已。

如今，阮正北他们这一辈几乎都退休了，如同秋天的树叶一片一片地黄去，又一片接一片地落下来。阮家后一辈的孩子们似乎没有了前辈的志气，念过大学的都进了公司，没读几年书的不是打工就是做点小本生意，勉强养家糊口过日子。因此，他真切而凄凉地感到，二哥阮正西这一倒便是阮家衰落的开始。

·四·

漫无目的地在街边遛了一个时辰，阮正北拖着疲惫的身体回到家。妻子揶揄说："哟，今晚回得这么早啊。我都搞不懂了，一个退休老人还经常有人请吃请喝。"

"人缘好，没办法。"阮正北自嘲说，"你听我说，其实，我们也是一帮老家伙轮流请的，没违反政策。"

"喏，我的电视剧看完了，到你的体育台了。"妻子把电视遥控器递给他。

他并没有接过遥控器，反而盯着她问："嗨，上次你让人家给我带的那个安宫丸呢？"

“什么安宫丸，是安宫牛黄丸。”妻子白了他一眼，“怎么，你现在愿意吃了？”

“你马上给我找出来，我有用。”他抬高嗓门说。

“你想吃我就给你拿，你确定要吃吗？”妻子有些疑惑。

“我跟你讲，我二哥中风了，正在县医院抢救。我明天要回去一趟，人家说中风病人吃安宫丸有用。”阮正北只好摊牌。

“什么，你二哥……我们回去过清明的时候不是还好好的吗？”妻子有些夸张地瞪着他，似是他在撒谎。

“哎呀，那时候我都说他嘴巴有点歪了，他硬不信，现在终于挨了！”

“可是，阮正北，我跟你说，我花大价钱让人家带回来的很正宗的安宫牛黄丸，是想给你保命的。现在你要拿去送给人家？你真慷慨大方啊！”

“什么人家？他是我二哥，亲哥。你不懂吗？”阮正北几乎咆哮起来。

见丈夫真的生气了，妻子噘起嘴不服气地说：“你要拿也得，不过你要给钱，两盒三千多块钱，零头我不要了。你爱给谁吃就给谁，我不管。”

说着她扭身走进卧室，从一个抽屉里摸出两个精致的小木盒，走到客厅放在茶几上，然后一声不吭转身返回卧室，把阮正北晾在客厅里。

偶尔吵一次架，对于阮正北夫妻来说再正常不过了。不过为了两盒药吵架，平时还是少有的。他晓得自己心脑血管方面的问题也不轻，所以妻子是出于爱护才会给自己买了这么贵的药。

阮正北洗澡的时候，三哥阮正南给他发了一条长长的微信。大致是说，惊闻二哥罹患中风，非常悲切。一定要抓住黄金抢救期尽全力抢救，要不惜一切代价把人救回来。由于身体有恙，加上公司业务拖累，他无法回去探视了，敬请家人恕谅。云云。

这就是三哥。作为一个家族里最有成就的人，也是耗费家里资源最多的人，每当家里有什么事情有什么困难的时候，他总是闪烁其词，既把话说得冠冕堂皇，又把不回来的理由也表达充分了。他远离老家，一般逢年过节不回来，亲戚们都觉得情有可原。他在大学里带学生做科研忙得抽不开身，三年五载不回老家看望亲友，这个大家都觉得还正常。可是，从母亲去世时回来过一次之后，都十多年了，三哥就没有再回来过。每年清明、三月三祭祖，几乎都是阮正北和阮正西操持，似乎根本不关他什么事。家人们对于三哥的表现也颇有微词，甚至有什么事情都懒得告知他，大家有什么话反而都愿意跟阮正北说。然而无论是在老家还是别的场合，他都不会说三哥一句坏话，更没有当众对他表达不满。他始终认为，阮正南是阮家最有出息的人，也是唯一做大事的人，这样的人理所当然会有些特别的待遇，就算是情感方面也是如此。

阮正北用不到一刻钟时间拣好东西，一一塞进背包里。

以往要回一趟老家，他至少要在心理上做十来天的准备，然后要在两三天内适当采购一些用品。但是，现在他只想马上回到二哥身边，希望能把他从死神手中抢救回来。

临睡前他给妻子的微信转了三千块钱，作为安宫牛黄丸的补偿。又告知她这一次回老家可能时间比较长，不晓得什么时候能回来，主要看二哥的病情而定。

在主卧那边的妻子也还没休息，硬邦邦塞回一句：这个药你有钱买不到。但是她并没有收他的款，他晓得自己的女人刀子嘴豆腐心，心地善良而率真。其实，他们很早以前就分床睡了，在重点中学当老师的妻子要早睡早起，而他的职业和爱好又跟她恰恰相反。因此，他干脆在书房架了一张一米半的床，一睡就是十几年。

·五·

尽管已是深夜，但陆陆续续地还有一些亲戚朋友闻讯赶来，挤满了急救室走廊的楼梯口，大家都围住覃梅花，听她讲述阮正西病发送医的过程。妹妹阮小草还在走廊上忙着给亲友们打电话发微信，告知大家父亲阮正西病危的消息。阮小农眉头紧锁，靠在木椅上假寐。他晓得，父亲或生或死都是这几个小时内的事情，让亲友们知晓父亲的病情是应该的，所以他没有阻止妹妹的行为。

从乡下老家落叶寨赶过来的几个亲戚由阮老大领头，径直从一楼爬上二楼，大步走到阮小农跟前站住，气喘吁吁地问：“小农，我叔呢，你怎么在这里，不陪他？”

阮小农指着急救室说：“在里头抢救呢。”

“他得什么病？严重不严重？”阮老大问。

“严重，都下病危通知书了。”阮小农沉着脸说。

“小农，你听哥说句难听的。如果我叔不能医了，不如现在就抬他回老家，你看怎么样？”阮老大说。

阮老大是大伯阮正东的儿子，在阮家这一代排行老大。他早年到广东打过几年工，见过一些世面。他在南海渔船上拉了几年渔网，挣了几万块钱就回寨子了，还带回了一个带仔的湖南媳妇。据说女人本是他的一个工友的媳妇，工友不慎掉到海里溺死了，留下孤儿寡母，他看着女人和孩子可怜，就把人家带回来了。

阮小农听得出堂兄话里的意思，他是担心阮正西在医院里断气了，死在外面的人就不能接回老家去超度，更不能入土为安。在桂西北一带山区，一些乡村一直保持着土葬的习俗。病人一旦在县城的医院里去世，那就不能抬回乡下老屋，得按城里居民的方式办葬。

阮小农似乎被堂兄的话点醒了，赶忙说：“啊！这样不行。只要我爸他还有一口气就不能。再说了，这么大的事情我可决定不了，还要听两个叔叔的。”

阮老大边摇头边撇嘴说：“三叔四叔那么远，远水救不了近火，他们能帮做什么？光懂得指手画脚而已吧。四叔还可以，三叔嘛就算了。在这里我是老大，我希望你认真考虑一下。”

“大哥，今晚还是先让医生抢救，明天看看情况再说。我听四叔刚才跟我通话的口气，好像他明天要赶回来，等他回来再说吧。”阮小农说。

“也得。”阮老大朝阮小农伸出手，讪笑说，“给我一根烟，刚才出来太急忘记带烟了。”

阮小农从包里摸出一包真龙，一一分发给大家。几个人点燃香烟刚开始吞云吐雾，一个白大褂就从楼梯口的医护值班室冒出来，边走过来边叫喊：“哎，哎，这里禁烟，这里不能抽烟。你们要抽烟到那边厕所里边去抽啊！”

五百三十公里的路程，阮正北开了近七个小时的车。他先是走了三百五十公里的高速，然后再驶入一百八十公里的二级路。八桂县县通高速的项目正在紧张实施中，路上车来车往，各种施工车辆影响了他这个老司机开车的速度。中午时分，当阮正北出现在阮正西的病房门口的时候，他看见嫂子覃梅花和侄女阮小草正俯身在病床前，忙着给二哥的脚趾尖扎针挤血，而躺在床上的二哥则痛得嗷嗷地叫骂。

见到阮正北进来，两人连忙停止了动作，起身跟他打招呼。他指着地上一个塑料袋里的一团团血纸，询问是怎么回事。阮小草小声地告诉他，阮正章堂伯前些年得的也是这种病，有人说得病后要用针扎脚趾头和手指尖排出黑毒血，所以堂伯后来就好得快了。说话间，阮正西意识到老弟回来了，立马睁开浑浊的双眼瞄过来，忽然嘴巴一歪，禁不住哇的一声哭了起来。这带有委屈和伤悲混杂的哭声，顿时让病房里的气氛变得凝重起来。

阮正北默默地走过去，边坐到床沿边伸出手握住二哥没有扎吊针的右手，感觉软绵绵的没有一丝温暖。覃梅花看见丈夫哭得一把鼻涕一把泪的，赶紧弄了一块湿毛巾，准备给他擦脸，却被阮正北顺手接过去，慢慢地在兄长宽大松软的脸上仔细地擦拭起来。

待阮正西情绪稍微平复之后，阮正北便开始尝试和兄长做一些简单的交流，但显然很难进行下去。二哥的喉咙里吐出来的已经不是清晰的声音，而是咿咿啊啊的怪调，让人听不懂他说的是什么意思。他只能挥动那只尚有知觉的左手，或是摇晃一下脑袋，用点头或摇头表示肯定还是否定。阮正北想，兄长的病远比他想象的还要严重，要想治愈恢复到从前那太难了。

阮正北到街边吃了一碗麻鸭粉，把肚子填饱了，又踅回医院找主治医生了解兄长的病情。医生告诉他，阮正西的病属于脑动脉血管闭塞，伴有严重风湿性心脏病。因为条件有限，县里做不了颅脑手术，转院到市里路程又太远，怕病人经不起折腾，担心在半路上出事。现在他们主要是采取药物治疗的方法，用医院里最好最有效的药，尽可能打通他大脑内所有的动脉血管。阮正北又问医生，这种病西药和中药哪个更有效，能不能中西医兼治。医生告诉他，这种病开始发病时西医治疗效果更好，控制住病情后转为中医药治疗效果则好一些。医生还说，得了这种病想要完全恢复几乎是不可能的，多数病人会留下比较严重的后遗症，比如偏瘫、失忆、失语、动作反应迟缓等等。另外，恢复得好不好还要看个人心态。

回到病房，他从包里摸出一颗安宫牛黄丸，破开蜡壳，放入温水里，用小勺子慢慢磨化，然后一点一点地喂入阮正西的嘴里。开始时二哥并不配合，边咬牙边摇头哼哼着表示拒绝。他轻声告诉他，这个药是特效药，三百多块钱一颗，很贵的，是专门用来治他这个病的，这段时间要每天服一粒。二哥听了，才肯张开嘴巴让他喂药。

这些年，或许是再婚不太顺利，阮正西的脾气愈来愈差了。尤其是中风住院之后，他的情绪愈发不稳定，心理也愈加脆弱了。每当有同龄人或是老同事老战友老亲戚什么的来探望，他都免不了要伤心地哭泣一阵，待人家好话一阵安慰之后，他才慢慢平静下来。有时候护士往他手上扎针头，稍微弄疼了，他也猛地甩开左手，还朝人家瞪眼怒视，嘴上跟着不干不净地骂几句。

阮正西的另一个问题是体形偏胖，一米六八的个头竟重达一百八十几斤，身子单薄的人根本搬不动他。为此，阮正北吩咐阮小农，让他和阮老大商量，请他抽身来医院照顾几天。阮正北看中阮老大，主要是他力气大，人个头虽不高但膀大腰圆，像个举重运动员一样壮实。阮老大还有个优势，就是平时和阮正西关系不错，早年没少穿大叔送的旧警服，叔侄俩还经常在大冷天一起下河打鱼。

阮老大接到电话后倒是回复得很干脆，既然是大叔生了重病，小叔又都出面了，他还有什么理由不来帮这个忙呢。况且，以往他搞贷款的时候，阮小农也没少帮忙。所以他一口就答应了。

按照阮正北的安排，阮老大主要是晚上值夜班，白天他和阮小农两个人轮换，阮小草负责给护理人员送午饭和晚饭，覃梅花则负责换洗的衣物，再熬些肉粥给病人吃。

由于阮正西忍受不了疼痛，往手指尖、脚趾头扎针排毒的民间疗法被迫停止。所谓十指痛归心，疼痛那是肯定的。尽管堂哥阮正章还特意来到医院，向阮正西现身说法，但他还是摇头苦脸，表示太疼了不能接受。阮正北隐隐觉得，若是二哥这么抗拒不配合，最佳治疗的时机就很容易错失，那么将来的恢复治疗效果如何就很难说了。

阮正北并不知晓，就在他回来的这两三天里，覃梅花和阮小农的关系骤然再次紧张起来。原来，覃梅花回丈夫家去取衣物时，发现属于阮正西的房产证、存折和现金都不翼而飞，已经不在原来的抽屉里，显然是被人拿走了，但她不能确定是阮小农还是阮小草。

人的情绪是掩饰不住的。这天早上，医生刚查房会诊完毕，覃梅花就拎着一个保温饭盒进来了。和以往不同的是，她进入病房后并不是先向阮正北打招呼，而是径直把饭盒往床头柜一搁，就开始默默地动手准备给阮正西喂食。

阮正北觉得气氛有些反常，便试探说："阿嫂，今早煮的是什么稀饭呢？"

"还是瘦肉猪肝粥，叔。"覃梅花低着头回答。

"哦，嫂辛苦了。我先去吃个早餐，一下就回来。"

阮正北说着转身出了病房。他觉得自己的猜测是对的，覃梅花一定是有什么心事，她的情绪已经说明了一切。其实，平时他跟这个后嫂并没有什么交流，只是每次回老家时在二哥那里吃饭才偶尔会碰见她，一般都是只打个招呼而已，没有别的交谈。嫂子读书不多，没有多少文化，只会些简单的算数记账，基本满足她一个供销社职工的本职工作需要。他还觉得这个嫂子和二哥其实还是挺般配的，普通人不要有太多的想法，能够在一起安度晚年也是不错的选择。他曾经想过找个机会促成一下，让他们两个人能够堂堂正正地住到一起生活。不承想，二哥的福分就这样到头了。

·六·

阮正西在县医院治疗了十五天，病情并没有明显好转，这难免让所有的人失望。不过，和他刚住院的时候相比，也是有所好转的。他已经可以在别人的帮助之下，起身坐到床沿，在别人的帮扶下勉强走几步路，只是说话依旧是大舌头，吐字还是不清。医生建议，这种情况应该转去中医院住院，采取理疗的方式继续治疗。医生的话再明白不过了，就是在这里继续医下去也不可能痊愈，不如另外换个地方用别的方法试一试。

这天上午，阮正北把覃梅花阮小农阮小草叫到走廊上，打算商量如何进行下一步的治疗。不料，覃梅花却先开口了。

“叔，有件事，我不晓得该不该说。”覃梅花低着头说。

“嫂，有什么话你尽管说嘛。”阮正北鼓励道。

“是这样，前几天我去要老阮换洗的衣服，打开衣柜，发现房产证、银行卡、存折，还有现金都不见了，我想要不要报警呢？”说完她双眼有些慌乱地看着远处。

原来如此。阮正北还是佯装惊异地问：“有这回事啊？”他瞥了兄妹俩一眼，又问，“小农、小草，你们晓得什么情况吗？”

阮小农的脸色霎时涨红起来，狠瞪了覃梅花一眼，恶声恶气地说：“小题大做，你去报警啊！是我收起来的，你想怎么样？真是奇了怪了。”

“我，我不想怎么样，就是问问而已。”覃梅花怯怯地说。

阮正北觉得这个事非同小可，若自己不出面协调恐怕会酿成大事，影响团结不说，还会不利于二哥治病，严重了还要闹到法庭上。于是，他清了清嗓子，尽量降低声调说：

“嫂子、小农、小草，这个事你们先听我讲。二哥突然生病，而且病得这么重，这是我们谁都想不到的。现在他既然这样了，我们家人更要团结一致，要一起尽全力医治他。不管怎么样，我们决不能放弃。是吧？这几天我一直想，二哥的治疗应该怎么做更好点，更合理点。我想能不能这样，二哥下一步主要是理疗恢复，我听说中医院那边有理疗科，我们还是要先送他过去，在那里边理疗边吃中药调理。如果不住院直接回家，可能康复的效果不会那么理想，搞不好还会二度中风，那就更麻烦了。因此，我认为继续治疗是首选。”

“叔，我们哪里有时间陪护呢。”阮小草嚷道。

“不急，你先听我讲完。”阮正北说，“你们老爸现在这个样子，当然离不开陪护了。我了解了一下，这个医院的护工每个月三千四千五千六千的都有。三千的一般只陪夜，四千的全天陪但周末两天不陪，五千六千的全天都陪。不过人家还要看病人情况，就是说人家还有选择权。”

阮正北停顿了一下，把目光转向阮小农，询问道：“小农，你老爸每个月退休金多少钱？”

“具体多少不清楚，好像是四千多吧，查一下就晓得了。县里的科级干部，退休又比较早，就这么点了。唉。”阮小农叹息一声。

“他的存折有钱吗，大概多少钱？现金呢？”阮正北又问。

“存折应该没有多少钱，可以查的。现金不到一万，八千多吧。现在的医疗费和押金都是我垫付，差不多八万了。当然，部分医疗费是可以报销的。到时候小草你帮个忙，去报一下账。”阮小农说。

“他上个月跟我讲，说储蓄卡里有十六万多，不晓得是真是假。”覃梅花嗫嚅地说。

“好，不管怎么说，二哥他还有点钱，还可以顶一顶。小农、小草，我和正南叔也商量过了，我们认为，如果你们老爸治病的钱不够，还能活个五年六年，那你们也可以考虑卖掉房子。对吧？所以呢，他的房产现在不能动，银行卡主要用来支付医疗费和护理费。其他小支出你们子女每人也得出一点。”

“这些天，光尿不湿卫生纸都用去几百块钱了。”阮小草说。

“这个费用，你先垫支，以后再说。我建议你们每个人都记一本账，以后再对账再平衡。怎么样？”

阮正北的目光环视大家一圈，最后落到阮小农脸上，说：“小农，我初步跟老大谈了，我想请他往后继续护理你老爸。我主要考虑他是我们自家人，跟你老爸又比较有感情，更重要的是他力气大，一个人能够搞掂你老爸，我们都不行。这几天我试抱了几次，老腰都快受不了了。”

“叔，那老大哥他同意吗，陪护费一个月给多少合适呢？”阮小农问。

“他同意不同意，你要亲自开口跟他说，我代表不了你。至于陪护费嘛，你也跟他商量一下，尽量合理一些就好了。”阮正北说。

“叔，我觉得把阿爸直接送到养老院得了。听说住进去以后，吃住护理什么的人家都全包了，多省事啊。”阮小草说。

阮正北听了，苦笑说：“小草啊，这个你想都别想。养老院不一定愿意接收一个瘫痪病人，你们老爸他生活能自理吗？况且他还要继续治疗呢！”

“你别乱说了，听叔的没错。”阮小农白了妹妹一眼。

·七·

阮正北始料不及，他精心策划的方案刚出台就碰了壁。先是阮正西一听说要把他转去中医院，就猛烈地摇头晃脑哇哇地叫喊着表示反对。他还用左手往门外指，比画着想要回家，想洗澡，哪里都不去。

午后，闹腾了一个上午的阮正西终于睡着了。覃梅花刚收拾完东西，阮正北就吃过午饭来接班了。她刚想离开病房，却又踅回来，怯怯地低声对阮正北说："叔，你出来一下。"

覃梅花把他带到走廊尽头的木沙发跟前，指着沙发说："叔，你坐下，我有些话想跟你说。"

"嫂，你也坐吧。有什么话你尽管说。"阮正北率先坐到木沙发上。

覃梅花也不客气，坐到了另一头，捋了一下额前的头发，便打开了话匣子。

"叔，难得你听嫂说一回话。我晓得你文化高，是写文章的，我没什么文化，说错了你不要见怪哦。"

"嫂，你尽管说。"

"我和你二哥，不是没有爱，也不是没有缘分，是我的命不好。我和他认识几十年了，晓得他人善良，心眼好。他对我们全家都不错，对我前夫老黄，对我女儿媛媛和兰兰都不错。有一次我得急性阑尾炎，乡卫生所做不了手术，我家老黄在村下联系不上，你哥他连夜用三轮摩托搭我到县医院，救了我一命。我心里一直感激他。

“我家老黄临死之前，说以后让我有什么困难就去找老阮，想要再嫁也要嫁个像老阮那样的。老实讲，老黄的话让我很难为情，因为你们正西哥他有自己的家庭，人家过得好好的，我一个寡妇怎么好去搭帮人家呢？我难啊！所以我就不敢见他，不想给他惹麻烦。后来他老婆病死了，我就想我们怎么命这么苦啊。也许这就是你们文人说的同病相怜吧。后来我听说他整天在外面喝酒，应该是内心很难受很苦闷吧。我就忍不住悄悄去酒馆转转，看他是不是又喝酒了。想不到去了几次就挨他撞见了，那晚上他借酒劲拦住我，大声问我为什么不搭理他。我怕羞，就同意他送我回家了。唉，我们两个暗地里来往了一段时间，我以为找到幸福了。料不到，他两个小孩都不同意我们来往，他们还上门来劝我，说他们不喜欢我，小草还说他们妈妈在阴间也不会同意我们来往的。可是你晓得的，你二哥他倔强得很，他说这是我们两个人的事，不关别人的事。见他铁了心，我才同意继续跟他了。不过我也跟他约法三章，只许他来我这里，我不去跟他住，财产各算各的。想不到他也点头同意了。

“叔，我晓得，这次你二哥在我那里病倒了，小农小草他们心里肯定怨恨我。这一次，他们把他们老爸值钱的东西都收起来了，是防我怕我去抢哩。叔，我不是那种人，不过我要过得明明白白，我希望你能主持公道。”

“这个，请嫂放心，我会的。小农他也是为了他爸治病着想。年轻人说话做事考虑不周全，嫂你也要谅解他们一些。”阮正北说着站了起来。

覃梅花晓得他们的谈话结束了，也跟着站起身，说：“叔，有你这些话我就满足了。”

第二天早上出院的时候，阮小农和阮老大叫来了几个亲友，大家连扶带抬才把阮正西弄上车。刚进家门，他就要求坐到沙发上，要求打开电视，要求打扫卫生，还要求看孙子多多和孙女少少。住在隔壁的几个老同事老朋友闻声赶来，每个人都上前去抓住他满是针眼的左手，又摸一摸他软绵垂垮的右手。亲热一会，阮正西又忍不住一声号啕，呜呜地一阵痛哭，弄得大家都有些尴尬了。

阮正北见状，赶紧把几位老人家疏导走了。哭毕，阮正西又开始嚷着要洗澡。阮老大立马唤上两个亲戚，一阵手忙脚乱才把他扶进了卫生间。

趁二哥洗澡的工夫，阮正北吩咐阮小农带两三个人移开沙发，把客房里的小床搬出来，摆在客厅电视的对面。把床安在客厅主要是更方便照料二哥，另外他躺在床上闷躁了也可以随时看看电视。而从医院拿回来的备用药和纸巾之类的东西，则把床头柜都塞得满当当的。

做完这一切，阮正北紧绷的神经才稍微松弛下来。这些天大家都在医院忙里忙外，没能有机会和亲戚们好好坐下来喝两杯，他觉得有点过意不去。他搜索了本地的美食地图，很快就点了一桌外卖。

吃饭的时候，阮正北端起酒杯，一一给大家敬酒，表达谢意。同时也希望大家继续帮助小农和小草，一起把二哥照料好。轮到和阮老大单独碰杯时，阮老大却抢先说：“叔，我晓得你想说什么。你放心吧，我们晚辈不会丢下大叔不管的。”

吃过晚饭，阮正北借着酒劲坐在床头和阮正西聊了约半个钟头，主要是让他不要想太多，坚持服药，安心养病，尽量不要生气。他还告诉二哥，已经为他安排好了后续治疗事宜，包括网购了轮椅和理疗仪。

听着听着，阮正西终于听出了弦外之音，他老弟要回省城了。于是，伤心的眼泪又冲出了闸门，后来他竟又泣不成声了。

早上八点半，阮正北还赖在床上，好些天没有睡这么沉的觉了。他打算稍晚一点起床，退房后吃碗米粉再出发回省城。不料这时候手机响了。

阮老大说：“叔，你还没有上路吧？”

阮正北顿了一下说：“还没有呢，刚准备起床。有什么事吗？”

“大叔他昨晚闹了一晚上，我怎么劝都没有用，你最好来一趟。”阮老大说。

阮正北皱了一下眉头说：“好吧。等下我过去。”

半个小时以后，阮正北来到二哥家，阮老大正在给他喂食。看见老弟来，阮正西又嘤嘤地哭开了。

“喏，小叔来了，大叔你想怎么样自己跟他说吧。”阮老大没好气地说，“唉，闹了一晚上，都睡不成觉。”

阮正西停止了进食，可怜巴巴地盯着阮正北，然后用左手往窗外指了指，嘴上呀呀地说着什么。

“哥，你想说什么？”阮正北问。

阮正西重复刚才的动作，又呀呀地乱叫。见老弟还是不理解，他苦笑着摇摇头。

阮正北只好从包里掏出一支签字笔，撕下墙上的日历，把无字的一面贴在一本书上，又把笔捏到阮正西手里，然后双手把纸放到他跟前的小饭桌上。只见阮正西左手紧握住笔杆，颤巍巍地一笔一画写了歪歪斜斜的两个字：老家。

阮正北看了一怔，疑惑地盯住他问：“哥是想……回老家吗？”

阮正西双眼含着泪水，使劲地点点头。

“哥，不行。你不能回老家，你的病还没有好呢。”阮正北大声说。

话音刚落，阮正西就把手中的笔往地上一掼，接着又往饭桌上一扫，桌上的东西哗啦啦撒了一地。他又生气了。

落叶寨的老家有一栋三层小楼，是十几年前几兄弟筹资修建的，父母亲去世后，现在的屋主是阮老大。逢年过节或是清明、三月三祭祀，大家一般都要回去小住几天。当然了，以往回去次数最多的也是阮正西和阮正北，老三阮正南不轻易回来。

无论如何，今天是回不了省城了，先把这桩棘手的事处理好再说。把二哥安抚一番之后，阮正北急忙把阮老大叫到屋外，征询他的意见。

阮老大也不拐弯抹角，直接表态说：“叔，大叔一个人白天在这里并不好。你看到这个点了，小农、小草和阿婶一个都不见影。我家里还有许多农活呢，也忙得很，等下还要赶回去给那几亩砂糖橘喷药呢。”

“那照你的意见，怎么办好一点？”阮正北似乎看透了对方的心思。

“我想这样，既然大叔在这里白天没有人陪护，他也想回老家，我们不如满足他好了。”阮老大眼里闪过一丝狡黠，说，“给他回老家住，说不定他心情好了，病情还会好转呢。回老家去住，阿姑早晚也能来看看，村里还有医生，我老婆也可以帮忙煮东西给他，喂他吃，我白天还可以干点农活。晚上，我会在他旁边加一张床，全程陪护。”

阮正北沉思片刻，问道：“嗯，这个也是没办法的办法了。不过大叔回家去住了，肯定会加重你们的家庭负担，你老婆她会同意吗？”

“叔你放心，我老婆都听我的，我说一她不会说二。”阮老大说，“不过我有三个条件。第一，星期六星期天小农和小草要回去一起陪护，不能把大叔光丢给我一个人。第二，我的酬劳要适当增加，起码要合理一点。第三，我只负责吃的，其他由他们负责买。”

阮正北听毕点点头。“行，那你先别忙着回去，中午我和他们商议一下。如果他们没意见，那我们下午就一起把大叔送回老家。”

中午时分，阮正北把阮小农、阮小草和覃梅花招呼到一起，阮老大默默地站在一旁抽烟。当他把阮正西的要求和阮老大的想法说出来时，三个人都感到有些意外。沉默了好一会，阮小农才说：“这样当然好了，只是老大哥辛苦了。”

“叔，一个月要给老大哥多少酬劳才合适呢？”阮小草想的是钱的问题。

“这些天都是按一个月三千给，你们老爸回老家以后，等于是吃喝拉撒全是老大他们包了，我建议是四千五到五千这样。你们看怎么样？嫂子，你要说话呀。”阮正北说。

“叔说怎么办就怎么办，我听叔的。”覃梅花说。

阮正北扭头看阮老大一眼：“老大，你呢？”

“唉，一说到钱就伤感情。我本来也可以不要钱的，我大叔一直对我不错。可是，我的两个小孩一个读大学，一个念高中，都要用钱。我平时在寨上也给人家打零工，一天也能拿个一百多两百。叔说给多少合适就给多少吧。”阮老大表态说。

“得，谢谢老大。这样吧，小农你每十天必须按时给你老大哥付一回工资，按每月四千五给啊，不能欠。老大，我每月另外补助一千给你，就算是补贴你买煤气和水电费的支出。”阮正北说。

“那就先这样吧。一会我叫几个朋友过来帮忙，我下午有会去不得老家了。”阮小农率先离开了。

太阳偏西时分，阮正北他们三辆车鱼贯驶出县城，半个小时后来到落叶寨前边的驮娘河桥头。

桥上有几头水牛正慢悠悠地在前边走，车队只好放慢速度，缓缓跟在牛屁股后面。这时，一路上默不作声的阮正西突然来了精神，他呀呀几声，挥舞左手指着窗外，睁大眼睛看看流淌的河水，又看看熟悉的岸竹，最后两眼盯在河对岸桥头那棵高大翠绿的大榕树上。他仿佛看到了树上的叶子正一片一片地飘落而下，又忍不住哇地一阵大哭。

铧尖地带

原载《作家》2019年第9期

当凤岭森林公园里的知更鸟开始了它新一天的第一声鸣叫时，靠近公园的凤岭小区18栋3单元的一个房间第一个听到了召唤，电灯立马亮了。

摁亮床头灯，人还躺在床上，宋寅时先是活动了几下四肢，又揉了揉双眼，睁眼瞥了一下床前墙壁上的电子钟，恰好四点四十分。该起床了，他毫不犹豫地坐了起来。

他天生有早起的毛病，一般情况下，他每天大约在破晓前就会醒来。于是每天中午他必须睡觉一个钟头左右，这样才能保证每天有大约六个小时的睡眠时间。还在岗位上时，由于睡眠不足，他每个周六的上午都用来补觉，否则下一周的精力效率都将大打折扣。自从退休以后，宋寅时就开始着手管理自己的睡眠，渐渐养成了固定的睡眠习惯。每天晚上十一点半他就上床，然后半躺着阅读半小时，零点准时入睡。

至于他为什么在每天的这个时间醒来，直到现在他六十一岁半了也还没弄明白。年少时母亲曾经告诉他，还裹在背带里时他就经常会在这个时间段莫名啼哭，常常闹得一家大小都睡不安宁。后来父亲托问村里的老巫婆，老巫婆说，他生于寅时，本该是虎命，但知更鸟赶走了老虎，他前世就成了知更鸟。到读大学了父亲才把老巫婆的说法讲给他听。他觉得不可能，人怎么可能是鸟变的呢。该死的知更鸟。

从被鸟鸣声叫醒那一刻开始，宋寅时的脑子便被西江边那个神秘的三角地带所充斥。那是一个神秘而充满魔力的地域，今天早晨，他无论如何要抢先占领那个地方，他要得到那个让他梦中想到过好多次的位置，让那些家伙眼珠子嫉妒得红到发绿，却拿他没有办法。一想到那个地方，他就从身体的深处生起一种冲动，而且汹涌澎湃。

就在昨天晚上，宋寅时和老伴何苹在饭桌上爆发了一次争吵。何苹说："老宋你就别去钓鱼了，冰箱冰柜都装满了鱼，想买些苹果回来都没地方放，电视上说苹果要提价了，现在很多人都囤苹果了。"他晓得老伴嗜果如命，每天要吃掉两个苹果。不过听后他还是有些恼火，揶揄说难怪她亲友关系差，鱼多了就不晓得送亲戚吗，这个送三几条那个送三几条，问题不就解决了，真是木脑。何苹撇嘴说他钓回来的鱼都很小，才三几两大一条，而且多是罗非鱼大头鱼，品质不高，拿去送人丢不起脸。他当然不服她的指责，渐渐地声音就大了起来。他气呼呼地说："何苹，我告诉你，我钓鱼是为了修身养性，我不在乎得什么鱼，也不在乎你说什么，我就是要钓鱼，我就是要把鱼拿回家。你可以什么也不干，但必须帮我把鱼分给亲戚，分给邻居。这点事难道你都不能替我排忧解难吗？我堂堂一个教授，才不像他们一样把鱼都卖掉，我不缺那点钱。"

后来是因为何苹担心争吵下去他的血压又上来，主动先服软了，气氛才缓和下来。每次冷静下来之后他都觉得自己有点霸道，有点对不起何苹。说起来还真是他的问题。去年他从学校教学岗位退休后，有关研究所一直希望能够再返聘他几年，一起主持相关科研课题，但都被他谢绝了。他想，还在岗位的时候，什么时候有人主动邀请他主持课题了，一直都是弱肉强食，争得你死我活。他这个四级教授都拿十五年了，连评个三级的机会都没有。人退休了才想要返聘，去你的吧，老子不如钓鱼。

他曾经花了几个月的时间，对自己的晚年生活做了全面谋划。有人说他乡愁太重，劝他干脆回乡下老家去住，写点诗文，养花种菜，过田园生活。有人说老了就该安心养老，每天打打牌下下棋，什么也不用干，什么也别去管，也是一种快乐。还有人劝他写写书法炒炒股，不要整天去晒太阳活受罪。他确实想回老家，但是老家已物是人非，除了那间老屋，什么都不再是他熟悉的，于是就打消了这个念头。有一天他闲来无事，独自开车来到西江边，漫步在江岸上，忽然看见两岸星星点点，排列着许多垂钓者。这一发现令他眼前一亮，这不正是自己曾经熟悉和向往的生活吗？宋寅时不动声色就网购来了渔具，用不了几天时间就凑齐了行头，像一个真正的钓鱼人蹲到西江边去了。

他生怕影响隔壁屋里的何苹，便蹑手蹑脚揿亮了廊灯和卫生间的灯，轻声而迅速地处理了排泄洗漱事宜，前后总共花了不到十分钟。

他和老伴很久以前就分房睡觉了，原因是他四十岁以后开始体重超标，睡觉时开始打呼噜，而且愈打愈大。他的呼噜声导致中学老师何苹患上了神经衰弱症，因而他们只能被迫分房分床睡觉。然而，尽管后来她的睡眠恢复了正常，但那张温暖的大床他还是回不去了。

回到房间，他穿上了新买的迷彩胶鞋迷彩裤和迷彩T恤，戴上女儿送的电子手环，又将军绿色的绑绳缚上新买的瑞士军刀，扎扎实实地拴在腰带上。顿时，他感觉浑身多了一股威武之气，一种自信也爬上了黝黑的脸庞。凭他一米七五的身板，就是穿树皮戴蓑衣，都比江边那些家伙帅气，尤其比那个人模狗样的罗圈腿小李子强十倍。

想到那个小李子，宋寅时的胸口似是被什么东西堵了一下。他咬了咬牙，决定不在这个时候坏了心情，于是从床头柜上拿起了一小串钥匙和强光手电筒出了房间，又到厨房拎起头天晚上准备好的牛奶面包和水，轻声出了屋门。

宋寅时踩着碎步从四楼下到楼底，打开了单元门。钢制的金属弹簧门发出刺耳的咿呀声，他生怕惊扰到还在熟睡的邻居，急忙拉住迅速回弹的门，让它减缓了速度，只发出吧嗒的轻微撞击声。

每天这个时候，凤岭小区都还沉寂在睡眠之中。若没有什么急事，人们一般都不会早起，都会静静享受黎明前夜幕笼罩下的安详。知更鸟不在意天黑，还在发出清脆的鸣叫声，另外一些不知名的鸟儿也加入了大合唱。借助微弱的路灯光，宋寅时走到了自家杂物房，揿亮电筒，将钥匙插进锁孔，扭开了房门。

杂物房是20世纪末许多住宅小区的附属建筑，置于主楼之下，一户一间，面积只有几平方米，主要用于存放杂物。和别的家庭不同，宋寅时他们家的杂物房主要是存放书籍，另外一些杂物则是舍不得扔掉的旧电器旧家具。当然，也会储存些一时消化不完的米油茶酒之类。

一股奇异的化学品味道扑鼻而来，他不用分辨就晓得这是新买的渔具包散发出的气味。这款可以背在身后的帆布包是他从网上采购的，把除了鱼竿之外所有的渔具都装进去了。这个渔具包是一个叫卢长伟的师傅介绍他买的。

几个月前的一天，宋寅时正开着电动车行驶在江边的小路上，他身上背着长长的鱼竿包，车脚踏板上搁着一个杂物包，左车把上还挂一个塑料袋。因为是新买的电动车，他开得还不太熟练，而且是在沙石路上行走，所以他一路走一路歪歪扭扭的，让人见了都替他揪心。当他经过一个拐弯处时，那个装吃喝的塑料袋忽然扯开一个口子，包子牛奶矿泉水水果瞬时撒了一地。他只好停下来将车支好，狼狈地将地上的东西一一捡起放回袋子里。

“哎，师傅，你没坐过电动车吧？哈哈。”

一个沙哑的声音忽然从路边飘来。宋寅时抬头一看，只见一个黑影正一颠一颠地朝他靠近，边走还边歪斜着笑脸在看他。他凝神再看，发现此人原来是个瘸子。和以前他见过的瘸子不同，眼前的瘸子是腰部以上朝一边弯曲的，活像一个单括弧。他穿着黑T恤黑短裤，戴着黑布帽子，加上木炭头一般的黑皮肤，整个人就像是赤道上来的人，浑身黑黝黝的。

钓鱼人都互称师傅，尽管宋寅时听了他的笑声觉得有点刺耳，但还是停下来朝他点点头，以示友好。那人又笑嘻嘻地说：“师傅，我看出来了，你肯定是坐办公室的，没坐过这种车吧。”

他听了这话便不想搭理他了，不过看对方行走说话都困难，也不像有什么恶意，于是应和说：“噢，真的很少骑呢。”他顿了顿，又说，“我……我不是坐办公室的，退休了。”

“嗐，想钓鱼就钓鱼，退不退休不重要，对吧？不过，蹲在江边的多半是我们老家伙呢。师傅，你这样子干吗要来钓鱼呢？钓鱼佬很辛苦的。”

“我算个毛师傅啊，出来玩玩的。整天在家里待着也闷躁呢。”宋寅时收拾好东西，又跨到电动车上。

“你不要烦我啊。”瘸子似乎有点舍不得他离开，继续歪着头说，“哎，你今年多少岁呀？”

“六十一了，去年退下来的。怎么样？”宋寅时有些不悦。

“哦，那我比你大两岁，算是老哥了。哎，你不如干脆就在这里钓吧，我一个人闷得很，我移两根竿挪个地方给你吧。前几天有个人就在这里钓上了一条十二斤的大鲤鱼哩。”瘸子说，“人家嫌我话多过米，都不肯和我搭伴哩。其实我这个人蛮好的，不信你问人家。”

宋寅时脸上现出一丝微笑：“师傅，看得出来，你不像是恶人。你贵姓啊？”

“免贵姓卢，上头卢，名长伟。你就免喊我师傅了，叫我老卢吧。”

“老卢，你还是常委呢。”宋寅时调侃说，“古人说，劝君莫钓三月鲤。这个季节鲤鱼不是还在交配吗？”

卢长伟讪笑：“你别笑话我啊，我也是后来才晓得‘常委’是个官名的，老弟，不然我早就把名字改成‘常委’，过过官瘾了。我告诉你吧，不钓鲤鱼你来江边干什么？你不晓得，鲤鱼已经下完蛋了。”

宋寅时始料不到，他和卢长伟这么搭讪，后来就真的成了钓友。从那天起，他们几乎都挨在一起边钓鱼边聊天。因为好些年没碰鱼竿了，久疏钓技，有时候，宋寅时在抛竿取鱼时经常手忙脚乱，把自己弄得狼狈不堪。卢长伟见状，并不笑他笨拙，还不厌其烦地手把手指这点那。不到半个月时间，他居然能够自如地使用各种鱼竿钓鱼了。每当想到卢长伟，他的心里都充满了感激。

那天，虽然宋寅时只钓到四条几两重的罗非鱼，但他还是觉得相当满意。这一天，卢长伟让他见识了一些以前没有见过的钓技，他还知晓江边有横蛮霸气的高团长，有个神一样的老赖师傅。

宋寅时打开照明灯，提起沉重的渔具包，将两条背带套在双肩上，又拎起鱼竿包，关好灯出了杂物房门。

电动车统一停放在小区大门边上。他每次需要用车时都要沿着一条石板路，穿过前面三排住宅楼，经过小区中央的一个八角亭，绕过一个水池，才能到达小区大门口。虽说这一段路总共不足二百米，但是每当他在黑暗中走过这条路时，心里还是有些发怵。

那个疯女人又在凉亭上过夜了，宋寅时只用眼角一瞄就能知道。疯女人是小区3栋的一个住户，时常在大热天里穿一件羽绒服，手拎一只旧旅行包在小区附近晃来晃去。据老伴说，疯女人的老公也是个半疯子，时不时在大冷天里穿一件文化衫到地铁口转悠，有时候还赤裸上身在小区里吓唬小孩。好在疯女人从来不会攻击别人，看样子很安静，走路也是小心翼翼的，像是生怕踩上了蚂蚁。

也许是睡着了，疯女人静静地蜷缩在水泥制的长椅上，看上去像一堆破旧的棉絮。宋寅时记得，这个女人其实样子长得不差，只是脸色白得发青，没有几分生气。一头乌发差不多长到腰上了，散乱而浓密。他以前都忙于上下班，不太注意疯女人和她的丈夫。他退休以后在小区出没多了，才发觉有这么个人时常在小区里外徜徉。有时他大半夜回来也还能见到她缓慢地独自行走。他曾经和老伴提起过这对特殊的夫妇。老伴说，她听说这对夫妻原本有一个幸福的家庭，唯一的儿子是个学霸，北大毕业后就到美国留学去了。不料毕业那年出了车祸，命丧异国他乡。先是女人精神受不了打击疯了，继而是丈夫也成了间歇性的精神病患者。单位曾经多次将她送进医院，但一直无法根治，变成了一个沉默的人。好在她从来不曾伤害过任何人，小区里的人们都默认了她的存在，大家相安无事。尽管如此，时常早出晚归的宋寅时还是对疯女人有些忌惮，生怕她什么时候吓到了自己。

宋寅时放轻脚步绕过八角亭，来到停车场，打开防盗锁，将电动车推了出来。这台二手电动车也是卢长伟帮搞来的，他先是帮宋寅时卖掉了原先那台新车，然后换成了这部六成新的旧车。在钓鱼圈里，多数是退休下岗的老头，吃的也是养老金退休金。这些人手头都不是很宽裕，他们的交通工具一般都是电动车居多，极少有人开进口小汽车到河边去钓鱼。于是他就给自己买了一辆电动车。

当初宋寅时就曾经有过冒失行为：头几回去钓鱼他都把自己的进口小吉普直接开到江边。结果引起了附近钓友的反感，没有一个人愿意搭理他，甚至对他敬而远之。有一天他用海竿钓到了当天最大的一条白鲢鱼，有十四五斤重，他满以为会引起别人的注目，不料附近的钓友都对他反应冷淡，没有人过来近看一眼。后来有个人在和别人打电话聊鱼情时，还故意大声地告诉对方，说当天的鱼口如何不好，就是有个开车来的家伙瞎猫碰到了死老鼠，得了一条大白鲢。他听后终于知晓，那些钓鱼人是为什么疏远自己的，因为别人都是开电动车来的，而自己显然不合时宜，无意中冒犯了大家。

那次受到冷遇不久，他就花了五千多块钱，到市场买了一部广州产的五羊电动摩托车，为了不惹人注意，他还特意买了一款灰黑色的车，自称“小黑狗”。他心想，这下应该可以亲民一些了。不承想，才第二次骑到江边，就被初次见面的卢长伟一顿奚落。他告诉他，一般来江边钓鱼的人都不会骑名牌车，而是很便宜的车，多半是当地改装生产的一种架子车。这种车不仅动力强劲，而且车身长载重量大。车后架上可搭乘一个人，也可以拉个类似麻袋水桶的东西，两侧甚至可以装载两个一米多长的渔具包。关键是蓄电池的防盗装置非常厉害，一般小贼根本没法偷走，而且价格实惠，才两千多块钱。于是，他强烈建议他还是把新的品牌车换掉。

宋寅时感觉卢长伟并不像是在捉弄自己，似乎确实是在为自己着想，便同意将电动摩托车换成了架子车。整个置换交易过程是在卢长伟的帮助下进行的，卢长伟的小舅子就是开销售架子车店的，因而进展相当顺利，一番倒腾后宋寅时也只亏了不到一千块钱。

他在黑暗中把两个渔具包都捆绑到架子车上，把手电筒和手机都塞进裤袋里，然后跨上车，拧开了电门，轻轻一转把手，直流电动机就欢快地叫了起来。

清晨的街道灯光透亮，偶尔有一些早起的出租车在快车道上呼啸而过。辅路上能看见像他这样骑着电动车的人，有的是三轮，有的是两轮，车上一律鼓囊囊的，速度快得像一阵风吹过。

从宋寅时住的凤岭小区去往江边的距离其实不远，大约只有四公里的样子，只是要绕过凤岭公园，经过七个红绿灯，平时开车至少要耗半个小时以上。而这个时候，他的视野里只有昏黄的灯光和灰暗的树影。每到一个路口，都是黄灯闪烁，畅行无阻。一阵阵晨风吹来，让他感到无比惬意。一想到前面的西江沿岸还是一片漆黑，那个凸出的江滩还处在沉睡之中，他即将成为今天第一个踏足那块神秘土地的人，他就抑制不住一阵窃喜。为了抢先得到那个位置，宋寅时已经谋划很久了。

大凡对钓鱼这个行当有点小研究的人都晓得，钓位和钓技一样重要。鱼儿在江河里游动觅食都有自己的路径，专业一点说叫作鱼道。鱼儿通常都有自己隐藏的地方，或是洞穴，或是礁石，或是草窝。一般而言，不同的鱼类会在不同的时间觅食，或昼或夜，或早或晚，不过有一点是共同的，那就是鱼和许多动物一样，都有自己游走的道路。如果钓鱼人的钓位恰好卡在鱼道上，那么钓中鱼的概率就会高出很多。老钓友们都晓得，那些从江岸往江上凸出的地方，往往就是最接近鱼道的点位，鱼儿无论从上游去往下游，还是从下游到上游去，都免不了要游过这必经之路。

刚开始时宋寅时并不晓得钓位对于钓鱼人是何等重要。

他以为只要把鱼饵挂在鱼钩上，用力往江里抛掷就可以钓到鱼了。然而情况并不是这样。要不是遇上卢长伟，他有可能不会知晓钓鱼场上的种种奥秘。

卢长伟不仅把宋寅时留在自己身边钓鱼，而且还帮助他置换了电动车，教他如何配制饵料，如何打窝，如何抛竿，如何卸钩，如何护鱼。这些年西江里不知哪里来的一些外来物种，比如罗非鱼和清道夫鱼，浑身皆是坚利的角刺，弄不好就会被刺伤五指，鲜血直流。宋寅时虽说以前钓过鱼，得过类似鲶鱼剑骨鱼纳锥鱼之类的，但觉得都没有处理这两种鱼棘手，往往每拉上来一条鱼就得弄好长时间。卢长伟就不同了，只见他帆布手套一戴，一手抓住鱼身，另一手一捏一扯就把鱼钩给卸下来了。至于鱼吧，若是稍大点的罗非鱼他就扔进鱼护里，小的就直接放生，但对于清道夫鱼可就不那么友好了。清道夫鱼原产于拉丁美洲，又名甲鲶、吸盘鱼、垃圾鱼、琵琶鱼，因体大，口唇发达如吸盘，以各种水底垃圾和鱼卵为食而臭名昭著。每当清道夫鱼被拉上岸后，一律拼命摇头摆尾，两只前鳍像两把不停挥舞的弯刀，坚硬的头部发出类似牛蛙叫的嗷嗷声。面对不祥之物，卢长伟都显得既生气又晦气的样子，卸下鱼钩后便将鱼狠狠往地上一掼，让那鱼自己挣扎而死。死了的清道夫鱼很快就成了蚂蚁们的美食，第二天就只剩下一副骨架了。宋寅时其实是在网络上搜索过清道夫鱼的，网上说这种鱼可以吃，主要用于打汤，但钓友们胃口都很刁，一律不吃，还十分鄙视它。

不过，宋寅时在钓鱼方面还是有学习和摹仿天赋的。

少年时在老家跟随父亲学习犁耙田，只在水田里摸爬滚打大半天，他就能混进大人中间施展手脚了。因此不到一个月时间，他就把卢长伟教授的要领摸熟了。偶尔有路过的钓友或看热闹的闲人路过，人家开口叫他师傅他也默认了。虽说他每天的渔获不及卢长伟的一半，但是对于只想到江边打发时间的他来说，钓鱼得多得少并不是排在第一位的事情。

随着时间的推移，宋寅时便渐渐晓得，江边其实也是一个小社会，这个社会里还隐藏了不少鲜为人知的秘密。除了他身边的卢长伟，经常光顾这里的还有不少钓友，有几个比较固定的钓友他都认识了。七十岁的老高牛高马大，自称是军区干休所大院的，当年边境打仗时就是带兵的团长。高团长普通话说得不错，嗓门也大，开口动不动就你们懂个屁，老子当年如何如何。高团长时常和一个叫小李子的一起结伴来，有时候是两人挤一部小三轮，有时是一人开一部。那个小李子看样子也有六十大几了，个子不高，身板敦实而黝黑。他成天穿一身部队的作训迷彩服，双腿蹬一双高筒军绿水鞋，腰包里别着一把匕首和一部军用望远镜，一副武装到牙齿的模样。

有一次宋寅时来得稍晚，刚在卢长伟旁边抛完第三根海竿，小李子就朝他大声呵斥：“哎，眼瞎了吗？你打到我这边了！”宋寅时定睛一看，自己抛往江心方向的鱼线和江岸是呈直角状的，根本就没有朝两边歪斜，而且距离他也还有十余米远，这家伙分明是欺负他是个生手了。他刚想搭腔，不想卢长伟已抢先一歪一歪地朝小李子走过去，大声地笑着喊：“李哥，李哥，他是我老友，在大学干保卫的，他刚退休，麻烦你关照一下。”小李子眯着眼扫了卢长伟一下，又瞥了宋寅时一眼，面无表情地说：“噢，干保卫又怎么样啊？不要钩到我的鱼线就好，钩了我照样割了。”见小李子转身走了，卢长伟还是歪斜着身体，认真地目测了一下宋寅时的钓线，打气说：“你打得很直嘛，再打一竿，怕他个屁。”

在距离他们钓位上游三十余米的地方，是一处从岸边往江心凸出的部位，形似一只铧尖。卢长伟说，那个地方是这一带的黄金钓位，上游和下游都是深潭，是鱼群洄游觅食的必经之道。他曾经在那里钓过一两次鱼，渔获很不错，不过后来那里被老赖老八和范光头他们几个霸占了，他就再没有机会去那里钓一次鱼了。

“凭什么，他们能在那里钓，别人就不能钓呢？”宋寅时满腹疑惑地说。

卢长伟叹了一口气，诡谲地笑笑说：“人家老赖厉害呀。”

宋寅时还是不明白，不服气地说：“就是那个满头白发，笑嘻嘻的老赖吗？他如何厉害？”

“你不懂的。”卢长伟叹气说，“人家都把那里当成他们家了哩。”

宋寅时注意到，老赖他们钓鱼的那个地方虽然只是一个三角状的狭小地域，而且只有半边排球场那么大，但足可以打上十多条鱼竿，够他们几个人在那里玩的。他每次来到江边，都会看到那几个人的身影，却不明白他们是怎么天天都能够占到那么好的地方的。他不止一次去看过老赖拉大鱼，还跟他聊过天，只是他并不晓得那个人就是大名鼎鼎的老赖。钓上大货的时候，老赖总是高兴得像傻子逮到了画眉鸟，边开心地大笑边嘴里不干不净地骂着，仿佛上钩的不是鱼而是他的敌人。在江边，在钓友们中间，老赖俨然是一个鱼王，还是一个大师傅，他的名声主要是来自每天的渔获。他给人最初的印象是口无遮拦，没有什么城府，并不像一些钓友那样对钓技遮遮掩掩，故作神秘。他很随意地就告诉宋寅时，说他钓草鱼的饵料就是江边树上的牛奶果，钓鲤鱼则是用超市里卖的新鲜甜玉米，罗非鱼最爱吃的是蚯蚓，等等。于是，这个在卢长伟嘴里没多少好印象的家伙，竟然在宋寅时眼里渐渐地平和高大起来。他晓得老赖是从县里提前退休后，和老伴来南城跟儿子住在一起的。起初是和老伴一起带孙子，后来孙子上小学了，他不想天天为了追电视剧而跟老伴吵嘴，干脆开始重操旧爱好，咬牙买了两根鱼竿，来到江边，加入垂钓的队伍。令宋寅时讶异的是，老赖每天钓到的鱼几乎都贱卖给了鱼贩，他只留一些小鱼回家。老赖说他喜爱钓鱼但没有钱买渔具鱼饵，不卖鱼就没法玩了。

宋寅时还晓得，老赖原先是一个水泥厂的工人，十七岁高中毕业就在那个年产十万吨的工厂干了，可以说是奉献了青春和热血。前些年工厂改制，价值几个亿的工厂被几千万贱卖给了外地的老板，已有近四十年工龄的老赖和一批老工人也被强制退休，每月只拿不到两千元退休金，为此，老赖走上了旷日持久的上访之路。他们从县里告到市里，又从市里告到省里。“那时候真是笨蛋啊！”老赖无奈地苦笑说，“乱告状不等于抓石头打天吗？我真是笨啊。你看，我现在天天钓鱼不是挺好玩的吗？”

这个老赖太超脱太有趣了。宋寅时从卢长伟嘴里还晓得，原本高团长的手下小李子并不把老赖放在眼里，多次冒犯老赖不说，还曾经想动用武力把老赖赶出那个地方。老赖晓得了并不生气，笑着对小李子说：“听说你每个月退休金有五六千，我只有两千，你说哪个怕哪个啊。高团长每月能领一万吧，我就更不怕他了。”卢长伟生怕宋寅时听不明白，还解释说：“你说老赖这句话够狠不？太狠了。他的意思是他命贱，不怕命贵的。晓得吗？”

当然，老赖之所以这么厉害，敢教训小李子，除了能钓大鱼，除了对钓鱼的热爱，还因为他身边有老八和范光头两个影子。老八姓八，是个广东人，自小就随父亲来到南城做酒楼早茶生意。父亲去世后他经不住诱惑，和人家合伙开了一家专营山野风味的酒楼。生意一时倒是红红火火，不过因食客曝光了一张吃穿山甲的照片，他被判了三年有期徒刑。出来后酒楼没有了，还欠下了一屁股债，只好整天躲到江边钓鱼打发日子。范光头自称到少林寺待过两年，后来经受不了戒律的管束，只得还俗流浪四方，因为爱好狗肉鱼生，后来成为老赖的左右。

在宋寅时的眼里，卢长伟和老赖其实都是有一副好心肠的人，能够认识他们，与他们为伍，也算是自己晚年的幸事。只是一个星期之前，他见不着老赖了，那个凸入江心的三角地带忽然没有了老赖的影子。卢长伟的眼里掠过一丝诡谲，告诉他老赖倒下了，被老八和范光头送进了医院，是死是活不晓得了。

“他早晚要死在那里的。”卢长伟说。

令宋寅时疑惑的是，老赖消失后的第二天，范光头也不见了人影，只有老八一个人孤零零地守在那里，在十多根鱼竿边上跑来跑去。第三天，老八也不来了。卢长伟灵机一动，没等别人缓过神来就抢了个先手，把铧尖给占了。宋寅时晚来一步，挤不到卢长伟旁边，只好在卢长伟的老位置下竿。那天，卢长伟破天荒钓到了两条十余斤重的大草鱼，当场卖给了鱼贩，见宋寅时没多少渔获，还给了他两条巴掌大的罗非鱼。

此后两三天，那个西江边的三角地带成了钓友们竞相争夺的旺位。宋寅时自然也加入了竞争的行列，然而每天早上他都比卢长伟和高团长他们晚到一步。

今天已经是第八天了，宋寅时再不能坐失良机，他一定要拿下那个尖尖的铧尖，体验一下拉大鱼的快感。

只花了十余分钟，宋寅时就把四公里路和七个红绿灯抛到了身后，驾着架子车冲上了江边的小道。覆盖在江边的夜幕还没有被拉开，四周还是黑麻麻的。几乎可以肯定，今晨他前面的路还没有什么人涉足，他是第一个到达江边的人。

想到过一会钓中鱼后鱼竿摆动叮当作响的铃声，想起狂拉江中巨物的惬意快感，还有那些钓友们羡慕嫉妒的眼神，他觉得天底下没有什么比这个更美好了。此时此刻，他像一个大年初一到寺庙拜佛抢到头香的香客一样，胸口兴奋得怦怦直跳。

他把架子车径直开到距离铧尖十多米的地方，把车子支好，用电筒扫了一下前方，铧尖上空荡荡的，什么也没有。黑魆魆的江面传来轻快的水流声，偶有鱼跃声乍起，片刻又恢复了宁静。

黑幕在不知不觉中退去，拂晓悄然到来。他把七根海竿从渔具包中取出，又一一拉开，挂上饵料，压上铅坠，然后一一插在早已扎到岸边软土里的竿架上，准备往江心抛投。

这时，身后的江边小道上跳跃着一道灯光，径直向铧尖靠近。晨光中，宋寅时依稀看见，那是一辆三轮电动摩托车，那开车的顶着一颗泛白的脑袋，定睛一看，正是范光头。

车子戛然停住。范光头跳下车，转身从后座接过一个用红布包的盒子，接着老八也跟着跳了下来。

宋寅时瞪大眼睛看着范光头和老八缓缓走近自己，他一时无法猜测这两人将要对自己有什么举动，下意识地双脚悄然打开，两手攥紧拳头，以防不测。然而，这两人并没有像往常那样，一上来就动手抢占钓位，而是神情凝重，默默地捧着盒子放轻脚步走过宋寅时的跟前，就像是没有看见他这个人似的。那块包着盒子的红布在晨曦中泛着血色，沉静而晃眼。

范光头双手将盒子捧在胸前，走过宋寅时身边，穿过一排鱼竿，一直走进江水里，直到江水没过双膝了才停下来。与此同时，来到宋寅时身边的老八打开渔具包，取出一把香和一包草纸，打着火机，把香燃了。

伫立在水中的范光头，嘴里念念有词，缓缓地将盒子打开，然后将里边的东西一把一把地撒到江中。这时，宋寅时才顿然醒悟，晓得他撒的是什么东西。

他赶忙从老八手中扯了一撮香，把香举过头顶，朝范光头的身后连鞠了三个躬，心里默默地说："老赖师傅，你……走好啊！老赖师傅，你到那边，好好钓……鱼啊！"

山寨夜晚的月色

原载《广西文学》2022 年第 1 期

上弦月高挂在西天，把清冷的月辉洒在大地上。树的影子、院墙的影子、篱笆的影子以及电线杆的影子都是斜斜的，把深秋的夜晚切割成了很多或明或暗的区域，黑魆魆的，明晃晃的，像一块块黑白相间的碎片。

老三拖着一条残腿，踏着斜斜的月光，拉着自己一跳一跳的影子行进在巷子里。午夜的黄泥寨巷子里空荡荡的，四周静谧得只听到一两声孩子的梦呓，或是老人的一阵喘咳。

天有些冷了，往常那几条凶神恶煞的狗都蜷缩到主人家的屋角里，蔫头奄脑，闷头打盹。偶有一两只猫迈着细碎的脚步，在老三的跟前一闪就没了影子。

要不是卜虎主人腿脚疼得要紧，这样的时间，这样的夜晚，老三断然是不会出门的。这两天，主人的痛风又发作了，他唯一的一条好腿脚踝肿胀得像春节包的粽子，一触到地板人就疼得嗷嗷一阵号叫，然后就不停歇地骂天骂地骂人骂老三和阿黑。

在桂西北，人们管自己的父亲叫作卜，卜和爹和爸是同一个意思，卜虎就是阿虎的父亲。虽说老三不可能是卜虎亲生的，但卜虎是老三的大恩人，所以看见卜虎疼成这样，老三的心也像是被撕扯了似的。

老三是只猴子，其实它另有真名，叫作特灵，不过自从被卜虎收留了以后不久，他就被唤作老三了。

斜挎在胸前的布袋是主人专门给它缝制的，方便它去帮他带东西。布袋里边装有卜虎给女村医李妹的信和一梭鸡蕉。这种鸡蕉个子如人的拇指般大，味道香甜，口感嫩滑。平常老三吃的都是大芭蕉，它很少有这个口福。而主人也是很少吃鸡蕉的，鸡蕉一旦熟了，他都会托人送给住在县城的女儿和外孙。

在老三还没有到来之前，卜虎已经有了两个孩子。老大叫黄小虎，是个男孩。老二是女孩，叫黄小燕。看得出来，主人特别喜欢动物，孩子的名字不是山上跑的就是天上飞的。老三来到黄家两年多了，也只见到过乜虎几次。和卜虎的称谓一样，阿乜和阿妈阿姆都是同一个意思。乜虎在很远的河下城市帮小虎带孩子，只有在每年春节鬼节三月三时才会回来，过不了几天就又走了。小燕虽说住在县城，不过孩子还小，平时很少回来。这样，黄家的这栋两层半小洋楼就只有卜虎和老三跟阿黑住了。

两年多前的夏天，特灵在西南中越边境的六诏山脉调养了一年之后，再次回到王子山，准备和现任猴王展开一场王位争夺战，试图夺回它失去的王位。然而，由于特灵年近老迈，体力不及年轻猴王不说，连手脚也反应迟钝了不少。于是在一场攸关胜负的拼杀中，它的左眼和右后腿被年轻猴王给打残了。若不是一只老母猴冒死相救，它早已成了虫蛆之肉。

作为一只挑战失败的猴王，它已经没有脸面在王子山再待下去。于是它一边流落山林，一边往金钟山方向流浪。不曾想到，当它行至金钟山脚下的密林时，就被猎人下的套子猛提上了半空中，倒挂在离地面约三尺高的地方，几天无法进食。当它从昏迷中醒来的时候，发现自己已经躺在一个铁笼里，几个流清鼻涕的小娃仔正围在旁边叽叽喳喳看热闹。它眨了眨干涩而疼痛的双眼，只有右眼能够看见模糊的景物，左眼疼得头脑一阵剧痛，连龇一下嘴的力气都没有。

当它再次打开昏沉沉的头脑，睁开右眼巡睃了一下，才看见这是一个单门独院，院内有一栋唯一的楼房，两侧一边是厨房，另一边是杂物房。屋里似乎只住着一个男人，这个人身体有些佝偻，有一条腿不灵便了，走路一甩一甩的。他长得低眉细眼，扁鼻阔嘴，胡子拉碴。这个长相让特灵看起来特别舒坦，有点接近它的同类。

卜虎见它醒来，便舀来一瓢冷水，轻轻地往它的头部缓缓淋了下来，让清水肆意地在它的头上脸上毛发上流淌。有一小点清水浸润到了它的眼睛，还有更多的水进入它黏糊糊的嘴里。它不由得微张开嘴，缓缓地嚅动喉结，身体也轻微地抽搐了几下。孩子们顿时欢呼起来：它活了，它活了。噢哟，噢哟！

特灵不能肯定那个林子里的套子是不是卜虎装的，但它无法抗拒他递进来的食物。这是一根剥掉了皮的芭蕉，散发出诱人的香甜，刚闻到味道它就忍不住咽了一下口水。作为一只猴子，这是它最喜爱的食物了。它想把芭蕉夺过来，但它没有这个力气，它只是象征性地咧开嘴皮，露出两排牙齿，试图威慑一下对方。但这招并不奏效，主人依然执拗地把芭蕉向它的嘴边递过来。它忍不住微微张开嘴，让湿软的芭蕉塞进嘴里。它的牙齿和舌尖首先触碰到了芭蕉，一种久违的味道便迅速在嘴里扩散，它忍不住轻轻咬了一口，又咬了一口。

卜虎把特灵从山上背回来的当天，村医李妹就被他请来为它看病。李妹听说他逮到了一只猴子，就满口答应过来看稀奇了。然而，当她看到的是一只长相怪异的大猴子时，就不免有些发怵，脸上现出恐惧的神色。

不用怕的，它只是昏迷而已，我背它在肩上都还能听到心跳哩。卜虎说。

它好像死了，你看它一动也不动。李妹还是不肯动手为特灵诊治。卜虎哥，我是人类的医生，是帮人治病的，不会治猴子咯。

老妹，算是哥求你一次得不得，你要是能帮它打一两针它就活回来了。卜虎凑近她涎着脸说。

李妹还是摇摇头：不行的，你看它都不呼吸了。卜虎哥，我老爹以前说猴子骨头能治好几种病，它死了你就卖给我做药吧。

猴子有九条命，它死不了。要是真死了，我就送给你，什么卖不卖的。卜虎突然从后面抱住了她，双手刚要动作，她却身体向下一蹲，接着一个猛转，把他往侧边送了个趔趄，嘴里骂道，讨厌，你这个老色猴，老不正经啊。

哎哟哟，人家想……白送你只猴子都不得。卜虎讪讪地说。

特灵的到来，使得这个小院的人气骤升，先是孩子们来了，李妹也跟着来了，后来又连续有几拨人登门造访。

第一个上门来的人是个胖子。他开着一辆载货三轮，突突地就闯进了院子。他车上堆着好几个小铁笼，里边装的是一些猫狗，还有一些鸡鸭。毫无疑问，这个胖子是一个贩运禽畜的家伙。他从车上跳下来便径直向特灵走过来，吓得它在铁笼里一阵发抖。

胖子边走进来边操贵州话大声喊，阿叔，猴子你卖多少钱?

卜虎闻声从屋里摇摆出房门，咧嘴说，呵呵，原来是老狗老板啊，你鼻子真灵啊，你咋个晓得我得了猴子?

胖子哈哈大笑，不是我鼻子灵，是耳朵灵。卖猴子给我吧，多少钱?

你给几多嘛？卜虎眯着眼试探说。

胖子蹲下来，把小簸箕一样的肥脸凑近特灵。它惊恐地叫了一声，朝他亮出了一口尖牙。

噢，个子倒是蛮大，不过后腿伤了，左眼也基本上瞎了。一千块，咋样？

不卖。主人摇摇头说，五千我都不卖。

胖子失望地站起来，撇嘴说，你发癫吧，乱喊价不死人。

老狗你就是个老狗，不识货。卜虎说。

胖子悻悻地爬上车，启动了三轮车，又探出头说，加一千总共两千，卖不卖？你想好了打电话给我。

胖子走了，村委会主任宝强不请自来。平时就是用轿子抬也不会来的宝强，甫一出现卜虎就有些紧张。有一次卜虎在山沟里弄到一只大山瑞，宝强说是保护动物，硬是逼他上交给森林公安，天晓得后来那只山瑞放生到了哪里。

不出卜虎所料，宝强确实是为特灵来的。他边蹲下来看特灵边皱眉头说，卜虎，是你套的吧，怎么伤成这样？

捡来的，前天我上山找菌子，刚好碰上了。要不是我撞见，它早就挨吊死了。卜虎嘴里轻描淡写，心里却暗自琢磨，这只猴子如何才能不落入宝强的手里。

没有了娃仔们的滋扰，特灵的身体恢复得很快。卜虎似乎对它没有什么敌意，还弄来药水洗它受伤的腿，给它的眼睛敷上药，然后又用纱布替它包扎。然而，刚开始上药时它并不乐意，拼命地抓挠他，甚至想用牙齿咬他，但是它后来还是被降服了。他把它的手脚都捆绑了起来，还用胶带封住了它的嘴，让它无法动弹。神奇的药物终于起了效果，才几天工夫，它的伤处就日渐没有了疼痛。但是它的左眼却瞎掉了，只留下一个空洞的眼窝。它的右后腿也失去了脚趾，没法回到原来的样子。

有一天，卜虎亲手做了一个牛皮项圈，套在特灵的脖颈上，拴上一根两米多长的铁链，一头连接在铁笼子上，还把它挪到杂物房里。这里是主人家的仓库，大到拖拉机电锯，小到锄头镰刀绳子，应有尽有。

卜虎把特灵牵到杂物房后，朝它做一个凶脸说，先委屈你几天，你要听话哦，不听话老子马上杀了你。

说到杀了你时，卜虎还用手掌比作刀，在自己脖子上狠狠地抹了一下。特灵晓得主人的动作意味着什么，它不由得闭上独眼，浑身打了一个激灵。经历过两次争夺猴王宝座的失败，它已经领教到什么是残酷，什么是血腥和恐惧。当年的老猴王是特灵的兄长，不小心吃错一个下了毒药的桃果之后就死了。它不费吹灰之力就登上了王位，那时它刚刚六岁多，一干就是十年。在猴界，觊觎王位的猴子很多，不过要成为一个猴王你必须足够强壮，足够凶狠，还要身手了得，敏锐善思，否则不能满足猴群中众多母猴的需要，也不能带领猴群立于王子山头。

特灵的祖宗其实有一半不属于猕猴，它的曾祖父是一只蓝脸山魈。有一次，特灵的曾祖父从马来半岛游历来到王子山，当着老猴王的面掳走年轻貌美的王后，然后一起住到红河边的岩壁上，时间长达半月之久。山魈虽然独来独往，但身体足有两只老猴王大，一副獠牙像两把弯刀挂在嘴边。老猴王自知不是人家的对手，只好眼睁睁看着自己的王后被带离了族群。后来王后生下了山魈的孩子，孩子虽说没有了蓝脸，但脸壳依然如山魈的扁长，身材也如山魈般魁梧。不消说，这个孩子后来成了王子山的新猴王，也成了特灵的祖父。

特灵的到来让卜虎主人的生活平添了几分乐趣。每天早晨，主人都会拖着一条瘸腿在院子里忙这忙那。他先用葫芦做成的瓢舀上满满一瓢苞谷，抓起苞谷粒往院里的鸡群撒去，嘴巴不干不净地叫骂一阵，然后将剩余的苞谷粒倒到特灵的碗里。特灵每天有两次进食的机会，早上吃一顿苞谷粒，下晚吃水果。虽说水果多半是芭蕉或是一些零碎的各种瓜皮，但也比在山林里好多了。山里的生活并不好过，野果子黄熟的季节，那是猴族们的天堂，但到了冷天，日子就难挨了。有时候，大家为了争夺食物还大打出手，有的不是被弄瞎眼睛就是挨打断手脚。当然，在它当猴王的时候，这种事自然不会降临到它的头上。不过当它沦为一只流浪猴时，境遇就大不一样了。

有一次，寒风中飘着细雨，特灵实在饿坏了，饥肠辘辘。它不得不冒险下山，来到一个偏僻的寨子偷柿子。当它使出残存的力气爬上一棵柿子树，颤抖着双手把红彤彤的柿子往嘴里塞时，便听到几声稚嫩的狗叫，它吓得朝树下一看，只见一只小土狗正朝它汪汪一阵乱吠。起初它觉得一只小土狗并没有什么可怕，于是自顾自地大嚼大咽。然而，它严重低估了这只小狗的号召力，待它享用第三个柿子时，不知从哪里窜来了两条大土狗，聚拢在柿子树下汪汪地朝它又跳又叫。情况更加糟糕的是，狗们的叫声很快就召来了几个男人，他们有的搬来梯子，有的拿来长竹棍，试图爬上柿子树驱赶它。这时它才注意到，它爬上来的柿子树是一棵独树，周围几乎是空旷的菜地，柿子树附近只有一栋老瓦屋。它惊恐地意识到自己正在陷入险境，只好停止进食，盘算着如何逃命。

下边梯子上的人或许是穿得太厚，他站在梯子顶端，仰起脸，一手攀扶着柿子树，另一只手握住竹棍朝上一阵猛戳。初冬的柿子树叶子已经落光了，树上只有一些果子挂在枝头，特灵攀爬在树冠上，几乎没有什么遮拦，它生怕被竹棍戳到，就在枝头上跳来跳去。一些红熟的柿子不时被它碰落，掉到地上发出噗噗的闷响，稀烂的果泥炸成一朵朵艳红的花。特灵晓得，下面的人和狗是要置它于死地，要是从树上跌落到地上，它就要么被人活捉，要么被狗撕碎。它不能被人捅下去，它不能死。虽说它几次险些被竹棍戳中了屁股，但两只手却不敢有一丝松懈，紧紧地攥住最高最粗壮的枝头，惊恐地朝四周张望。

到底还是人聪明，他们觉得用竹棍子一时捅不到特灵，而且在树上动静太大会碰落柿子，于是有人抱来稻草和辣椒秆，在树下燃起了火堆。不一会，一股夹带着辣椒味的烟柱就冲天而上，迅速把柿子树给包裹住了。特灵一时抵不住这人间烟火，顿时被熏得双眼泪流，眼冒金星，呛得连声咳了几下。

突如其来的袭击把特灵推向了死路，它觉得继续待在柿子树上迟早都是死，不如冒险往下一跳，说不定还能有个逃生的机会。于是，它趁烟雾稍弱，瞄准离得最近的瓦房飞身一跃。瞬时，天空中画出一道黑色的弧线，只听到瓦房上哗啦啦一阵响，特灵重重地摔到了屋顶上。好在它的长臂长腿在撞上瓦片的瞬间发挥了作用，它被蓬松的瓦片弹了起来，竟然没有受伤。当人们刚从巨响中反应过来时，特灵已施展它飞檐走壁的本领，从这屋瓦顶跳到另一屋房顶，不一会便消失在人们的视野里。

特灵被废黜王位逐出王子山的第一年，它并不甘心就这样被打败，它还想夺回失去的一切。于是它潜伏于六诏山脉，静心养伤。那里有美味而名贵的石斛花，还有人间珍宝三七，不到一年时间，它似乎又强壮如初，跃跃欲试了。流浪的特灵多么企盼能够马上回到王子山上，回到族群中间。这是它的生长之地，更是它经营多年的地方，族群里有众多属于它的血缘子孙。然而，这种想法已经成了它的一种奢望。它作为曾经的猴王，年轻的猴王是不允许一个败落的老猴王存在的，它要么远离族群，要么被咬死。

当特灵再次出现在王子山的时候，先是母猴们嗅到了它的气息，于是有胆大的母猴便悄悄溜出来与它约会，重燃昔日的旧情。由于得到长时间的补养，它的体能和表现卓越，这让母猴们对它无法自禁。然而，什么事情做多了总有败露的时候，猴王很快就觉察到母猴们的异样，它们似乎对它总是敷衍了事，而且它们身上似乎还遗留有一种久违的异味。于是猴王开始跟踪，最终与特灵爆发了一场恶战。

这场提前爆发的战斗，不仅使特灵再次夺回王位的幻想破灭，还让它几乎失去了一只眼和一条后腿。它虽说捡回了一条性命，但已是一只不健全的猴子，它不得不面对现实，黯然离开了王子山。在逃亡的路上，好在它认得板蓝根和鱼腥草之类的草药，拖着受伤的身体藏匿在山林里吃药疗伤。

特灵不再想回到六诏山脉去，那里太远了，去一趟要十天半个月。它晓得离得最近的是金钟山，从那里过一条红河便是黔灵山的地界。金钟山上的人爱种苞谷，而且喜欢把苞谷棒挂在房屋的四周，从来不对动物设防，一年四季都有吃的。当然，金钟山上的人们还喜欢吹萨拉，跳芦笙舞，每当红白喜事都要闹个几天几夜，那声音悠悠地传到山林里，好听极了。为此，金钟山上常年会住有一些失群的猴子，它们独来独往，过着悠然自在的生活。既然当不成猴王了，能够在金钟山上度过余生，对一只已经年迈的猴子来说，也是天堂般的归宿了。谁会料到，它竟会大河不死死毛沟，刚到金钟山脚就中了猎人的套子，最终被关进卜虎的笼子里。

特灵以前没有这么接近过人类，在它的印象里，人类不是什么好东西。他们把大半个王子山上的树木都砍了，另外种上低矮的茶树，一垄一垄的，山连着山，望不到边。他们还养了许多恶狗，每当猴子们出了森林就被狗追撵。一些坏蛋还偷偷摸摸潜进森林里安套子下毒药，他们要的就是猴子们的肉和骨头。总而言之，当它看到人类时，都恨得牙齿痒痒，有一种想要扑过去撕咬他们的冲动，包括它现在的主人卜虎。

然而，现实是残酷的。特灵现在是卜虎铁笼里的囚徒，脖颈还套上牢固的铁链，每当它对卜虎龇牙咧嘴表达敌意时，卜虎总是目露凶光，手上的金竹条子高高举起，还带着风声，随时都有可能朝它身上抽来。这时候特灵就不得不服软，低眉垂脸，装着顺从的样子。

特灵不慎落到卜虎的手里，它无时无刻不琢磨着如何逃离险境，但是以目前的情况，想要逃脱看来是太难了。它才被关到杂物房没几天，卜虎就不晓得从哪里弄来了一条老狗，和它住到一起了，只不过那老狗多半是趴在杂物房的门口打盹。其实特灵并不知晓，老狗是自己来的，它因老而糊涂迷路了，找不到自己的家。因为老狗全身黑色，被主人取名老黑。

自从特灵来到卜虎家，它就慢慢发现，卜虎是一个人住在这栋小楼的。无论是早起还是晚归，卜虎都是一个人出出进进。有时候是骑摩托车出去，有时候是开着拖拉机，带有若干农具。有时候，它会听到他在屋里说话，好像是和一个什么人在交谈，但是始终没有看见有什么人出来。偶尔它还听到他大声地叫骂，甚至又哭又笑。由此它判断，主人卜虎是一个寡居的人，也是一个坏脾气的人。

然而，卜虎也有心情不错的时候。有一天晚上，卜虎第一次把它牵到屋里，将它绑在桌子边上，边喂它一些吃的边跟它说话。他一个人自斟自饮，不时对着电视机里的影像开心大笑或大声叫骂。电视里播放的是打仗的影片，那些人有的打枪有的叫喊，一些穿灰衣服的人和一群穿泥色衣服的人持枪互射，结果穿泥色衣服的人都死光了。卜虎高兴得手舞足蹈，忽然就叭地拉开一罐啤酒，咕咚咕咚地往嘴里灌，之后又捏住它的脖子，往它嘴里猛灌了一大口。它万万没有想到罐子里的啤酒会如此美味，咂了咂嘴巴，又主动向卜虎张大了嘴巴。那天晚上，它第一次被卜虎灌得头昏眼花，不停地手舞足蹈，叽叽喳喳乱叫，惹得他不停地哈哈大笑。

有一天，院子里忽然开进来两辆小汽车，一下子下来六七个人，有大有小。这帮人一下子就发现了特灵，呼啦啦就围了过来。它吓得一把收住铁链，咿呀一声蹿上了高处。

孩子们似乎对特灵没有恶意，他们只是好奇和兴奋，它从他们的眼神和举止就看出来了。有一个小女孩还把她手里的一块巧克力递给它，但它不敢接，因为它不晓得那是什么东西。现在它只相信卜虎主人，他给它的东西它一概不会拒绝，包括啤酒和香烟。

吃饭的时候，卜虎并没有把特灵晾在杂物房里，而是把它拉到旁边坐下，然后笑眯眯地对它说，以后啊，你就是我们黄家老三了，听懂没有？喏，这个是你阿乜，这个是你大哥小虎，这个是你小燕姐。

黄小燕忍不住噗地笑得喷了一口饭，说，阿卜，你也太搞笑了吧，把猴子都当成仔了。卜虎说，是啊，有了老三，我一个人就不闷躁了，你们回不回来也无所谓了。

阿乜听了便瞪了卜虎一眼，你莫老不正经的，这里还有三个孙仔哩。阿果阿威阿磊，你们都别听阿公乱说，阿公是坏蛋。

阿果将信将疑，看看阿公又看看特灵，大声地说，不，阿公不是坏蛋，阿公养猴哥好好玩的。我不回去了，我要在家陪阿公。

我也不回去。阿威说。

卜虎乐得连声说，乖乖，乖乖。你看，你看，我的孙子多懂事啊。以后你们要经常回来看阿公，看老三啊。

孩子们欢呼起来。

卜虎把碗里的麻鸭腿分别拈给三个小孙子，又把一块胸脯肉递给特灵，说，来吧老三，以后卜虎我吃什么你就有什么吃，我们有福同享有难同当，你就别回山上去了，山里多险恶啊。来，我们两个干一杯。说着叭的一声把一听啤酒打开，递给老三。老三忙不迭接过啤酒，熟练地将口子凑到嘴上，嗞嗞地饮了两口。黄小虎笑说，阿卜，这个老三怕是成精了。卜虎说，小虎你莫笑，以后我们黄泥寨就是猴子住的，你们都不会回来了。

孩子们回来吃了顿饭，当天就回去了，家里又只剩下卜虎老三和老黑。第二天，卜虎亲手给老三和老黑做了两个小木屋，叠在杂物房的门边，老三住上面，老黑住下面。木板散发着清香，令老三又闻到了森林的气息。

又过了不多久，卜虎主人干脆把老三脖颈上的铁链拆了。他边抚摸它的头边含泪说，老三，从今天起你自由了，我卜虎是真心请你陪伴我，我给你养老送终。不过，我也管不得你，你爱去哪里去哪里。不过你要小心，别又被人家套住了。

老三本能地纵身一跳，蹦出两三米远，又回过头对卜虎龇牙咧嘴。卜虎一跺脚，大吼一声，走吧，猴子！

老三惊惶地又跳出几米远，跃上院边的梨树，卜虎忍不住一阵哈哈大笑。

老三刚刚爬上树玩耍的时候，一辆警车呼啸而至。几个公安人员在宝强的带领下，准备把卜虎和老三一起带走。好在卜虎似是先知先觉，提前将老三脖颈上的牛皮项圈卸掉了。宝强望着在梨树上朝他们撒尿做鬼脸的老三，不禁有些恼羞成怒，瞪着卜虎说，黄卜虎，你莫耍弄我们哦，小心老子抓你去坐牢。

晓得，晓得。我这不是放它自由了嘛。卜虎狡黠地说。

然而，老三那天并没有走远，晚上它又想喝啤酒了。实际上，它已经离不开啤酒，更离不开卜虎主人了。

老三忽然觉得，今晚天上的残月特别明亮，寨上的夜晚也特别安静，它觉得置身于这样的情景中简直太享受了。若不是卜虎病痛，它一定会去一趟河对岸，去覃老拐的养鸭场再搞一块腊肉回来。但是，主人已经痛得不想喝酒吃肉了，它今晚不能去了。

老三出现在村部旁边那间独院时，一大团白茸茸的东西从屋门口冲了出来，嘴里嗨嗨嗨地围着它转。这是村医李妹家的宝贝狮狮，狮狮是一条宠物狗。老三和卜虎来看病的次数多了，和狮狮自然也混熟了。本来村医家是不适合养狗的，但是李妹说她孤儿寡母的没一条狗不行，于是大伙都不再难为她。

村医李妹其实也四十出头了，老公前些年死于车祸，不过她一双儿女都很成器，都在省城读大学。她一个人守在家，因会一些祖传秘方，能拣些草药，给大家治一些简单的病。卜虎虽说有老婆孩子，但和李妹的情况比也好不了多少。于是，平时稍有点头痛脑热，他都会上门问医，死皮赖脸地让李妹往屁股上打一针，才会心满意足地离开。他以前都是自己来，有了老三之后他上门的次数就更频繁了。虽说李妹对他的态度有些生硬，但阻挡不了他对她的好感和思念。李妹开初不想给老三治伤，原因其实很简单，因为老三是只猴子，猴子是动物，应该归镇里的兽医站管。不过卜虎听了并不以为然，说李妹你懂不懂，人和猴子共一个祖先，人是猴子变的，你不给它治伤哪里说得过去哩。

李妹没见过这么死缠烂打的，没办法，只得去给老三治眼伤和脚伤，给它打针敷药。后来它伤渐好了，卜虎又直接拉它来李妹家，让她继续给它治疗。其实李妹心里明白，卜虎是借老三的伤病来见自己的。卜虎虽说年纪有点老，长相也跟猴子似的，不过他心灵手巧，会做木工，还会竹编，李妹家的家具基本上是他免费帮打的。

还有一件事，李妹想起来也是很感激卜虎的。

有一段时间，寨上的阿光老是借故来骚扰她，她便使唤狮狮去咬他，但狮狮暗地里已经被他收买了。这些年寨上忽然冒出二十多个光棍汉，阿光算是其中一个老光棍，而且他好吃懒做，还老不正经。有一天，阿光跟其他光棍说他要跟李妹谈恋爱了，他们都不信，都要跟他打赌。于是这天阿光从河里打了两条鱼，硬要亲自做给李妹吃，吃完饭后他又赖着坐到木沙发上看电视。李妹不晓得阿光葫芦里卖的什么药，只好耐着性子陪他看电视。晚上十点多钟了，她多次催促阿光回家，但他还不肯走，说他家的电视欠费了，他要看午夜以后的足球直播。李妹没办法，赶紧到旁边的村部想去叫干部，但值班的干部早已关门回家了。村部前面的球场上聚拢了一帮光棍汉，不时朝她浪笑。这时候她才醒悟，光棍汉们原来是来看她热闹的。无奈之下，她只好给卜虎打电话求助。

几分钟后，村道上传来一阵马达声，一部摩托车在李妹家院门前戛然停住。老三不等卜虎招呼，率先从车上跳下来，跟着卜虎才慢悠悠地将一条腿支到地上，又将另一条腿挪了下来。从车上下来的工夫，卜虎已经对四周进行了一番观察，几个平时游手好闲的村汉正对李妹家探头探脑，而李妹家的大门洞开，从屋里射出来的灯光斜射到院子里，把老三身上的黄毛照得发光发亮。

卜虎抖了抖肩膀，朝老三做了个进去的手势，然后才摇晃着身子进了李妹家的屋门。看见卜虎带着老三进屋，坐在沙发上跷起二郎腿看电视的阿光脸上顿时掠过一丝不安，旋即又佯装镇定，两眼紧盯着老三和卜虎说，哎哟，卜虎哥，这么晚了，你还带老三来看病啊。

卜虎没搭理他，指着阿光身边的沙发命令说，老三，你坐那里去，陪阿光哥看电视。阿卜要让李医生帮在屁股上打针。

老三不声不响地爬上木沙发，蹲到阿光旁边，一只独眼滴溜溜地朝他望。老三今晚的样子有些骇人，主人不晓得从哪里得到的灵感，用理发剪给它剪了一个锅盖头，还剃光了耳毛和胡子，在灯光照射下它精巧的脸庞白粉粉的，加上不时露出嘴唇的獠牙，一下子就把阿光吓得腿都软了。不到一分钟的工夫，阿光就站了起来，哆嗦着说，我，我走得了。

然而，卜虎似乎还不想让他这么轻松溜了，大声命令说，老三，你送阿光哥一下。

不用，不用。阿光颤着嗓子连忙拒绝。

送他！卜虎又命令说。

从那次以后，阿光就再也不敢到李妹家耍赖了。有一次阿光假惺惺又送给李妹两条鱼，却被她扔到院门外，让两只饿猫叼走了。

通过这件事，李妹或多或少还是对卜虎有些好感的，只不过卜虎是个有老婆儿女的人，她对他的那点好感也只能深埋在心底。

老三和狮狮一起叫醒了李妹，她不得不开了灯又打开了门，从老三手上接过沉甸甸的布袋，打开后一看，原来是一梭鸡蕉。她把鸡蕉放在饭桌上，有些气恼地要把布袋挂回老三的脖子时，它忽然朝她龇起牙来。

李妹觉得老三的行为有些反常，才又用手探了一下布袋，果然摸出一张纸条。她展开来看，原来字是卜虎写的，意思是他的痛风又犯了，让她开些药给老三带回去。

卜虎刚开始痛风的时候，李妹还是去看了几次的，不仅给他开了些止痛药，还抓草药给他熬汤喝。然而，他每次都好了伤疤忘了痛，又跟老三喝上了，有时候还会喝得烂醉，醉了就给李妹打电话，求她去帮他和老三看病。她晓得他这样是为了什么，但是她晓得，她不可能去干预他的生活，何况她还是个寡妇呢。

她曾多次警告他不要再喝啤酒了，但他硬是不听，每天非要和老三喝啤酒，他说没有啤酒喝就留不下老三了。不过啤酒喝多了久不时痛风会发作，使他脚关节肿痛得下不了床。若不是有老三照料，他就只能饿坏肚子了。每回他犯病，都是老三忙这忙那的，有时会来给他取药，有时拿着钱到村小卖部帮他买吃的，回去后老三还会帮他煮开水让他泡面。当然，老三也很势利的，偶尔也会不太听话，但有了啤酒，一切都好说，常常气得卜虎主人操起金竹棍子想抽它一顿。

月光下，老三在李妹的目送下告别了狮狮，踏上了洒着零碎月光的寨巷。它要早点拿药回家，让主人吃好了，说不定他会赏它一罐啤酒，甚至还让它一起睡到大床上，那样它今晚就不会觉得冷了。

乡村大厨

原载《民族文学》2018 年第 11 期

这些天，平用寨的李金光夫妇像是经历了一次犾娘河漂流，两颗日渐衰老的心一会被抛上了浪尖，一会被掠过险滩，难有一刻的平静。

一个半月前，他们的儿子李元生背着两老卖掉了家里两头肥猪，然后风一样消失了。那天中午，李金光夫妇吃了元生从镇上带回来的豆腐脑，然后就开始迷糊了。他们醒来时已是傍晚时分。最先醒来的老伴发现，屋后圈里的三头猪只剩下一头了，正饿得嗷嗷大叫。而更蹊跷的是，当晚夜深了也没见儿子回家。李金光后来边削篾条边想了好几天，还是想不通元生这次离家出走的理由。

然而，当他们慢慢把两头肥猪和元生失踪的事淡忘了之后，元生又像是从天上空降下来一般，穿着一身白衣制服回来了。更令两老意外的是，元生以往那一头染黄的长发也变成了板寸头。

儿子归家，两老悬浮的心终于落了地。不过，李金光还没来得及追问元生这一个多月的行踪，母亲更来不及询问他那两头猪到底卖去了哪里，得了多少钱，元生就不声不响地把自己关在三楼的房间里，脱下一身白制服，倒头便睡着了。儿子这副颓丧的样子，看来这一次离家肯定不会是什么快乐的游历，这身白制服也不是什么体面的东西。李金光这么想。

元生这一觉睡了两天。梦中醒来，他下意识地用手在右侧摸索了几下，空空的什么也没有，刚刚分明有个女人睡在旁侧的。他睁开眼睛，一道白光从窗外透进来，耀在眼上，才意识到这是一个梦。

梦中的那个女人样子有些模糊，长相也很模糊，说不出有多大年纪，不过躺在他身边，长短和他差不多，身体相当丰腴，皮肤细腻光滑，气味芬芳撩人。李元生忽然有些懊恼，这个梦为什么不再继续下去呢？说断了就断了。若再继续梦下去，哪怕只有几分钟，便极有可能有一个情况发生，那是一种他已经断绝了好多年的快活事情。那个叫苒玲的贵州女人，总共和他只快活了六天，然后就跟别人跑了，还刮走了他仅有的一万块钱。

是屋后圈里的那头猪扰坏了他的美梦，他记起来了。那头家里唯一的年猪许是饿坏了，老是嗷嗷嗷地嘶吼，嘹亮的声音一阵高过一阵，直到把他从梦中给吼醒。他又闭上眼，试图回到那个美妙的梦境，但努力了许久都未能再进去。于是他干脆在床上伸了个懒腰，先是两只脚后跟把床蹬得山响，后又用双手猛捶了几下床板，然后腰一挺坐了起来。

天气显然变凉了，这一觉仿佛穿越了一个秋天，冬天已从遥远的北方归来，从窗外钻进屋里。李元生不由得打了个寒战。这一激灵让他顿时清醒了许多，头脑里的记忆也渐趋清晰。这个觉实在太有意思了，他已经记不起做了多少个梦，而梦见最多的是那个若隐若现的白衣人。白衣人长有一张圆脸，不男不女，不胖不瘦，不高不矮，除了穿一身云白色制服外，还戴了一顶高高的帽子。他一会自称是天上会弄吃的神仙，一会说自己是省城烹饪培训班的大师傅，一时又像是身穿制服走在八达镇大街上的自己。总而言之，这个缥缈的白衣人注定是一个早已约定的大师，已经依附到自己的魂魄里了。而就在这一瞬间，他仿佛再一次得到了神助，决定踏踏实实做一个梦中的白衣人。

他从枕头边摸索到了老款华为手机，打开约半分钟后屏幕才跳出了一个时间：下午3点45分。

他打了个长长的哈欠，转身挪移下床，套上拖鞋，撑起身体，一瘸一拐地摆到一个木制大衣架跟前停住。说是衣架，那也是他自己叫的。其实是两头立起两根人一样高低的方木，在上方钻了两个圆孔，然后用两条竹竿串接起来。两根方木的腿脚分别被钉上两条支腿，下边钉在一节方木脚上。这个简易的木架几乎挂载了他所有的衣服，洗干净的和脏了的衣服都挂在上面。他伸出双手边寻找边挑拣了一阵子，最后挑了一套已经散发出霉味的发白了的李宁牌蓝色运动服，然后笨拙地穿在身上。随后他又在墙角边拎了一双叫不出牌子的旧运动鞋，坐回床沿穿上。这个行头表明，他是想要干一件大事了。

他摇晃起身子出了房间，也不掩门，在三楼楼梯口猛吸了口清凉的空气，吧嗒吧嗒地下了楼梯。母亲听到声响，赶忙从二楼的库房里出来，手里拎一节半尺长的腊肉，怨嗔地说：“元生，以为你起不来了哩。”

他只瞟了母亲手上那坨黑乎乎的腊肉一眼，并不搭腔，继续径自走下一楼。

见他这样，母亲也不再言语，只是默默地跟在后头下了楼梯，满脸晦暗。她总共生下三个孩子，两男一女，元生排老二。大儿子早年去南宁打工，和当地的一个卖菜女子结了婚，整天忙于打理小生意，两三年不轻易回来一次。小女儿人长得好，八年前没读完高中就跟一个浙江老板走了，逢年过节能收到她寄回来的一些钱物，人却未曾回来过一次。元生本来也是去打了几年工的，可是换了不少地方，都因为脾气差，动不动就跟老板顶杠，和工友也合不来，干不了多久就走人。最终还是回到了老家，整天不是蒙头大睡就是和两个老人大眼瞪小眼。

父亲李金光独自坐在院子边削竹篾，神情专注。他一手持一把篾刀，一手夹住一根细长的竹条，缠绕有一层旧布条的双手灵巧地左右移动，削出来的竹丝在他的裤腿上盛开出一团青白色的花朵，散发出一股沁人心脾的竹香。

李金光眼睛的余光早已注意到了元生的出现，但他并不想朝他这个方向瞄一眼，因为睡一两天懒觉的元生以前太常见了。一个睡懒觉的人是不值得他重视的，他也无须去关注他责备他。按照他的定义，元生早已是死猪不怕滚水烫了。早年，李金光时常教育他的三个孩子说，那些早起的人勤劳的人才会过上好日子，而爱睡懒觉的人行为浪荡的人游手好闲的人最终将没有什么好下场。然而，当孩子们长大之后，他的这种说法似乎并没有得到印证，反而成了元生经常攻击他的一个笑柄。当有一天元生完成一番游历，蓄了一头长发回来之后，自以为见多识广了，眼里已经没有他这个爹了。为此，当元生鬼影似的出现在屋门口时，他只是在心里鄙夷地暗骂了一声：这个鬼仔！

鬼仔，是平用人骂人的一句口头禅，意思是这个人模样不人不鬼，有鬼气，行为鬼怪，做事鬼马。李金光骂元生鬼仔，还包含有他是半死了的人之意。

虽说以往父子俩不知有过多少次大大小小的过节，但李金光都觉得元生只不过是和自己年纪有差异，如今长大了翅膀硬了，看不起父亲也是不奇怪的。然而，发生在一个半月前的那件卖猪事件，却让他这个父亲对这个鬼仔彻底失去了信心和希望。这件事不仅令他感到丢脸，更让他感到心寒。

这些年来，元生的婚事一直让李金光和老伴操碎了心。现年三十五岁的儿子不仅年纪大了，而且腿有残疾，若不成婚，越往后合适的女性就越少，熬太老了便丧失了传宗接代的能力。为此，早在元生二十出头时，李金光就开始为他张罗婚事。不承想，先是被那个叫苒玲的贵州女人趁机骗了他们一把，后来又被村里的黄家女儿耽误了好几年。黄家女儿阿花和元生一般年纪，自小左腿比右腿短了一点点，走路时有些摇晃，被村里人认为是长大后需要特殊照顾的那一类人。村里人还认为，元生和阿花是天生的一对，一个左腿有毛病，一个右腿瘸了，谁也不欠谁。

元生右脚上的残疾缘于隔壁覃家的那棵鸡屎果树。

那年七月，覃家那棵巨大的鸡屎果树开始熟了。鸡屎果是当地叫法，学名叫番石榴，因为熟透的果子有一股浓郁的鸡屎味道，但吃进嘴里却是臭中带香，香中带甜，于是被桂西北一带的人们称为鸡屎果。进入七八月，鸡屎果的味道不仅吸引了成群结队的勾帽鸟，也迅速吸引了村里一帮馋嘴的孩子，元生就是其中的一个。覃家主人覃老二早就恨透了这帮馋嘴的孩子，尤其是元生。那天，刚上小学二年级的元生带领另外两个小伙伴，趁夜色溜进了覃家屋后，欲爬上树去偷鸡屎果，不料中了覃老二的圈套。狡猾的覃老二已经在鸡屎果树树干高处涂抹了猪油，但元生他们却浑然不知。结果他被油滑的脂肪害惨了，一脚踏空，整个人从两层楼高的树上摔了下来，当场把右小腿给摔骨折了。过后，愤怒的李金光提把斧头去把那棵鸡屎果树给砍倒了，从此两家人结下了怨恨。寨上人晓得，这棵鸡屎果树王每年能收上千斤果，给覃老二家带来不错的收益。覃老二哪肯放过李金光，遂把他告上法庭。不消说，李金光败定了官司，李家被判赔偿覃家三千元。元生断了一条腿不说，李金光还挨赔了巨款，吃了一回哑巴亏。

李金光一直认为，自从元生从鸡屎果树上摔下来之后，李家就进入了衰落期。那一摔他不仅败了官司赔了款，光医元生那条腿就花了近一万块钱，卖了家里的两头水牛还不够开销。元生这个鬼仔败家子，真是把全家都害苦了。不过无论如何，元生再调皮捣蛋也是自家的孩子，李金光还是凭一双巧手，编竹具卖钱供他读书，还不时给黄家买这送那。黄家人心里明白，李金光不会平白无故给他们好处，人家想的是自己短了两寸腿的女儿。既然人家有这份心，女儿今后能有个着落，那也不是什么坏事，于是就默默地认了这门童亲。

元生读完高中那年，李金光以为这个不争气的鬼仔至少能考上个高职高专什么的，不料竟收到十几封中职技术学校的录取通知书。丧气之下，元生去了广东。而黄家女儿阿花却有读书的命，拿到了省城农学院的录取通知书。更让李家心碎的是，阿花刚去念大学第一年，她居然走路已不那么跛了。第二年，李金光去给黄家送自酿米酒时亲眼看见，放寒假回家的黄家女儿在他跟前走路已经像个正常人一样了。对此李金光真是有些绝望了，他经多方打听，知道阿花已经医好了腿，把那两寸短板给补平了。后来事实证明，李金光的预感是对的，从那以后，黄家就不再接受他家的馈送了。人家的腿治好了，当然缘分也就到了头，这是自然而然的事。一个大学生，有一双好腿，谁还会嫁给一个打工的瘸子呢，除非她瞎眼了。

虽说天色并不明朗，甚至有些灰暗，但元生还是觉得有些晃眼。他不由得揉搓了一下双眼，然后晃进厨房，把牙膏挤到牙刷上，舀了瓢冷水，回到走廊上，面对院子角落的父亲大声地刷牙，吐水，清痰。元生刷牙的响声很大，动作也很夸张，整个过程用了差不多五分钟。

洗漱完毕，他便一晃一晃地开始在院子里兜圈子，逐个给好友阿牛阿昆和老毛打电话，说有事情让他们马上到家里来。李金光虽然装出对元生不屑一顾的样子，但却竖起一双鼠耳在听儿子跟谁说话。元生这帮狐朋狗友，和他没什么两样，整天无所事事，不是到驮娘河钓鱼，就是不分白天黑夜聚在一起吃喝。俗话说猫狗不一窝，这些人和元生一样，都是一个人吃饱全家不饿的角色，说白了就是一群光棍汉。李金光更是无法捉摸，天晓得元生他们从哪里弄到的钱，好像从来都不太缺买烟酒的资金。不过李金光并不知晓，其实元生的三几个朋友还是有些手艺的，他们久不时也会拿到一两张装修单子，有时做几天工一起挣个一万几千没有问题。

平用是个不大不小的寨子，祭山神的时候名头就有一百五十余户，逾六百人口。除去外出务工的人员，经常住家的也还有近四百人。然而在这样一个寨子里，像元生这样尚未婚配的男子竟有不下五十人。男人们打光棍的原因多种多样，不过最主要的原因还是无人可娶。平用这个地方有点怪，女孩子都特别爱读书，而且成绩一般都比男孩子好。她们一旦上了高中，几乎都能考上个高职高专以上的学校，进了高校就几乎都留在了外面，不再回村里了。而进不了高校的男孩们一部分选择了去打工，一部分则去读中职，毕业后进了企业公司，另一部分则留在村里，或照顾老人，或耕田种果。天长日久，男孩们都渐渐长成了男人，娶不上女人的就成了光棍汉。对于李金光一家来说，老大和女儿长年不回家，注定成了别人家的人了。尽管元生不怎么招人喜爱，但也是自家的孩子，而且腿脚不便，没个女人照顾，以后怎么过日子呢！眼下，他认为最为急迫的事情，便是给元生找个合适的人，哪怕是个寡妇。有个女人在他身边，总比整天游荡好。于是老两口圈里时常养有几头猪，说不定哪天儿子找到合适的女人，就把猪宰了。

元生边打电话边在院子里转了几个圈后，便陆续有人聚拢来了。他们一见面就嘻嘻哈哈，抽烟说笑，完全忘了李金光的存在。看看人到得差不多了，元生一声吆喝，五六个人就往屋后走。

原本喧闹的院落忽然寂静下来，这才让李金光有了些警觉，这帮鬼仔拢到一块准不会有什么好事。他猛然吸了一下鼻子，停下了手上的活，缓缓站了起来。坐久了腰腿有些发麻，他拍开粘在身上的竹屑，刚想迈步，却见元生正朝自己一晃一晃地靠近来。

“爹，我要杀猪。”元生站到他跟前。

“杀猪？”李金光瞪大眼睛问。

元生双手捋了两下头发说：“过些天八达镇搞美食节，我订了个铺位，不过至少要先杀一头猪，做点腊肉辣椒骨。”

“你，你会炒菜？”李金光还是瞪大眼睛问。

元生颔首说：“我……有师傅了。”

“你要是杀了，年猪呢？”

元生顿了一下，咬牙说：“先杀，年猪再讲。”

这个忤逆不孝的鬼仔！李金光心里暗骂一声。要是以前他肯定就朝他抡巴掌了，可是现在他老了，儿子也三十多岁了，这时候还打孩子，后果会十分严重，所以他选择了忍气吞声。人家话已经说到这个份上，他还能说什么呢。

早些年，因为竹编手艺好，市里县里把非物质文化遗产的牌牌挂在了家门口，确实让李金光感到脸上亮光了一阵子。然而，随着年纪渐长，视野里的景物愈来愈模糊，手脚也不如以前灵便了。他时常想，手上的这把篾刀得找个人传接下去了。他曾经多次把他要找的这个人定格为元生，但一次次地被他自己否定了。这个他眼里的浪荡鬼仔，至今连个老婆都找不到，哪里能接得下这把篾刀呢！

这时候，屋后传来一阵猪的号叫声。母亲慌忙从厨房里冲出来，大声吼道：“元生，你要干什么？”

“杀猪。快点烧水吧。”元生平静地说。

“元生，妈求你了，这头留做年猪。你不过年了？”母亲几乎是央求地说。

“还有两个多月才到年呢，明后天我再给您买一头大的。”元生说完，一手提刀一手拎盆，肩膀一耸一耸地往屋后走了。

仿佛是一声炸雷，母亲僵直地站在门口，手里的塑料潲桶咣的一声，落在地上，溅起一股水汽。

“他爹，这日子怎么过呀？”母亲大声哀叹道。

李金光朝她鼓了一眼，恶声恶气地说：“天晓得呀，谁叫你生了这么个妖孽。”

元生来到猪圈旁边，几个伙伴已经把猪捆绑得结结实实，将整头猪压制在一张方桌上。元生把锑盆递给阿牛，又把尺余长半掌宽的尖刀咬在嘴里，从容地捞起两边衣袖，双眼露出凶光。站在一旁的老毛以为元生会把杀猪刀交给自己，却见元生右手紧握刀柄，俯下身去，用刀背猛击一下猪的前蹄，接着将刀尖往猪脖颈与前腿间柔软的部位捅去。阿牛不敢怠慢，赶忙将锑盆塞进刀口下方，接住汹涌的血流。

每年腊月，春节将至，桂西北乡村家家户户都会杀年猪，制作出这里独有的美食。只不过李元生家的这头杀得早了，因而引起了他父母亲的疑虑。

当晚，元生亲自操刀切了几盘下水和一盘五花肉，每一片肉都薄似纸片，每一盘生肉都放了几片姜几根葱。老毛以前跟人合伙做过杀猪生意，有一些刀功，却不曾见过切得如此薄的肉片，不由得暗自吃惊。元生还叫阿牛和阿昆做了一个火锅，投入草果姜片花椒辣椒八角香叶之类，再倒入半斤米酒，顿时香气四溢。

李金光原本是不想和这帮鬼仔“同流合污”的，但终究顶不住香气的诱惑，和他们一起吃喝起来。

他无法相信，猪肉也是可以这么涮火锅吃的。更让他惊奇的是，这一切都是儿子元生的厨艺，一个以往连炒个腊肉都咸得难咽的人，竟然把一个火锅做得如此美味，莫非是厨神附体了啊！

吃过晚饭，元生又招呼几个老友继续帮忙。他们把猪肉和猪骨头剔开，将猪肉腌制成腊肉，把猪骨头剁碎做辣椒骨，把猪血拌上糯米香料做成猪血肠，一头两百多斤重的大肥猪很快就打理完了。父母亲和他的朋友们都料想不到，杀了这头猪只是他整个计划的一部分，没有人会想到，他李元生已经悄悄迷上了烹饪这个行当。第二天，元生又跟朋友们筹借了几千块钱，打算三天美食节每天杀一头猪。

元生没有哄骗父母亲，他真的在镇里办的旅游美食节订了铺位。报名的时候主办方要求他给铺位起一个名字，他想了想就随口说："叫'平用土猪香锅'吧。"

主办方还为他拍摄了一张穿厨师制服的照片，连同他随口说的那个名字一起，背景是几头当地名产大黑猪，喷制成一块数米长的巨大招牌，挂在临时搭建的铺面上方。

开幕当天，他早早就把几十条熏好的腊肉条挂在铺位四周，中央置一口大铁锅，半夜里开始熬制的辣椒骨汤咕噜咕噜地沸腾，散发出诱人的肉香。帮手还是阿牛阿昆和老毛几个，不过现在是元生当老板，他们是工仔，酬劳每人每天二百元。开始他们说什么都不肯谈工钱，元生就威胁说，如果他们不要工钱他就另外雇请别人。他的狠话说出口，那几个人就不敢再推辞了。

元生的平用土猪香锅主打的是猪肉火锅边炉，为此他在铺位前边摆了八个木炭炉子，四边摆上条凳，炉上面架上一口铁锅。他秘制的汤料刚沸腾，四周便溢开了令人垂涎的味道。

深秋的桂西北高地，早晨起来呼吸都带有淡乳色的雾气了。八达镇上的人们都穿上了冬装，各色羽绒服厚外套靓煞了美食节。地处滇黔桂三省区交界的八达镇，傍着驮娘河，西连云南，北邻贵州，各色传统美食五花八门，独具边地特色。周边更是名产荟萃，云南广南的八宝米、罗平的牛干巴，贵州兴义的高粱醇，广西隆林的黑山羊、田林的八渡笋、西林本地的黑猪麻鸭砂糖橘……真是让食客们大开眼界，大饱口福。一大早，李金光熬不住老伴生拉硬拽，也搭上早班公共汽车，到镇上去看热闹。其实，他们到镇上的目的只有一个，就是想来看看元生是怎么在镇上丢人现眼的。

李金光与别人的装束不一样，他身穿一件草绿色的军用雨披，头戴竹编油帽，手提两只空鸟笼，一副旧时赶街人的模样。而老伴穿得略有些单薄，还是一身秋衣秋裤，头上也只是套了一顶腈纶毛线织的帽子，胳膊上挂的竹篮里装的是三十个还留有粪迹的麻鸭蛋。不消说，李金光的鸟笼和老伴的鸭蛋，还没等他们走到街边就被明眼人给买走了。老伴不仅卖掉了蛋，她的旧竹篮还被一个外乡客看上了，一番软缠硬磨之后，硬是以两百块钱的高价给买走了。这样，两个老人得以一身轻松顺着人流逛进了临时搭建的美食街。

进入街市，人山人海。他们担心走散，两个人不得不手拉起手，就像年轻时他们互相牵手过河一样，生怕脱手了。他们还约好了，两人一个看左边，一个望右边，看看元生是不是如他所说，真的在这里做火锅卖腊肉。可是麻烦很快就来了。他们刚走进美食街时，人流密度还不算太大，还能够看见两旁的铺位。但是越往里边走，人就像筷条筒里的筷子，一个紧挨住一个，他们眼里看到的只有别人的肩膀和后脑勺，不用说看两旁的铺位了。

李金光意识到，这样走下去等于是瞎子点灯白费蜡，找不到元生不说，还有可能被人流冲撞踩伤的危险。于是，他一边抓紧头上的竹帽，一边把老伴慢慢扯出人流，在一个卖山羊肉的铺位前停下来。

李金光忽然闻到了一种久违的味道，这是一种混合了肉香和发酵过的草香的味道。好多年以前，他第一次受邀到德峨苗山上的老同家做客，热情的老同为他宰杀了一只山羊。苗胞们把羊肉和羊骨砍成块煮成汤，把羊杂羊血和羊小肠剁碎炒干，与羊胆汁一起熬煮，号称羊瘪汤。他第一次吃这种羊杂汤，当老同给他打了一小碗，让他先尝试吃一勺时，一股难闻的味道从舌尖迅速蔓延向喉咙，冲击他的味蕾，扰得他差一点吐出来。然而，只过了几秒钟，一股爆炒羊肉杂碎特有的香气和一种苦尽甘来的味道同时溢满了他的口腔。那一次，他竟不顾脸面，在众人面前连续吃了三碗羊瘪汤，后来成为寨上的一个笑话。

他一时禁不住诱惑，干脆和老伴坐下来，点了一大碗羊瘪汤，外加一份炒羊肉，两个人当成早饭吃了起来。

吃过饭，眼看来参加美食节的人越来越多，李金光和老伴决定不再寻找元生的铺位，赶早回家去了。

第三天晚上，一脸疲惫的李元生被一帮朋友簇拥回到家里。阿牛还把一个用红布包扎的东西搁在神龛前的八仙桌上。众人兴高采烈地鼓噪，试图让李金光去亲手揭开红布，却被他拒绝了。母亲禁不住大家的鼓动，也是出于好奇，壮起胆子过去揭了，原来是一个金光闪闪的奖杯，照得她眼睛都模糊了好一会。

老毛顺手解开一个纸筒，摊开在两位老人跟前，得意地说："阿叔阿婶，你们看看，这是两张奖状，都是奖给元生的。一张是他的火锅入选八达镇十大传统名佳肴，另一张是他做的火锅拿了美食节亚军。厉害吧！"

"那，羊瘪汤呢？"李金光将信将疑。

"羊瘪汤？做的人太多了，最高也只是得了个优秀奖，好几十个铺位呢。"阿牛抬起鼻孔说。

李金光晓得，儿子这一次应该是真做了一个好火锅，就如同当年他吃到的羊瘪汤一样。只不过，做一个好火锅又能怎么样呢？能当饭吃吗？会做火锅就能娶到老婆吗？穿上白衣服戴上高帽就能领工资了吗？他不信。他心里只清楚地记得，这个鬼仔还欠他三头大肥猪呢。

没等李金光想明白，元生老毛病又犯了。他又像上次那样，关紧房门倒头大睡了两天。

这个鬼仔，狗改不了吃屎，禀性难移啊。李金光和老伴望着奖杯摇头叹气，他们又再一次对这个反复无常的儿子失望了。

两老愁眉苦脸过了两天，事情似乎有了反转。第三天早上元生终于起床下楼，他顾不上洗漱就像狗一样在院子里边兜圈边大声地打电话。李金光边小心翼翼地削篾条边侧耳细听。他大致听出了一点零碎的信息。似乎是有人想请元生去他家里帮做饭菜，对方像是个大户人家，不过元生并不愿意，他没有讨价还价。

元生打完电话，晃进厨房舀了瓢清水，回到走廊，开始大声地洗漱起来。这时，村委会主任刘军忽然笑眯眯地出现在院门口，大声地向李金光打招呼，然后两个人开始聊家常。在李金光的眼里，刘军是个大忙人，三两年不会到李家一次，今天忽然到访，颇让他感到意外。但他晓得，刘军显然不是来找他李金光的，他虽和他说话，眼睛却不停地往元生那边瞄。

果然，待元生洗漱完毕，刘军就撇下李金光向元生走了过去。

刘军是受村委会之托来找元生帮忙的。邻近的那桐寨接收了易地搬迁来的二十多户人家，这几天要入住新房，村里打算摆个长桌宴，集体庆贺一下。他听说元生刚在镇里办的美食节拿了大奖，就过来请他去亲自掌勺。元生听了二话不说便点头答应了，当即给老毛阿牛阿昆几个兄弟打电话，商量动身去那桐寨。

当李元生带领几个帮手开着摩托车身着厨师服出现在那桐寨的时候，乡亲们都觉得新鲜，纷纷过来围观看热闹。然而，当他们认出来人就是平用寨这几个光棍汉时，便七嘴八舌地说了一些刺耳的风凉话，眼里投射出不屑的目光，很快就散开去了。

“元生兄弟，你们真的能弄好这几十桌饭菜？别糟蹋了我们这头大肥猪啵。”一名村干部走到元生跟前，对他表示质疑。

“你放心，弄不好我赔你猪。”元生忍着气说。

要是往常，元生肯定受不了这个气，要么和人家打起了嘴仗，要么早就动手了。但老毛他们已经看出来了，此时此刻的元生像是换了个人，他镇定地把围裙绑在腰上，吩咐大家擦洗菜刀砧板，切菜生火，一切有条不紊。

傍晚时分，随着寨上广播一声召唤，那桐寨近百户新老人家几百号人迅速聚拢到了篮球场上，围坐在几十只火锅边。自然，众人很快就被元生制造的味道淹没了。

往后不到一个月时间，元生就被寨上和周边寨子请去做了十几次大厨，毫无疑问，他做的火锅吊起了所有人的胃口。观看他杀猪切菜，吃上他做的饭菜，成了乡亲们的一种享受。而他之后创新制作的全羊宴和土酒火焰鹅新吃法，更是让大家惊叹不已。

一天，寨上开来了一辆宝蓝色的路虎揽胜，先下车来的正是寨上黄家女儿阿花，之后她拉开了另一扇车门，迎出一个戴深色眼镜约摸四十出头的胖女子。阿花似是长得有些微胖，但容颜并没有多少变化。她自己身上挎了一个名牌包，手里还拎了一个猩红色的LV包。她对闻讯赶来迎接的老父亲说：“爹，董事长很忙，这次就不去我们家了。”

黄老爹有些失落，疑惑地问：“你们来平用寨，不进我们家还能去见谁啊？”

阿花涨红脸嗫嚅地说：“张董事长要去见……李元生。”

黄老爹哦了一声，脸一沉便转身走了。

仗着路熟，阿花很快就把客人带到了李家。两个光鲜的女人走进院门，着实把正在编织鸟笼的李金光吓了一跳。多年未见，但李金光仍旧一眼就认出她就是黄家女儿阿花。虽说当年无缘成亲，但乡里乡亲的，他也不好给人家拉一副冷脸。于是他勉强挤出几丝笑容，先和她寒暄几句，又握了张董事长的手。

李金光一声吆喝，女主人赶忙搬来两张竹椅和一个竹茶几，招呼客人坐下之后，又转回屋里泡茶去了。

刚坐下，胖女人就因屁股下边的竹椅舒服得闭上了双眼，嘴里喃喃说：“太舒服了，比坐路虎舒服多了。”

“张董，李阿伯是有名的竹编手工艺人，他的作品还上过市里的博览会哩。”阿花指向院落边一个敞开的棚子说，“你看那边屋子，那些工艺品全是李阿伯编的。”

胖女人挣扎着坐起来，抓住阿花伸过来的一只手，站了起来，朝收藏竹编的棚子走去。

趁客人去参观工艺品，李金光又叫老伴去叫醒儿子，让他下来见客人。或许是干大厨太累了的缘故，元生现在还是嗜睡，没厨事时还是一觉就睡一两天。

听说有女客人登门，李元生不敢怠慢，赶紧换上新买的风衣，下楼仓促洗漱见客。

十多年不见，元生和阿花似乎都不曾迈过时间的那道门槛，握手的时候，他们都感觉到了对方手里温热的汗渍。

三个人边聊边喝了一会茶，元生终于弄明白她们的来意。这个张姓董事长是搞农业开发投资的，新近到镇上搞了两个近一亿的种植养殖项目，阿花是她的助理。张董事长还自称是个超级吃货，特别喜爱各种民间美食。她听阿花说，平用寨有个很受欢迎的大厨师，所以特意前来拜访他。如有可能，希望他能够到她的公司去工作，做她的私厨。

元生似乎有些走神，并不在乎张董事长说了什么，他的注意力都被阿花戴在她右手食指上的戒指扰乱了。他一时想不起，女人这样戴戒指是释放什么样的信号。不过，有一点他是清醒的，他不想做谁家的私厨，他想自由自在地制造味道。他还告诉她们，他正在酝酿成立一个厨艺公司，专门服务乡亲们的各种宴席，把美味留在乡村。

他不曾料到，没等他说完，胖女人就啪地拍了一下自己的大腿，大声道："好，这个好！我入股，我投资。"

元生听了却有些为难，他挠了挠后脑勺，犹豫地说："这个，这个让我先想一想吧。"

我不是那种人

原载《广西文学》2015年第8期

艾鲁志今天有点小高兴。下午三点半刚过，他忽然接到一个等了许久的电话。

那头张冬林说："鲁志哥，你给我个银行卡号吧，我想先打十万给你，另外十万看年底的财政怎样再说。"艾鲁志听了想发火，都拖延这么久了，还要拖到猴年马月啊！但转念又想：十万就十万吧，总比一万块都不还好吧。于是他就答应了，还说了好几个谢谢，好像是自己欠了张冬林的钱似的。张冬林还说，快的话这两天那十万就能到他的账上。

几年前，远房表弟张冬林跟他合伙搞土特产生意，负责帮他收购两个偏僻乡镇的山货。自然，周转资金就都从他口袋里掏了。头两年生意不错，大家合作也挺愉快。可是到了第三年，张冬林那边就渐渐出了状况，先是货物收购量愈来愈少，后来就经常断货，搞得他很被动，为此他没少挨黄福高和外头的出口商讨伐。然而，更令他生气的是，张冬林后来竟然经不住诱惑，和别人联合种了几十亩田七，把属于他的三十万块钱周转资金全挪了进去。无奈之下，他只好超越亲情撕破脸，一纸诉状把张冬林告上了法庭。经过长达一年多的反复调解，张冬林终于认赔，但要分成多次，第一次是十万现金，后面的二十万要分成两次偿还。为了这笔债款，他把远房姨妈一家都彻底得罪了。

虽说这十万只是他整个债务一个很小的部分，但毕竟又有钱回到口袋里了，这能不让他有点安慰吗？这些年，他辛辛苦苦做生意，跑上跑下，好不容易挣到了一些钱，但是到了今天他仍然是一个猪头老板，名义上有两百多万，但口袋里连部像样的手机也没有。大女儿经常嘲笑说：“爸，你整天用这种古董打电话，怎么能做成大生意呢！”正在省城念大学的二女儿也时常埋怨，想跟他玩点QQ或发个微信都不行，一点都不晓得浪漫。

他一高兴就有些忘形，先后打电话给了妻弟阿捞和老工友刘富泰，约他们晚上到家里来搞两杯酒。打完电话他就往菜市场走，称了一斤牛腩，要了半只烧鸭，加上一斤河虾，掂一掂，觉得够吃了，便低头走出菜市。

路过鬼刀子的狗肉摊时，鬼刀子绽开一团肥脸，大声地揶揄说：“哟，艾大老板，你真的念经成佛成仙了啊，真就戒吃狗肉了吗？”

艾鲁志停下脚步，扭头瞥了鬼刀子一眼，又盯在狗肉堆上，咽了一下口水，讪笑说：“鬼老板，你看我这样的人像个佛吗？别扯淡了。我们乡下人戒什么也不能戒狗肉啊，我这是真没钱吃你的狗肉了。”

“你哄我啊？呃，艾大老板，哪个不晓得你是百万富翁哩！”鬼刀子撇了撇嘴说，“我真是闹糊涂了，以前你艾老板买狗都是半边整只地买，现在我老鬼办养狗场了，你连个狗爪子都不肯吃了。唉，难道狗都改不吃屎了吗？”

艾鲁志又咽了一下口水，不服气地说：“明后天，等老子有钱了，一定来把你老鬼的这个狗肉摊都包了。你等着！”

尽管受到了鬼刀子的奚落挖苦，但是并没有太影响艾鲁志的心情，他一边手拎着一只塑料袋子，迈着轻盈的脚步横穿过路口，朝家的方向走去。

回到家，妻子农彩秀正在厨房里忙，见他拎回这么多菜，便沉下脸说：“哎，你这不是记错日子了吧，后天才是尝新节。动不动就买这么多吃的，你以为你是大老板啊！”

艾鲁志听了并不生气，压低嗓门温和地说：“冬林说，明后天先还我十万，我一听就忍不住去买了一点牛腩，喊阿捞和富泰他们过来搞两杯，没买狗肉。”

“冬林不是还欠我们二十万吗，怎么才还十万？”农彩秀停下手里的活，转头逼视艾鲁志。

他并不急于搭腔，俯身从消毒柜里拿出两个盘子和一个大碗，把买回来的东西一一倒到碗盘里。

还是农彩秀先沉不住气了，她提高嗓门说：“你说话呀！这二十万他都欠三年了，还要赖到几时啊？以前我亲姐借你十万你天天催，那个张冬林和你什么关系啊？还有那个天杀的黄福高呢？”

“吵什么？我这不是天天给他们打电话发短信催吗？不催冬林怎么会答应还十万呢？”艾鲁志忽然有些来气，但又很快软和下来，用先前的口气说，“你去忙你的吧，这里我来做。”

看见丈夫服软，农彩秀心头的气也跟着消减了，她脱下围裙，转而绑到了艾鲁志腰上。妻子的这个动作表明，她确实也被他的情绪感染了，也有点小高兴了，但她没写在脸上。要是在往时，她的唠叨要延续到晚餐结束甚至床上时间。

四十八岁的农彩秀在县医院上班，干的是助产士的活。她显然是提前进入了更年期，一说话就没完没了。因为单位管得严，上班没得说多少话，都憋在肚子里，待回到家了才倒出来。以前的听众有艾鲁志和大女儿艾薇薇，不过女儿终于挺不住搬到单位去住了，偶尔才回来吃一顿饭，丢下碗就走人。现在家里只剩下他一个听众，只能任凭她狂轰滥炸了。天长日久，耳朵似乎起了老茧，他也不太在意她的啰唆了。他偶尔出门不在家，家里没人听她唠叨了，她就跑到街上去跟别人说，不管生人熟人都说，见到熟人就逮住人家说半天。有时候，从街上买回来的一把鲜嫩水灵的青菜，没到家就晒得蔫巴巴的了。

以前的艾鲁志在家里的地位可不是这样。他曾经在县物资公司当科长，虽说不是什么肥缺，但在单位也算是个角色。夫贵妻荣，农彩秀对他也是挺客气的。不过后来因为他执意要生一个男孩，违反了计划生育政策，结果被开除了公职。男孩没生出来，但好端端的艾科长变成了无业人员，她觉得家里既少了一份工资又丢了面子，于是就慢慢从心底对他生出一些怨气，说的话越来越不好听，脸色也愈来愈不好看。那时候本来也要开除农彩秀的，但幸亏有县长暗地里帮了她一把。当年县长夫人住院难产，流血过多，差点丢了性命，好在年轻的助产士农彩秀血型相符，把血输给了她，母子才得以平安。关键时刻，县长出手相帮，农彩秀才逃过一劫。

尽管丢了铁饭碗，但艾鲁志的脑子还是比较灵光的。他不是那种让尿憋死的人，东方不亮西方亮，他一定要自己闯出一条生路来，不只是养活自己，更是要让一家人过上好日子。他找到了几个在省城的熟人，有的原来是省城外贸公司的，后来辞职出来自己开公司做生意了。有个叫程浩楠的老板原先就是省城外贸公司的副处长，后来自己开了个进出口贸易公司，专营土特产贸易。凭着之前的关系，艾鲁志从他那里接到了一单收购薏谷的生意，一进一出，一下子就净赚了十多万元，比他上班两年挣的还多。不仅他心里踏实了，老婆的脸也渐渐阴转晴，对他的态度也来了个大转弯。后来生意越做越大，存款也日渐丰厚，艾鲁志不声不响就成了百万富翁，在家里的地位自然不用多说，在外头做局喝酒说话也不同了，不只是话多嗓门高，开口闭口老子老子的，还不时当众往裤裆前的地毯上吐痰。在家里，农彩秀是要看他脸色说话的。他爱叫谁到家里吃饭就叫谁，吃什么肉喝什么酒她也管不着，甚至是他爱什么时候喝酒，喝到什么时候她也不敢吱声。

然而，现在一切都颠倒过来了，都怪那个天杀的黄福高。

阿捞和刘富泰如约而来，坐到桌边艾鲁志才意识到没有买酒。他瞟了农彩秀一眼，示意她去街边买，但她装着没看见，径自往几只空碗里舀饭。阿捞觉察到了他的尴尬，目光盯上了橱柜旁边的酒柜，狡黠地探询说："姐夫，你不是还有老酒吗？"

"是还有几瓶，我才舍不得喝呢，还是等哪天有好事情了再喝吧。"艾鲁志说。

"嗨，姐夫，我怎么听你在电话里好像有什么好事呢？再说了，你老等着有好事才喝，哪天才能喝上你的酒啊！"阿捞看了刘富泰一眼，诡谲地说，"姐夫，都什么年代了，你怎么还有这样的想法呢？我的理论是：你不喝好酒怎么会有好事呢？是不是啊？"

艾鲁志愣了一下，警觉地说："阿捞，别油嘴滑舌了，我不会上当的。富泰，我们喝药酒吧，百鞭酒、黄精酒、马蜂酒、蛤蚧雄睾酒、三蛇酒随便你点。"

可是没等二人表态，艾鲁志就站了起来，双脚朝冰箱旁边的几个酒坛迈去。

刘富泰失望地说："随便吧，喝什么都行。"

"好，那我们就先搞三蛇酒。"说着，艾鲁志俯身一蹲，双手抱起一个篮球般大的酒坛，一步一移地来到饭桌边，搁在一张空椅子上。

阿捞意识到老酒喝不成了，只好不情愿地站起来，打开橱柜，拿了只大勺子，递给艾鲁志，说："给我打半杯得了，我不习惯喝药酒，药味重，还有副作用，你们多喝点。"

艾鲁志晓得阿捞是在故意刺激他，没别的酒了，味道再浓的酒他也一样会喝。于是照样往三只啤酒杯里舀满了三蛇酒。阿捞不声不响地把满满三杯酒分别搁到三个人跟前，瞄了农彩秀一眼说："姐，你不来点吗？补身的。"

不料农彩秀瞪了他一眼说："有人说我停电停水了，补身又有鬼用啊。我不喝。"

刘富泰涎笑说："老妹，你才这点年纪，还早嘛。我家那个比你还大三岁，也没见停哩。"

这顿饭，艾鲁志并没有跟阿捞和刘富泰说张冬林还钱的事，而是讨论如何去找他的头号欠主黄福高。这让农彩秀颇感意外，她支着双耳在饭桌边磨蹭了很久，以为会听到丈夫说还钱的事，但是他没有说。

农彩秀晓得，阿捞和刘富泰都算得上是艾鲁志的债主，只不过都是小债主。前些年，艾鲁志手头紧没有周转资金的时候，分别借了阿捞和刘富泰每人五万元，至今没有还清。有一次刘富泰老婆得了急病住院，需要一万块钱押金，不得已找到艾鲁志要他还钱。恰逢烤姜收购季节，艾鲁志正为资金急得团团转，农彩秀看不过眼，只好从个人存折取了一万元代他还债。近几年，在农彩秀的印象中，艾鲁志的生意还是做得挺大的，丈夫和黄福高合伙办的宫保贡品商贸公司生意一直红火。然而，不知从何时起，公司副总艾鲁志非但没有拿到一分钱，还把自己单干时赚的一百多万填了进去。之后，为了维持生意，艾鲁志又四处向亲朋好友举借，前前后后多达五六十万。想不到，不久前公司生意忽然歇火了，大老板黄福高也不知所终。

现在，艾鲁志的如意算盘是把阿捞和刘富泰拉到自己的讨债阵营里来，让他们都有一个共同的债主黄福高。

他们每人喝了一杯三蛇酒又喝了一杯蛤蚧雄睾酒，三个人的脸色都成了猪肝色。艾鲁志喷着满嘴的酒气说："富泰，阿捞，你们看我像是老赖吗？不像吧。我绝不是那种人，你们一定要相信我艾鲁志。等我从黄福高那里催回那两百万，我第一个先还你们。"

阿捞撇嘴说："那得等到哪年哪月啊，姐夫，我现在手头真的很紧哩。"

"是啊，我那个小店想扩大业务，缺的就是那点钱。"刘富泰也附和说。

"你们两个怎么搞的，我说了一个晚上，难道你们都耳朵聋了吗？那得，只要是从黄福高那里弄到的第一笔钱，哪怕催得十万八万，我也保证先还你们。如果不还就让鬼刀子把我劏了，拿去当狗肉卖。哎哟，你们别用这种眼神看我，以为我是那种人。以前我艾鲁志不是借过钱给你们吗？"

阿捞和刘富泰想了想，都点了点头表示认同。艾鲁志趁机举起酒杯说："来，来，来，干完这杯，我们再来一杯百鞭酒。"

在迷蒙的气氛中，三个人花了很长时间来讨论如何对付黄福高，让他把欠艾鲁志的那两百万吐出来。

刘富泰主张找法院打官司，查封黄福高的财产。黄福高在镇上有楼有车，坐的车比县长书记还高级，两样加起来一定能值几百万。可是艾鲁志听了却有些犹豫，如果这样，那他和黄福高就做不成兄弟了。一旦法律介入，就等于撕破了脸皮，朋友要成冤家了。打官司他也不是没想过，只是打一场官司也是要磨好几年的。就连他跟张冬林要的这点钱，让他劳心费神不说，也没少挨亲戚朋友当面指额头戳胸口骂。阿捞的主意则有些极端，他觉得对付黄福高这种人就不能软，应该来硬的。阿捞所说的硬是什么艾鲁志都晓得，无非就是以恶制恶，以牙还牙。他仗的是有一帮街上友仔，名号柳叶帮，专靠刀子伤人，那些人只要有钱什么活都敢接。省城电视台有个导演骗了县城一个女孩子，演员当不成还堕了胎，后来才晓得他只是个动漫导演。女孩父亲气不过，花了一万块钱请柳叶帮，导演被割了半只耳朵，照片还在网上广为扩散。阿捞的意思很明白，只要他点头，这事完全可以让柳叶帮代办，不用他出面。艾鲁志不是没想过这一手，不过这是阴招黑招毒招，柳叶帮心狠手辣，万一出事怎么办？这么干风险实在太大了。以他的性格和为人，绝对不能这么做。

艾鲁志看到两人的说话声越来越大，情绪和酒力都有些失控了，便总结似的说："你们说的我都听进耳朵里了，我觉得说的都有道理。我艾鲁志虽说不是什么鸟君子，不过也是讲道理、讲法律的。这样吧，我们来个先礼后兵，先去找他谈谈，摸到他一点底细再讲。”

刘富泰点头说：“这样也好。”

“好个鸟！姐夫，你这么心软腿软猪大肠样的，我才不信你敢去找他。”阿捞轻蔑地斜视着艾鲁志，目光里充满了挑衅。

艾鲁志似是被激怒了，端起半杯酒就往嘴里倒个底朝天，又夸张地把杯子用力往桌上一搁，大声说：“哪个说老子不敢？走！”

在驮娘河边火亮山脚下，一栋十层的楼房比其他民房高出一大截，显得鹤立鸡群。这是一栋新楼，三层以上还未装修，没有星点光亮，黑黝黝的显得有些吓人。这里正是镇上的土特产大老板、宫保贡品商贸公司总经理黄福高的家。才是夜晚九点半钟，黄家已经大门紧闭，一层大厅和左右两个房间都淹没在黑暗中，只有二楼右边房间的窗帘缝隙中透出一线暗黄的灯光，表明这栋建筑还有人在里边居住，但里边的人显然不想被别人打扰。

一阵激烈的敲门声打破了寂静，一楼大厅里随即响起了一阵狗吠声。约摸过了五分钟，才有人拉亮了楼门前的电灯，防盗门闪开一道缝，探出半张女人脸，朝前边敲门的阿捞吼叫：“敲什么敲啊，敲门像打雷似的。”

“我们来找黄老板，叫他出来！”阿捞也不示弱，满嘴酒气地说。

“你们，找错地方了。”女人警觉地扫了一眼，说着就要关门。

艾鲁志赶紧从阿捞和刘富泰身后闪出来，挤出笑容说：“岑医生，岑医生，是我老艾。你吃过晚饭没有啊？”

“噢，原来是老艾啊，你再不出面我就放狗咬人了。”女人故意把“狗”字咬得很重，气势压人。

“我，我在后面抽烟哩。”艾鲁志又挤出笑容说。

“老艾，白天黑夜你都分不清啊？都什么时候了，谁还不吃晚饭啊！”女人没好气地说。

“岑医生，我想来跟黄老板聊聊，他在家吗？”艾鲁志小心翼翼地说。

“老艾，你问我？我还想问你要人呢。你是他副总你都不懂得他在哪里？我看你们是合伙耍我的吧？”女人愤愤然。

“岑医生，你莫这样子讲，我和黄总都有一个月没碰面了。秋收过了，他不给钱，我怎么去收土特产呢？”

女人说：“我不是医生，你别捧我卵脬。老艾，你们做生意不关我的事，黄福高他干什么也不关我的事。你在哪里见到他，麻烦帮我拎回来吧。我女儿要结婚了，对方亲家要见他这个爹呢！”

女人说着咣当一声把铁门关了，发出沉钝的闷响，像一记重锤重重地击打在艾鲁志心上。三个人愣在门前，一时没有缓过神来。

女人顺手把楼门前的灯也关了，四周迅速暗黑下来，里边的狼狗继续汪汪地乱吠。这里距离街道还有二三十米，街灯从狭窄的小巷斜射过来，显得有些阴森。艾鲁志觉得没有再待下去的必要，就率先迈开步子往幽暗的小巷走，后边的刘富泰和阿捞边吸烟边闷声跟在后边。

回到街角，阿捞突然发话说："姐夫，你真的相信他老婆的鬼话吗？说不定黄福高他就躲在门后面看我们笑呢。"

"不可能吧，他都失踪个把月了。那天我跟他说先打三十万给我周转一下，第二天就不见人了。如果整天待在家里，他一个三脚猫哪里待得住？不憋死他才怪。再说了，要是他在家，那辆路虎肯定停在楼门口。"艾鲁志说。

"难说，他要是想躲避你，办法不是多的是吗？"阿捞还是有疑惑。

刘富泰似乎也同意艾鲁志的判断，转个话头说："黄福高在老街上不是还有个家吗？"

艾鲁志停下脚步，低头沉思片刻，说："他在东街是有栋两层老楼祖屋，不过早已不是他的了。前几年他和他老弟为那栋楼打了一场官司，因为他老妈跟他老弟住，他老爹死前留了张纸条，说谁给妈养老送终楼房就是谁的，后来楼房判给他老弟了。从那时起，他就不敢再登那栋楼的门了。"

"他以前不是住在老婆单位的吗？"刘富泰说。

艾鲁志听了扬起头，旋即又慢慢低垂下来，不耐烦地说："别说那套房了，他早就拿房产证去抵押贷款了。"

"妈的，猪头啊！"阿捞嘲讽地说，"你们这些鸟老板，他妈的个个都是穿袜没有底的啊！"

“何止呢？短裤都没有穿。”刘富泰跟着起哄。

要是往时，艾鲁志免不了要和他们吵一顿，不过现在形势不容许他这样。他好不容易把这两个小债主拢到一起给自己壮胆，为了向黄福高讨回两百万，就是再有气也只能忍气吞声，统一战线，顾全大局。

但他并不想在这两个人跟前软弱，他也是一个男人，而且身份比他们都尊贵，于是决定趁着酒劲带他们去闯一闯。决心已下，他就带他们走向大街，往老街走去。

他们首先来到县医院宿舍区。借着昏黄的灯光，他们很快就在一栋旧楼单元里找到了属于黄福高老婆的房子。以前艾鲁志也住在这个小区里，后来因为超生的事，农彩秀觉得他丢人现眼，他们才到外边买了套二手房住下来。艾鲁志晓得，在县医院，他妻子只是一个小助产士，而黄福高老婆是护士长，职级不一样，关系也一直不太好。他还记得，他刚加入黄福高的公司时，两个男人特意搞了个饭局庆贺一下，但令他们始料不及的是，两个女人竟然都不愿给自己老公一个面子。

艾鲁志带两个人来看黄福高老婆的房子，是想向他们证实他说的话是真的，他没有骗他们。可当他们来到门前正想叫门时，却看见门上贴了一张白纸和一张白纸条。借着阿捞打火机微弱的亮光，艾鲁志凑上去端详了许久，才看出是一张封条和一张招租告示，落款都是镇信用社。

他们沮丧地站了一会，你看着我，我看着你，不知说什么好。稍后，阿捞突然从嘴里喷出一口烟，又把半截烟戳在门板的白纸上碾碎，然后扬脚在门板上踢了一下，嘴上骂了一声，转身率先走了。

刘富泰似乎受到了阿捞的刺激，不声不响就跟在阿捞身后走了。艾鲁志觉得已经达到了目的，让这两个人知道了实情，这就是他带他们来这里的原因。不过，门板上那张白纸的信息也告诉他，信用社已经开始对黄福高动手了。之前，他只晓得他借了县农行的贷款，现在连信用社也成了债主，也开始着急了。在这个小镇上，因为业务量小，原先的工行建行都撑不下去了，现在其实只有两家国有金融单位——农行和信用社。一些搞生意的人都晓得，镇里除了这两家之外还另外有钱庄，不过放的都是高利贷，一般做小本生意的都不敢惹。

来到街上，艾鲁志以为他们还有兴趣跟他去东街看黄福高的老宅。不承想，阿捞竟一屁股坐到烧烤摊边上，还把刘富泰也招呼了过去。他看得出来，阿捞是要搞第二场了。虽说是在街边吃点烤鱼烤肉串，但三个人的吃喝没有个百把两百块钱打发不了。他的双腿下意识地要靠拢过去，可转念一想，跟过去就是他买单了，下午买了那些菜，口袋里已没有一张大票。于是，他急忙刹住脚步，朝那边大声说："阿捞，你们搞吧。我还有点事，先回去了。"

阿捞望着艾鲁志的背影，嘴角一撇，脸上露出苦笑，转身朝烧烤摊主大声喊："老板，来条烤罗非鱼。"

"阿捞，你姐夫怎么变成这种人了呢？"刘富泰摇摇头，"这年头，一说到钱人就变味了。"

“是啊，一说到钱就伤感情。”阿捞叹气说。

艾鲁志没走多远就遇到了熟人，一辆丰田汉兰达迎面靠边停了下来。起先他以为是自己走在行车道上了，便赶紧转身拐上了人行道，然而这时却听到有人在叫唤他。他停下脚步抬头举目往四周张望，并没见到熟人，发愣之时，才发觉是车上有人在向他打招呼。透过摇下的车窗，他看见了一张熟悉的面孔，原来是侄子艾文生。

艾文生从驾驶座开门下来，边走向他边从口袋里掏出烟和打火机，到跟前递给他一支，帮他点燃了，又给自己点了一支，猛吸了一口，缓缓地喷出一团白雾，说：“叔，怎么一副苦瓜脸啊，在忙什么呢？”

“忙什么？忙追债呗。”

“嚯，我刚想跟叔商量合伙开个店，叔就说追债了，叫我怎么说好呢！”艾文生将信将疑。

艾鲁志无奈地盯住他说：“文生，你真是不相信叔啊？你想开什么店？”

“想跟叔合伙开个建材店，据说很容易赚钱的。叔，你到底有没有兴趣啊？”

“文生，我劝你还是老老实实开车吧，钱这个鸟东西，你要是命相不带，赚再多也没鸟用。比如我吧，辛辛苦苦挣了点钱，还不是放到狗日的黄福高口袋里，现在恐怕拿不回来了。那个卵仔，搞得我现在天天吃老婆的，还借了不少债，连一瓶酒都不敢买。”艾鲁志向艾文生大倒苦水，一副痛不欲生的样子。

艾文生看见他那副蔫头耷脑的神态，相信他真是被黄福高给整苦了。他记得，黄福高得势的时候，年年春节前都轮番宴请有关领导，给领导拜年。他们当司机的自然也没少沾光，往往会得到一些小烟小酒和鸡鸭之类的。于是，大家私下都对黄老板存有好感，路上见了他的路虎都主动打个喇叭致意。

一支烟还未吸到头，艾文生便迅速打消了与艾鲁志合伙开店的念头，转而看到了一个商机，便探询说："叔，要不我给你追这笔债吧，我认识一个公司，他们有办法帮你追回来。"

"真的吗？"艾鲁志脸上有点兴奋。

艾文生盯住他点头说："当然是真的了。不过你得给我百分之十五，人家拿十，我拿五。"

艾鲁志听了，脸上又恢复了苦相，皱眉说："文生，这点忙你帮叔一下还不行吗，还要抽头啊？"

"叔，这个不行，没有佣金有谁会帮你干这种风险活啊！"艾文生狠吸了一口烟说，"如果叔为难那就算了。"

"这个，这个……你等叔考量考量。"艾鲁志嗫嚅说。

"那得，等叔考虑好了再找我。"艾文生说着转身快步跳上了丰田车，没等艾鲁志缓过神来，车就呼的一声开走了。

回到家，艾鲁志把晚饭后去找黄福高碰壁的事跟农彩秀说了。女人嘴巴一撇，鼻子里哼哼说："艾鲁志，得了吧，就你这副软蛋还敢去追债？连他女人都敢不尿你。"

尿，是小镇人的说法。人家说不尿你，就是不搭理你，或者是懒得理你。艾鲁志觉得，黄福高欠自己的不只是一笔钱，更是让他在女人面前都抬不起头了。果然，半夜里他好不容易借着药酒劲有那么一点感觉，刚想往女人身上试探一下，不料竟被她用力搡开了。

两天后，艾鲁志的手机来了信息，他银行卡里打入了五万元钱，并不像张冬林原先说的那样打给他十万。他当即给张冬林打了电话，质问他怎么回事。张冬林苦笑说，原本是可以打给他十万的，可是前一天闹了一场龙卷风，把田七棚都打散了，又得买上百捆遮阳盖，所以请他务必谅解。对方再三说不会欠他太久，只要日后田七卖得钱，优先考虑的是先把欠债还给他。他听了便一时无语，胸口闷了许久。

不管怎么样，卡里头又有钱了，有了钱他就又有了精神。他立马取了一万现金装进包里，拣了两套干净的衣服，搭上了开往百花市的班车。

百花城位于右江之滨，从明清至今，一直是滇黔桂三省区边地的货物集散地。解放前，这里还是交易中心，一年的税收占到全省的五分之二强。艾鲁志的祖辈是拥有上百匹马的马帮帮头，专事从百花城大码头驮运洋货盐巴进入山区，又从山区把土特产山货驮运到码头。到了艾鲁志这一代，原先的马帮和马厩马场早已荡然无存，仅剩下码头街的一栋三层小楼，但也早已归属父亲的叔伯兄弟，与他没有任何关系了。当年，父亲带领他们全家溯江而上，最终落脚在驮娘河畔的这个小镇。

艾鲁志又住进了久违的裕隆宾馆。当他提着行李包出现在柜台前时，老板娘阿燕的脸上现出了惊诧又诡异的表情，双眼也透出异样的目光。

“哎哟，艾老板，都以为你人间蒸发了呢。”阿燕的目光从他脸上转到他鼓鼓囊囊的行李包上，“带什么好吃的给我啊？”

艾鲁志拉开拉链，从包里拿了一小塑料袋山核桃，扔到她跟前。阿燕双眼瞟了台上的核桃一眼，嘴一撇：“小气鬼，才这么一点，还不够我塞牙缝呢。”

艾鲁志讪笑说：“新鲜的，今年小年又天旱，这两斤还是托朋友弄的呢。等我收多了，再发一两件给你。”

“这还差不多。”阿燕向他抛了个媚眼，“这才是艾大老板的风格呀！”

“老板娘，你又胖了啊，不过比原来水灵了。”艾鲁志笑着说，“给我开个标间吧。”

“哎哟，艾老板，我还以为你忘记这个地方了呢。”阿燕撒娇说，“你的车呢，停哪里啊？”

“卖了。”

“好可怜喔。艾老板，你怎么变成这个样子呢？”

“我们的生意亏得一塌糊涂。我的钱还被别人骗了。”

“是黄福高吗？”

“你怎么晓得？”

“我猜的。”

阿燕把一张房卡丢到柜台上，眨巴一下眼睛说：“住单人房吧，床是新的，你随便滚。”

他以前是这里的常客，往往一住就是十天半个月。他喜欢住这里，主要是离二级公路和高速路口都不远。他记得，他第一次住这里还是黄福高带来的，由此他认识了店老板洋烟，同时认识了服务员阿燕。

他认识阿燕的时候，她还是一个小女孩，身板有些瘦弱，不过长得眉清目秀，而且伶牙俐齿。每次看见阿燕，他就会想起自己念书的女儿。于是每次他跟阿燕说话，都是像跟女儿说话一样，没有混杂半点污秽。直到有一天早上，他的车突然在夜里跑了电，打不着火，他去敲黄福高的门，要他的车电池救急，才看见浑身赤裸的阿燕正从卫生间里出来。当时，他只觉得自己像吃错了苍蝇，想吐又吐不出来。阿燕看见他进来，装着不认得他一般径自钻进被窝里。倒是黄福高边打哈欠边用毛巾围住腰部，递给了他一支烟，算是给他一种安慰。

后来，一次喝酒之后，黄福高告诉他，阿燕刚满十八岁，刚刚高中毕业，高考考上了三本学校，但家里太穷没有能力送她读书，于是自己出来打工了。阿燕的目标是自己开一个店，卖什么都行，只要能赚钱，只要能当老板就行。黄福高还告诉他，是阿燕自己来找他睡觉的，开始他根本不相信，后来在一个饭局上阿燕自己承认，黄老板很讲义气，她借了他两次钱，一次三千，一次两千，她想要还给他他都不肯要，这样的男人就是应该得到好报应。他听了想跟她说：“妹子，你咋这么贱呢，你才值三千两千吗？”不过他没说出口。

黄福高睡了阿燕，但并没有霸占她，在他的策划之下，阿燕成功地嫁给了店老板洋烟，她也摇身一变，从一个服务员变成了老板娘。这都是在艾鲁志眼皮底下发生的事情，一切都像是按照黄福高编的剧本演的。黄福高晓得，店老板因为瘦得皮包骨，像个旧时的烟鬼，于是早早就得了个洋烟的绰号。他三十五六了还是个单身汉，除了抽烟喝酒，还喜好赌博，常常把柜台里的现金都拿去打麻雀。父母一气之下，便扔下他都到广东随她姐姐生活去了。不久，洋烟因为赌博被抓进了拘留所，阿燕第一时间带上了他爱吃的槟榔去看望，后来她又跟黄福高借了一万块钱去把人赎了出来。洋烟人刚回到家，阿燕就把十来天的收入一分不少地交给了他。阿燕的热心与忠诚深深打动了洋烟的心。恰巧，在牢房里，洋烟不慎患上了皮肤病，腰杆以下部位，前后都长起了一片片肿粒，奇痒无比。黄福高获知消息，便让阿燕去找郊外的老中医癞渣王，拣了几服中药回来。阿燕熬汤了还替洋烟洗痒痒处，洗了又熬，过不了几天，洋烟的癞渣好了，阿燕也留下来跟他过夜了。

不晓得阿燕该不该感谢黄福高，不过，反正后来她是真的当上老板娘了。她一口气生了一女一男两个孩子，还把老公洋烟治理得服服帖帖的，从此改了又赌又嫖的坏毛病。有时候，艾鲁志还冷不丁会盯住阿燕的大女儿看，隐隐约约地觉得，这孩子有那么一点点某个熟人的影子。

艾鲁志原本以为，只要找到了阿燕，就可以轻而易举地打听到黄福高的消息。因为，艾鲁志晓得，当年黄福高成功地把阿燕转手给了洋烟之后，不久又把淫邪的目光盯向了阿燕的表妹莉莉，致使莉莉生下了孩子嫁不了人，一直和他明铺暗盖，俨然成了他在百花市的家。为此，阿燕曾经扬言要雇人收拾一下黄福高，吓得他有一段时间都不敢公开在百花市浮头。然而，艾鲁志想错了。如今的阿燕不仅不再恨黄福高，而且他们还成了合伙人，一起做起了放高利贷的生意，主要的操控手正是阿燕。

在裕隆宾馆睡了两天，艾鲁志整个人又恢复了往时的体力，精神也好了许多，他决定先去找阿燕谈谈。不料，当他欲向阿燕打探黄福高的行踪时，她就对他摆出一张冷脸，说到底怎么样黄福高对她都有恩，想让她出卖他，他找错人了。见阿燕不肯配合，他又使出了另一招，只要她肯告诉他黄福高在哪里，他愿意出钱帮她出气，把黄福高狠狠修理一顿。他以为这个条件对于她来说已经足够诱人，应该是正合她想报复黄福高的心意。殊不知，阿燕还是说不知道，声称她已经很久没见过黄福高了，现在她也已经不恨他了。

艾鲁志再次看到了阿燕的冷脸。都说女人心难揣，他终于领略到了这句话的本质。他难过地看着阿燕那张冷漠的脸，这时她正在给孩子哺乳，椰子般丰硕的乳房几乎把孩子的脸遮住了。他的目光从阿燕母子身上移开，落到了街边的扁桃树上，这时他忽然记起了莉莉，那个黄福高的情人莉莉。

凭着以前留下的一些记忆，艾鲁志来到城东的迎龙小区，他晓得莉莉就住在这里。他以前至少有过两次把黄福高送到这个小区门口，每次都是黄福高酒醉之后。不过，黄福高似乎对他有所提防，就是喝得再怎么醉，也不肯让他送上楼去。他晓得，小区里的房子是黄福高买的，而房产证上的名字却是莉莉的。为此，黄福高在很多次喝高了时没少向他炫耀。以前他们合作顺利的时候，黄福高还时常带莉莉出来参加饭局，陪朋友喝几口酒。他也因此和莉莉有过几面之交，算得上是熟人了。他走进小区门口保安处，欲向值班保安打听莉莉的住处，但保安并不肯搭理他。保安有义务保护业主的隐私，这个常识他也清楚，而且问题是他无法提供莉莉的真实姓名，这一点连他自己也觉得实在没有什么说服力。他在保安处死缠硬磨了半天，好在保安换岗时间到了，来了一个年纪稍轻的保安。

年轻保安很同情艾鲁志的遭遇，不用多久，他就见到了莉莉。但是莉莉却苦着脸向他泣诉，黄福高现在已经很少来看她和女儿了，他在省城有了新欢，她只知道那个女人叫作噜噜，她是悄悄在他手机里看到的。在交谈中他还得知，黄福高已经断了莉莉娘俩的生活费，她不得不一面带着孩子，一面到医院去当清洁工。

离开莉莉的时候，艾鲁志忽然觉得，自己和被黄福高抛弃的莉莉多么相似。他多么想和莉莉再作一次深谈，或者请她吃一顿饭，但他没有停留，他要找的人是黄福高。他没再多停留就匆匆和莉莉要了电话号码，答应以后再来看她，然后立即赶往汽车站，搭上了去省城的班车。车驶入百花市东入口时，他才猛然记起还没有办理退房手续，于是赶忙给阿燕打了电话，谎称自己有急事临时决定回县里了，过些天还要过来，房费和房卡到时再交还给她。

黄福高躲到省城去了，这给艾鲁志找人增加了巨大的难度。省城不仅城市大人口多，而且黄福高的熟人和落脚点也多，要找到他无异于在驮娘河里捞一条巴掌大的鱼。在艾鲁志的印象中，黄福高以前的活动地图，多数是围绕省城外贸公司几个大仓储点布局的。那时候为了方便做生意，黄福高还在仓库附近租下了房子，自己搞了个小私房菜馆，专门招呼生意场上的朋友。艾鲁志和黄福高的许多合作事宜，几乎都是在那个小菜馆里谈成的。不过，现在已经是今非昔比，不仅他们合伙做的生意维持不下去了，而且他变成了黄福高的债主。当年那个威风八面的黄老板来到省城，也已经不是做生意，而是躲债了。艾鲁志也不知道，除了他这个债主之外，黄福高还有没有别的更大的债主。想想那些年月，黄福高的生意已经做到千万以上，是生意场上名副其实的大老板，而艾鲁志虽说自己摸爬滚打多年，也才赚了两百来万。每次遇上黄福高，他都是小老弟样，低着头看人家的脸，说话的嗓门也不敢比人家高，那种自卑感就不言自明了。为了改变这一切，当黄福高提出想跟他合伙做生意时，他以为是小松鼠爬上了大树，没多加考虑就答应了。他们新成立了桂西宫保贡品商贸公司，按四六比例投资，利润分红也是按四六分成，艾鲁志拿四，黄福高拿六。头两三年，两人合作相当愉快，他负责在县里乡下收购土特产，黄福高在省城负责加工出口。

经营得好好的生意为什么说不行就不行了呢？资金都到哪里去了？黄福高是不是把自己当成了取款机？这些问题都让艾鲁志不停地冥思苦想，有时候甚至从夜晚想到天明。然而思来想去都没有一个合理的答案。看来，答案只能等到遇上黄福高，听他当面解释了。

艾鲁志在省城南边的江南汽车站下车，先到车站附近的大沙田住下来。这里靠近玉洞物流仓储区，交通便利，四通八达。他在一家叫偶家湾的小旅馆要了一个房间，边洗澡边想谁是他最优先要见到的人。他晓得，要挑一个合适的人见面并不容易，搞不好这个人先把自己卖了，让黄福高听到风声，早早地躲藏起来。这个人除了不出卖自己，还有可能透露一些关于黄福高的信息。于是那些身在省城的熟人朋友，一个个像电影般在他脑海里一一闪过，最终在一个人身上定格下来。

他打通了唐卫革的电话，对方听到是他的电话似乎有些兴奋，连忙给了他一个地址，叫他过去玩玩。他想都不多想就晓得唐卫革现在正忙什么。他挂掉电话就马上穿上衣服，背上挎包，关门下楼。

十几分钟后，的士准确地把他拉到了江南大道一个小区门口。他钻出车门昂起头一看，正是唐卫革说的拉斯加顿小区。省城有许许多多名称稀奇古怪的楼盘，取的都是洋名，有的很难让人一次记住，他一般只记得一些大的街道和建筑，而记得更多的是老街道。有好几回他在某个小区给别人打电话，称自己在什么什么小区，结果人家都以为他身在海外。他完全弄不懂那些人为什么会这样给楼盘起名，不过他晓得，这都是有半桶子文化的风水师起的。当年他和黄福高合伙办公司，也是请人帮起的名字，后来他得知，光起名字就给了人家十万。

艾鲁志在大门口又给唐卫革打了一次电话。按照唐卫革的指引，他顺利地找到A区12栋2单元，摁响了电子门铃，进入电梯间。尽管他们之间比较熟络，但在这种时候唐卫革警惕性仍然很高，因为有这种爱好的人都晓得，多数人挨抓进去几乎都是被所谓的朋友出卖的。当初黄福高带他来跟唐卫革他们玩，他一般只在旁边看热闹。开始时黄福高他们玩三公，久不时他也会跟押一两次注玩玩，有时候别人输多了或借口打电话之类的，也让他顶替打一会，这样他基本上是小输小赢。后来黄福高他们又玩梭哈，玩插缝，玩斗地主，一次输赢两三万。但是如果有人想请他玩牌，他基本上是不玩的。父亲死前曾经对他有过四诫：一不能赌，二不能嫖，三不能吸毒，四不能放高利贷。父亲这么教训他是有原因的，他的祖父曾经继承过一份不错的祖业，在百花市码头街有五六个铺面，靠收租金也能过得富裕殷实。然而，祖父不仅抽大烟，还好赌，临解放时不仅把所有的铺面押给了亲戚，还欠下了一屁股债。好在解放后大烟也被禁了，祖父的债主也纷纷为这为那进了牢狱。不过骨瘦如柴的祖父早早就丧失了劳动的能力，带着一身病痛早早地走了。虽说到了父亲这一辈没什么值得炫耀的东西，但是父亲清清白白做人，明明白白干事，后来也两袖清风地走了。

唐卫革有点喜欢和艾鲁志交往，是因为唐卫革的母亲前些年动了手术，还查出了癌变的症状，需要长期服用灵芝粉。而艾鲁志是做土产生意的，知道桂西北岑王老山盛产野生灵芝，于是就给唐卫革送了几盒，唐卫革母亲服用了效果不错。后来唐卫革觉得不好意思再白拿他的，自己直接和厂家邮购了，他还不忘帮说了一个比较低的折扣。直到现在，他并不晓得唐卫革是干什么行当的，只是经常听他说话都是“台里”“台里”的，也不晓得是什么台。似乎大家都默认唐卫革是省城电视台的，不过大家都没有明说。牌桌上的其他人也是如此，有叫蔡老板的，也有叫李总的，有一个还被称为田教授。艾鲁志和他们都只是半熟不熟，没什么深交。彼此都留过电话，但都没有拨打过。

出了楼梯口又进一个铁门，艾鲁志才晓得这里是一个私人文化会所，占用了电梯左边的两套房。看得出主人是一个书法篆刻古玩爱好者，有的房间散发出幽幽墨香，有的则摆满了各种玻璃柜架。唐卫革把他带进一间茶室，近门处放置了一张大红木根雕茶几，靠窗的地方是一张大麻将桌。

唐卫革把艾鲁志迎到牌桌边。他看见还有另外三个人坐在那里，一边摸牌一边闲聊，他只认得其中一个叫李总的，另两人面生。李总瞟了他一眼说：“艾老板你打不打？”

艾鲁志猛摇头：“不打，不打。你们玩吧。”

“那你帮我们洗牌吧。”唐卫革说，“那边有茶水，你自己倒。”

艾鲁志帮唐卫革他们洗了两个多钟头的牌，居然拿到了一千多块钱的抽水。赢家赢钱时总是表现得很大方，顺手一甩就是一两百。他得的第一次抽水就是唐卫革给的，一给就是两张红彤彤的大钞。开始时他还不好意思把钞票收进袋里，后来积多了就趁乱收了起来。

赌局最终以唐卫革的一句话结束了。唐卫革不仅玩完了一万五千元现金，还打算跟艾鲁志再借一点，不过艾鲁志灵机一动，推说自己身上并没有带现金，只好把那一千多块抽水又都给了他。但唐卫革没有能咸鱼翻身，起死回生，不到两分钟就把那点钱输光了。于是他悻悻地站起来，恼羞成怒地说："不玩了，老艾来了我老是输。"

艾鲁志不小心变成了唐卫革输钱的替罪羊，心里虽说不服气，但嘴上却说："不好意思啊，不然，我请大家吃个饭吧。"

"不得，让赢家请。"唐卫革板着脸说。

赢家蔡老板和田教授并不理会唐卫革，他们都一边站起来，一边提着裤头，一个说岳父住院了要去看，一个称晚上另外有饭局，撇下其他三个人走了。

另一个输家李总脸色也不好看，嘟囔说："妈的，场地水电费也不给就走了，这个世界上怎么还会有这种人。"

艾鲁志从李总的骂声中突然醒悟，这个幽静之所应该是他的地盘。这些年，老板们赚钱了都会自己搞个会所什么的，吃吃私房菜，喝喝功夫茶，打打拖拉机，写写书法。既然是李总的地盘，接下来应该是炒两个菜，在这里解决晚饭了。然而艾鲁志想错了，李总率先站起来，把手包夹在腋下，对他说："艾老板，好久不见，你请我们去吃顿鱼生吧。"

艾鲁志像大冷天咬了一口雪糕，吸着气说："好啊，好啊！"

三个人出了拉斯加顿小区，拐了个弯，进了一间河鲜馆。李总显然是这里的常客，一口气点了六盘蓝刀鱼生，要了三瓶八两装的二锅头，三个人边喝边聊起来。

艾鲁志并不晓得，自从那天晚上他和艾文生碰面之后，艾文生又跟阿捞和刘富泰在烧烤摊喝上了。三个人都是熟人，而且酒量都不相上下，几瓶啤酒下肚后，都不约而同地对艾鲁志的债务产生了兴趣。聊着聊着，三个人都一致认为，光靠艾鲁志的力量是不可能追到这笔巨额欠款的。原因很简单，艾鲁志像条阉狗，生性软弱怯懦，而黄福高是个老滑头，还是条癞皮狗，要是没有别人帮忙，阉狗不可能斗得过癞皮狗，搞不好还被咬了。

最后他们决定，用软硬两手来对付黄福高，先软后硬，一步一步来，待追到钱款了再跟艾鲁志谈分成。艾文生略知民间追债的手段，于是他自荐担任幕后指导，由阿捞和刘富泰出面实施。

第二天上午，阿捞不晓得从哪里请到一男一女两名歌手，在火亮山黄福高家的小巷口搭起了歌台，迅速引来了众人围观。

中年男歌手清了清嗓子，开口唱道："阿妹呀／桂西北有条驮娘河／驮娘河边有座火亮山／火亮山上有个黄福高／黄福高是个大老板／哎呀咧／黄福高是个大老板。"

青年女歌手接着唱道："阿哥呀／妹只听讲过狐狸猾／没想有人比狐狸更猾／妹只听讲过老狗赖／没想有人比老狗更赖／哎呀咧／这条老狗就是黄福高。"

二人合唱："借钱还钱是天理／福高老板你莫赖／就算你已变泥鳅／下地三尺挖出来／劝你欠债莫再赖／小心死后没人埋。"

歌唱罢，迅速引起众人一阵欢呼和骚动。阿捞趁机将一沓印刷品在人堆里一一分发，这是艾文生请笔杆子连夜帮写的，说的是一桩桩事实，字字如尖刀，行行如匕首，直指黄福高赖账的本质。众人看了，都禁不住一片哗然，有的甚至发出愤怒的谴责声。

阿捞他们闹腾了大半早上，把城管和公安都招惹来了，但一看见是熟人，而且还是讨债的，便都劝了几句，就都收队回去了。下午，阿捞和刘富泰干脆借来一只藏獒，直奔黄福高家的小楼。大狼狗闻到动静，便汪汪地一阵狂叫。藏獒并不理会狼狗，只是端坐在院子里，面朝楼门，似乎是在等待那两扇门一开就扑进去。

他们敲了半天楼门，里边除了狗吠并没有什么动静。阿捞急得没法子了，打电话给艾文生，问他怎么办，能不能请人来打开门锁，先让藏獒把狼狗咬死，然后占领小楼。

艾文生说："不行。你晓得什么是私闯民宅吗？那是犯法的。”

“那怎么办？”阿捞说。

“你们搬一把太阳伞、一张桌子和几张椅子过去，在院子里等，有人来开门了就冲进去。我叫人送点啤酒和烧烤给你们。”艾文生说。

“要是他们不回来呢？”阿捞将信将疑。

“你放心，他老婆会回来的。”

不一会，阿捞的两个小兄弟和刘富泰的一个工友也加入了进来，小楼跟前的院子里，顿时猜码划拳声此起彼伏。

阿捞和刘富泰他们这么一闹，黄福高老婆真的就不敢回家了。上午，她远远看见一帮人堵在小巷口唱山歌，开始她以为是瞎闹的，走近了才听出是骂她老公的，吓得她赶紧缩回头，借道邻居家的菜地，悄悄打了个三马仔摩托去上班。到了医院，她立马揪住农彩秀，恶狠狠地说：“你弟在火亮山摆歌台骂我老公了，你马上去给我把他赶走，不然，我找人废了他！”

“不去，我不去。你老公是骗子，他就该挨骂。”

农彩秀虽说比黄福高老婆矮半个头，但她并不胆怯，她不仅腰腿粗壮，两条手臂也很粗壮。她仰起一张大脸，瞪圆双目直视对方，就像以往瞪艾鲁志一样。都说仰脸婆娘低头汉，黄福高老婆掂了掂量，火气泄了下来，手松开，鼻子一酸，哽咽说：“彩秀，我……我的命真苦啊。天杀的黄福高，把钱都拿去养小的了，养了一个又一个。呜哧，呜哧。”

“哼，他有钱去养小，可我们家小孩连结婚的钱都没有。你说公平吗？他有良心吗？”农彩秀对她怒目而视。

“他就留一座空房子给我，让我一个人守活寡，我容易吗？我……呜哧，呜哧。”

农彩秀鼻子里哼了一声，撇嘴说：“我不信。他吞了我们家的血汗钱，就得吐出来。”

黄福高老婆自知理亏，便红着眼睛扭头干活去了。

中午回到家，农彩秀想跟艾鲁志了解了解是怎么回事，不料她却在饭桌上看见一张字条，说他出门追债去了，三几天回不来。

她急忙拨打艾鲁志的电话，但对方已经关机。她又打给阿捞，阿捞语气里透露出一股得意，硬着舌头说：“姐你别添乱啊，我……和文生这几天要搞掂黄福高这个老癞皮狗！”

她听了还是有些紧张，生怕阿捞他们闯祸，赶忙说：“阿捞，你别什么都听艾文生的，他心狠手辣，剁人家手指眼都不眨。你们别做犯法的事哦！”

“姐，你放心吧。”阿捞急急地挂了电话。

农彩秀担心的和期待的事情终于发生了，整个白天她都感到忐忑不安。她试探着打了几次艾鲁志的电话，但都是关机的状态。她晓得，丈夫可能又要失踪几天了。

艾鲁志这一顿饭钱没有白花，酒至半酣时，李总无意中说到了黄福高，他说在曼哈顿小区见了几次黄福高的路虎，那辆墨绿色的二代一直停在同一个车位上。唐卫革埋怨黄福高还欠他一个人情，他曾经给黄福高介绍过一单两百多万的生意，到现在连一口酒都没得喝。

艾鲁志举起杯说：“唐老弟，我替他敬你一杯。他这种人，我都替他脸红了。”

唐卫革手一挡说：“不喝了，我要喝他的酒。你去买单吧。”

艾鲁志讨了个没趣，只好解嘲地自己喝了一口，然后到柜台去结账。

三个人吃一顿饭花去了七百六十多块钱，光蓝刀鱼生就一百块钱一盘。艾鲁志一看账单，心口忽然被堵了一下。

细心的服务员瞥了他一眼，同情地说：“老板，如果你没带钱，刷卡也行。”

“不是。”他欲言又止。

“如果你没带卡也可以记账。你不是李总的朋友吗？”服务员依然温和地注视着他。

服务员的话似乎在提醒他，这个店是李老板开的，他可以赊账。此外，服务员还向他暗示，这个店菜贵也因为是李老板开的。

他试探地问：“要是我刷卡，不要发票，可以打点折吗？”

“可以啊，给你个八八折吧。”

艾鲁志刷过卡，正要离开柜台时，唐卫革和李总也边剔牙边走出来。他面带微笑站在柜台前，恭维地说：“李总，你这个店鱼生不错啊。”

“我弟的店，是我开的我还不请你吗？”李总头也不抬地就朝门外走。

唐卫革关切地瞟了他一眼：“住下了吗？”

“住下了，在大沙田那边。”艾鲁志说。

“哎，你下次出来，帮我带点野生石斛吧。野生的，晓得吗？”

艾鲁志顿了一下，说：“好的。”

天色完全黑了下来，省城的数万盏灯把城市照得一片通明。酒后头有些微醺，他觉得应该马上回宾馆去好好睡一觉，天还是会亮的，找黄福高的事情到明天再说。这么想着，他招手要了辆的士，钻了进去。然而车刚起步，唐卫革不晓得从哪里冒出来拍拍车窗，没等车停稳就打开车门进到后座。

“老艾，你顺便送我一趟吧。”

“是去台里吗？”

“不。师傅，先到民主路文化大院宿舍。”唐卫革说。

艾鲁志回到偶家湾宾馆已是一个小时之后，说是顺路，其实绕了半座城市才把唐卫革送到地方。也许是唐卫革真的赌光了钱，没有打的费了。这么想，艾鲁志的心情就舒畅了不少。他还想，应该给老婆打个电话，告知行踪。虽说两口子关系不好不坏，但偶尔打个电话也是应该的。他刚进入房间就用座机给农彩秀打了个电话，没想到这一打，竟然打了差不多半个小时。

农彩秀先是花了好几分钟把他臭骂了一顿，然后告诉他，阿捞和刘富泰他们已经占领了黄福高家的小楼，住到人家楼里去了。这一切都是他的侄子艾文生在背后指使的。她希望他快点回去，收拾一下残局，弄不好会出大事。

艾鲁志万万没想到，艾文生和阿捞他们会跳出来帮他追债。这两个家伙怎么会搞到一起了呢？在他的印象里，艾文生是不怎么把阿捞放在眼里的。原因很简单，阿捞是个十足的街上仔，整天和一帮街仔街女混在一起，没干过多少正经事情。艾文生自恃是领导的司机，生活在机关大院里，档次自然也是高上阿捞几层的。以往两个人就是坐到一起吃喝也是不冷不热的，偶尔还互相抬杠，发生口角。然而，有道是只有永远的利益，没有永恒的朋友。为了艾鲁志的那笔大额债务，他们现在坐到一条船上来了。而且两个人之间的合作，默契得让黄福高老婆一家根本无法抵挡。

艾鲁志走后的三天，每天早上八点钟，阿捞他们雇请的山歌手都准时亮相，在火亮山路口搭台对歌，内容都是数落谩骂黄福高的，把他说成了一条欠钱不还的癞皮狗，是一个无情无义、缺德损人的大骗子。两个歌手的歌声时而妙趣横生，时而如泣如诉，时而煽情动人。每天对歌时间持续一个多小时，引起了众人的围观。而在黄福高的小楼前，第一天便上演了攻防战。

那天下午，阿捞和刘富泰一帮人在黄福高家的院子里安营扎寨，一边享用烧烤和啤酒，一边等待黄福高家人露面。然而，从白天等到天黑，小楼的主人一个未见，却等来了警察。几个年轻警察显然是接到了报警，才过来看个究竟的。警察看见阿捞他们只是和平聚集，并没有暴力强行入屋，而且又是行追债之举，便都没再多说什么，转身收队报告上级去了。

若是楼里边没有那条狼狗，黄福高老婆是不会冒险回来的。到了晚上十点钟多一点儿，藏匿在邻居家不肯露面的女主人，终于忍受不了大狼狗的阵阵狂吠。在爱犬揪心的哀嚎声中，她还是决定冒险回家给它喂食。不过她也是有所准备的，她先是和黄福高通了电话，向他哭诉了一通。经黄福高授意，她还叫来了一名律师和两个牛高马大的亲戚，几个人的手里都提着一支明晃晃的手电筒。

阿捞和刘富泰他们喝了半天啤酒，好不容易看见主人终于现身，都兴奋得一时鸦雀无声。尽管喝得有点高，但他们还是按照事先的布置，先把藏獒埋伏在墙角处，几个人则紧跟在主人后边，试图伺机冲进屋里。不料，两个壮汉一个急转身，扎起马步，木墩一般卡住门的两侧，其中一个双手一推，把走在前头的刘富泰和一个街仔搡了个趔趄。刘富泰恼羞成怒，一手抄起一个啤酒瓶，欲扑上去，却被阿捞抱住了。

屋里的狼狗听到了女主人的动静，又一阵汪汪地狂吠起来。随着铁门吱呀一声打开，狼狗的叫声变成了令人心酸的呜咽声，它嗷嗷地扑进主人的怀抱。就在这时，只听到一阵滚雷似的声音从墙角响起，一道黑色的闪电划过地面，穿过壮汉的裤裆，射进屋里。紧接着是一阵剧烈的撕咬声，藏獒低沉的怒吼压住了狼狗的声声惨叫。顿时，女主人的哭喊声和藏獒、狼狗的吼叫声混成一片，两个壮汉不得不转身进屋，一边保护女主人，一边试图赶走藏獒。而此时藏獒正杀得兴起，把狼狗压趴在身下，大嘴紧紧咬住了狼狗的咽喉。

阿捞他们见状，一阵欢呼，争相挤进楼里。

艾鲁志觉得，如果任由艾文生和阿捞他们乱搞，后果将会很严重。于是他先打电话给艾文生，斥责艾文生不该背着他组织追债，债是他自己的，他有他的主意，他有他的办法，他不需要别人插手。艾文生在电话那头只是说好，还不时嗯嗯啊啊的，听起来好像都同意都接受了，但实际上只是敷衍而已。艾鲁志晓得艾文生的这种习惯，但现在远隔千里，他没有办法让艾文生停手。放下电话，他又拨通了阿捞的手机。阿捞心疼手机耗电，便叫他打另一个号码，他一看就认出是黄福高家的电话。看来，阿捞他们已经完全控制黄福高的大楼了。

艾鲁志虽说对阿捞说话的口气没有像对艾文生那么严厉，不过还是把阿捞埋怨了一通。阿捞告诉他，白天信用社和农行的人都来了，都准备向法院申请封黄福高的楼，只不过他们先住进来了，那些人才不敢上锁。艾鲁志最后无奈地说："好吧，只要不搞出人命，你们爱干吗干吗，不关我鸟事。"

打完两个电话，艾鲁志立马瘫倒在床上，脑子里猛想，明天怎么样才可以找到黄福高，找到黄福高了该怎么办，想着想着就迷糊睡着了。

早晨时分，城市刚从睡梦中苏醒过来，艾鲁志就匆匆起床，在街边吃了一份早餐，拦了一辆的士，往曼哈顿小区赶。

曼哈顿小区坐落在青山脚下，被认为是省城最复杂的小区，业主来自五湖四海，说话南腔北调。漫步在小区里，偶尔还会遇上三两个黑肤白皮的老外。黄福高选择在这里买房，原因很简单，就是附近有一所好小学，将来他的孩子可以就近读书。另外，这里还靠近邕江，随时可以下河游泳。

艾鲁志很快就找到了黄福高的路虎，这么快就看到他的座驾，一时令他有些呼吸急促，既兴奋又有些紧张，至少他这个猎人已经寻到猎物的踪迹了，很快他就有可能抓住猎物了。这辆老款路虎他还是比较熟悉的，有好几次黄福高喝醉了，他就开这辆车送他回家或是去莉莉那里。黄福高还大言不惭地告诉他，有好几次猴急了，还和阿燕或莉莉在车上搞震震，那种感觉真的奇妙无比。艾鲁志没有这种体验，他觉得在车上乱搞会带来晦气，车子是很神圣的工具，一旦沾染上污秽之物，坐在车里开着车心里就不踏实了。他不敢尝试这种体验还另有原因，他身体的功能已经不允许他搞“野战”了。就是每次和农彩秀偶尔恩爱一次，也是事先做足了功课，才勉强糊弄过去。他这把年纪理论上已经可以当爷爷了，不服不行啊。

他的出现引起了保安的注意。他刚在车子旁边转了半圈，一个手持无线对讲机的老保安就出现在他身旁，盘问道：“哎，哎，你干什么呀？”

他赶忙堆出一副笑脸，点头说：“我来找一个朋友，这部车是他的。”

“那你打电话给他不行吗？”老保安眨巴着双眼，显然不相信他。

“是这样，打电话他老是不接。”艾鲁志无奈地说，“他欠我的钱，怕见我了。”

“噢，我懂了，你是想打他这部车的主意，是吧？”老保安似乎窥探到了他的心思，忽然变得兴趣盎然。

“也不是，我是想找到他本人，跟他好好聊聊。”艾鲁志说。

“哎呀，有什么好聊的。这种鸟事，找法院得了。”老保安说，“现在的老板没几个讲信用的，不搞坑蒙拐骗，他们哪里有钱买房子，买豪车，养女人哩。”

“师傅你说得对，说得深刻，真是一针见血呀。”艾鲁志谄媚地说，“师傅，你晓得开这部车的黄老板住在哪一栋哪个房号吗？”

话音刚落，刚才还是一副侠肝义胆的老保安，忽然转而对他警觉起来，满脸狐疑地盯住他说：“这个啊，不行啵，我，我不能说的。我们有规定，要保护业主隐私。”

“师傅，我晓得你们有规定。不过，你是一个好心肠的人，你就帮我一次忙吧。”艾鲁志说着从包里掏出一包烟，递给老保安。

老保安急忙用手一挡，下意识地往四周瞟了一眼，拒绝说：“不好不好，你不要这样，别害我啊，乱要别人的东西是要挨开除的。”

“不就是一包烟嘛，没什么的。”艾鲁志说。

“不行就是不行，到处是监控摄像头。烟我不能要，他住哪里我也不能告诉你。”老保安装腔作势地催促说，“走走走，你还是快点离开这里吧！”

艾鲁志觉得这样做确实让人家为难，心想，如果没有摄像头也许还会有商量的余地。于是赶忙装出一副可怜相，试探着说：“师傅，等中午你下班了，我请你到外面坐坐吧？我也是被人家逼成这样的，我要是讨不回债，老婆就不许我进家，其他亲朋好友都不认我了。我现在举目无亲了，只有你能帮我这个忙了。你看可以吗？”

老保安重新打量他一眼，皱眉说：“你怎么这样呢？我是那种人吗？”

艾鲁志又挤出一张笑脸说：“师傅，我晓得你不是那种人，你是大好人。‘能帮就帮’不是你们省城人的精神吗？你就帮我一次，给我个面子吧。”

老保安经不住他的胡搅蛮缠，最终做了一个无奈的表情，算是默许了他的请求。同时还答应让艾鲁志待在附近的凉亭里，等待他中午下班。艾鲁志选择守候在黄福高的路虎旁边，是担心老保安向黄福高透露风声，让他悄悄把车开走。显然，老保安并没有这么想，是他想多了。

中午的小饭局吃得相当愉快，艾鲁志和老保安两个人喝光了一瓶低度米酒，该要的情报他也都要到了。临别时，他不仅让老保安把剩菜都打了包，还给他买了一条价值两百块钱的香烟。老保安拿起烟，满足地打了几个酒嗝，不忘告诫艾鲁志，千万不能说是他指的路，他什么都没有讲。

在老保安的帮助下，艾鲁志敲响了位于15栋2单元23层一套房的门。开门的正是黄福高的情妇噜噜，但是黄福高并不在屋里。从噜噜的口中他知道，黄福高前天晚上生病住院了，而且病得不轻，具体是得了什么病她也不是很清楚。他表示很想去医院看望一下黄福高，不知就里的噜噜脸上现出了感激的表情。在简短的交谈中，艾鲁志还知道，噜噜来自云南，家境贫寒，刚上初中父亲就过世了，母亲抛弃了她和弟弟，嫁到了河南驻马店。她和黄福高认识多年，还育有一个四岁的儿子。

他以前为什么没有听黄福高说过噜噜呢？看来黄福高还对他留了后手，他们虽说合伙做生意，但是人心隔肚皮啊！

噜噜把艾鲁志带到医院门口就离开了，她要去菜市买菜，再到幼儿园去接孩子。看着满脸疲态的噜噜跳上路虎离去，倏然有一种怜悯之情浮上他的心头。

艾鲁志的出现并没有让黄福高感到讶异，因为他已经变傻了，嘴巴还微微歪斜，不时流着口水。床头上方挂着的两瓶药水表明，黄福高正处于输液当中。一个男护工看见艾鲁志到访，赶忙把黄福高摇醒了。他迷糊的眼神里依稀还能辨认出来者是谁，目光在艾鲁志脸上停留了一会，但是没有任何表情，也没有说话。

看到黄福高病成这个样子，艾鲁志的脊背顿时一阵发凉，双腿也软得快要撑不住身体了。他料想不到，自己苦苦追寻的老赖竟变成这个样子，难道那两百万就这么打水漂了吗？

艾鲁志悻悻地回到偶家湾的房间，躺在床上，再一次开动脑子冥思苦想。最后，他终于想出了一个万不得已的办法。

黄福高突然病倒，这让艾鲁志的讨债行动进入了尴尬的状态。他不可能亲口把消息告知他的家人，也不方便把黄福高老婆的电话告诉噜噜。他晓得，若是被戴上他逼债导致黄福高病倒的帽子，那么他的钱就有可能追不回来了。

他在医院作了一个简单的咨询。值班医生说，黄福高得的是中度脑中风，搞不好会瘫痪，甚至变成一个植物人，不过现在病情已经基本控制，但是受不了任何刺激。

艾鲁志现在觉得，艾文生、阿捞他们采取的行动是对的，至少把黄福高的一栋楼先扣下来了，管他老婆有没有地方住，也不管他欠了别人多少钱，先下手为强，这就是丛林法则。据他所知，黄福高明里的财产除了路虎外，还有噜噜和莉莉的两处房产。现在他要做的事，就是争取至少能够拿到其中的一套房产和那辆老路虎。不过他也晓得，即使是理在自己一边，但是要从别人的口袋里掏车钥匙拿房产证并不是一件容易的事，他不得不做好打一场持久战的准备。

他退掉了房间，再一次来到曼哈顿小区15栋2单元23楼。当噜噜看见他再次登门，而且还带上行李包时，似乎明白了他的来意，她平静地对坐在地上玩积木的小男孩说：

“东东，叫叔叔好。”

“叫伯伯吧，我比他爸大好几岁呢。”他说着瞄了她一眼。

“唉，我晓得你是来干什么的。大哥，我该怎么称呼你呢？”她红着脸说。

“叫我艾鲁志吧，艾是艾草的艾，那种臭臭的野草，端午节用来做糍粑的那种，还可以治感冒的。”艾鲁志径自坐到沙发上。

“蛮好听的。你一定很有文化吧？”她说。

“不好意思，我只念过中专，还是物资学校毕业的。不聊这个了，我还没吃晚饭呢。”他觉得自己和噜噜已经聊得很近了，便没有必要再拐弯抹角。

“噢，那我煮饭，你炒菜吧。我们云南人吃辣的，我只晓得做辣味菜。”她说。

“随便吧，你煮什么我就吃什么。”

噜噜进厨房忙活去了，他开始认真地端详坐在地上专心玩耍的孩子，试图从他的外貌上寻到黄福高的一些印迹。说实在话，孩子的长相并没有黄福高帅气，尤其是脸形和鼻子、眼睛，都难见父亲的影子。只有那两只鸡嘴耳很像黄福高，此外额头、下巴也和他老爸有一点神似。这个长相可以肯定，这是一个将来苦命的孩子，已年近五十的黄福高要把他养大成人，还得十多年时间。到那时候，他还有享福的命吗？

打量过孩子，他又接着打量屋子。这是一间三房两厅的套房，应该是黄福高打算养老的家。客厅里的电视、空调都是进口的，装修用的瓷砖、木材和灯具品质都不错。这些都是他的钱啊！想到这他的心就像是被刀剜一般疼痛，对黄福高就有一种说不出的憎恨。

噜噜怕他一个人无聊，还不忘过来帮他打开电视，并且把遥控器递给他，让他自己选择频道。当她背对着他打开电源，无意中把身体侧面的曲线对向他时，一种久违的感觉忽然像一道电流，轻轻地在他身上某个地方击打了一下。他晓得，那是一种说不清楚的，只有从噜噜这样的年轻女性身上才能发出的电能。

也许是艾鲁志的样子让噜噜没有什么不安全感，他们不仅一起吃了晚饭，还开了一瓶红酒，边喝酒边聊黄福高，她还说到了她和黄福高的感情，他还说到了他和黄福高的债务。噜噜是一个酒量不错而且很率性的女子，她说她是按摩女出身，理想就是开一个美容美发店，现在她的理想已经实现了，她自己当老板了，虽说挣钱不多，不过还是很满足，为此她很感谢黄福高。他晓得，无论怎样，噜噜也是一个严格意义上的风尘女子，如今能够改邪从良很不容易。她的满足点也不高，希望能够在城市落脚，有个孩子，有个爱她的男人。不过，说着说着她就流泪了。

噜噜流泪的原因是黄福高的病，她大体能够了解一些这种病的知识，医得再好人也不会回到从前，医得不好就难说了。看见妈妈哭鼻子，正在看电视的东东似乎有些不安，他走过来扑到她怀里。母亲则紧紧搂着孩子，任由孩子像小猪一样在怀里乱拱，不一会，她竟当着他的面摸出一只乳房，缓缓塞进东东的嘴里。

看见他表情惊愕，她赶忙自嘲地说：“我们老家那边，小孩可以到念小学了才戒奶。”

他听了，只好尴尬地“哦哦”应了两声。

吃过晚饭，艾鲁志又回到客厅，装着若无其事的样子看电视，心脏却跳得愈来愈快。噜噜先是把东东抱进了卫生间，边往澡盆里注热水，边扒光了孩子的衣服，让他坐到盆里玩水。趁着空当，她又返回到餐厅收拾碗筷。看见她喝酒后还忙里忙外的，他觉得应该帮她干点活才是，于是他到阳台拿了一把拖把，想要拖一下地板，却被她没收了。

噜噜是一个能干的女人，无论是待人接物，还是做家务活料理孩子，都是一把好手。怪不得黄福高宁肯疏远阿燕和莉莉，在她身上另外投资。只不过，真是老天有眼啊，黄福高这个风流种就这样病倒了，事先没有任何异兆。以后这对母子该怎么过日子呢?

家里来客人是要歇过夜的。虽然他没有要占领房子赖着不走的意思，但是噜噜主动把他留下来了。这也是她老家的习俗。客房里有一张大床，铺盖都是新的，还有阳光的余味。

这天晚上，艾鲁志和噜噜在客厅里又聊了很久。他们像一对久别重逢的情人，聊天聊地，聊以前聊现在，聊生意聊情感。然而，大家都不愿意先去直面黄福高欠他的那两百万债务。

最终还是他先打了一个大哈欠。久没喝老红酒，他真的有些困意了。女主人把他的东西放到客房，又叮嘱他如何打开卫生间的热水，还递给了他一张浴巾。他接过来又搓又闻，确认是新的浴巾，才放心用了。

这天晚上，艾鲁志睡得很香甜，第二天醒来时已是早上八点二十分。他开门出来，发觉屋子里只有他一个人，噜噜和东东都出门了。这时候母亲一定是送孩子上学去了，这个女人又开始了她忙碌的一天。他来到卫生间，在马桶上蹲了很久，感觉不是很顺畅，因为这个环境有些陌生，气味也陌生。尤其是四壁上还有些挂件和化学日用品，分不清哪些是噜噜的，哪些是东东的。当然，这个小地方也少不了黄福高的痕迹，比如剃须刀和男用香波。在盥洗盆里，搁了一把带牙膏的牙刷，显然是宾馆酒店的常用品，这是噜噜给他留下的。

洗漱完毕，他回到客厅，正犹豫是否出门去吃个早餐，这时噜噜回来了。她给他带回了一个包子、一个鸡蛋和一杯豆浆，他晓得这是她在路边买的早餐。

“大哥，你将就吃吧，我没空给你煮了，真是不好意思。”她说。

这下轮到他不好意思了，搓着手讪笑说：“哎哟，我平时都不大吃早餐的，既然你买回来了就吃吧。”

“大哥，你要是想出门，我可以给你一把钥匙。”她又说。

他一时无语了，正在咬东西的嘴巴微顿了一下，又赶紧摇头说：“不用，不用。”

直到这时，艾鲁志才真正觉得，黄福高的这个女人实在太善良了。她非但对他没有敌意，而且对他这个只有一面之交的男人几乎没有多少防备。这怎么可能呢？这个世界还真的有这么好的女人吗？

接下来的两天里，艾鲁志和噜噜开着路虎在曼哈顿小区进进出出。他们一起去医院探望黄福高，一起到菜市买菜，一同去幼儿园接东东回家，俨然一对夫妻。更让小区老保安大跌眼镜的是，东东居然跟艾鲁志没有半点生分，他们在花草间嬉戏逗乐，一会牵着他的手，一会闹着上他肩头骑大马。不晓得底细的人，还以为这是爷孙俩在一起玩耍。

在找到黄福高后的这些天，艾鲁志似乎吃了迷魂药一般，忘了和农彩秀打电话报告行踪，也忘了跟艾文生和阿捞他们询问情况。他的脑子整天都在想，该如何跟噜噜开口，讨论一下这套房子和路虎的归属问题。然而，几次话已经冲到了喉头，却始终没有能说出口。

是噜噜使他忘掉了一切，也是噜噜堵住了他的嘴。

第四天夜里，他终于忍不住煎熬，摸上了噜噜的床。一切似乎顺理成章，因为你欠了我的钱。第二天晚饭时，东东大声地抗议说："哼，讨厌啊，妈妈的床昨晚风大大的。"

两个大人听了都朝对方瞥了一眼，女的暗笑，男的苦丧。

可是，当他们再次来到医院时，院方把他们一起扣下了。院方称，黄福高跑单了，留下了一万多元的医疗费，去向不明。

我与黄英雄

原载《鄂尔多斯》2024 年第 4 期

刚入冬，侄儿就来电说，已经择得吉日要为我大哥的坟墓立碑，问我能不能回老家一趟。我觉得人都退休了，手头又没有什么事情可忙。再说了，老家的事就是天大的事，于是我毫不犹豫就答应了。毕竟，家里的叔辈如今只剩下我一个了，关乎兄长的事情我能不到场吗？何况，大哥对我恩重如山。都说长兄如父，当年大哥在我身上可没少花钱。可以说，当年没有大哥扛住，我们这帮弟妹不可能长大成人。

大哥去世多年，迟迟没有立碑，这事没少被亲戚们指指戳戳，乡亲们更是闲话不少。然而，个中缘由只有我和侄儿马成龙知晓。在我老家桂西北，给坟墓立碑可不是小事。首先是择个良辰吉日，然后是请寨上的亲友帮忙，开路，抬石碑，挑沙石，扛水泥，搬砖，背水，没有二三十人干不过来。寨上人纯朴善良，多是热心肠，谁家有事情，不管红白喜事，都不请自到。我们家以往人缘不错，加上我大哥生前是个木匠，寨上人没少沾他手艺的光。所以，这天呼啦啦就来了七八十号人，男男女女，好不热闹。

好在我们事先做好了准备，不仅宰了一头土猪，杀了一笼麻鸭，买了两条大鱼，还做了几方豆腐，蒸了两笼糯米饭，百把个人吃饱没有问题。一大早，上山的队伍吃过早餐就出发了，留在家里的几个大厨也开始忙活。我因为痛风发作未愈，走路还一瘸一拐的，上不了山，干不了重活，就和一帮妇女在家帮厨。洗青菜，切冬瓜，做蘸料，摆桌子，安电磁炉，摆碗筷，给锅灶添柴火。事无巨细，需要有人看头看尾，我就是负责吆喝的那个人。女人们只晓得手上忙活，嘴里叽里呱啦，说的都是寨上的事情，你不想听都没法子装耳聋。

如今寨上能人不少，就说起栋小楼吧，画个图纸，折根钢筋，砌砖浇梁，安个门窗，拉条电路，都不是什么问题。更令人惊奇的是，有几个小后生无师自通地当起了大厨。他们不仅会杀猪宰羊，还会操刀掌勺，煎炒焖炸，炖蒸煮焯，样样精通，做菜的功夫和味道跟城里的饭店不相上下。他们的出现，无疑让乡村的饮食革命有了大跃进。现在温饱问题已经解决，大伙儿吃的都讲究味道了，这是实话。

今天人手多，中午刚过十二时，一阵鞭炮声响起，宣告山上的活干完了。大伙儿迅速撤离了现场，鱼一样沿着来路走回头。侄儿跪在大哥坟头，呜呜咽咽说了一通，大都是一些忏悔的话，说完磕了三个响头，转身跟在大伙儿身后回来了。

我大哥马老大生有四女一男，大女儿马金花嫁给了一个县武装部的辽宁老兵，随丈夫回他老家去了。出嫁三十余年，总共才回来过两次，路途遥远，来往一次不容易。二女儿马金凤则嫁给一个云南生意人，后来跟老公去了缅甸，做起了玉石生意。虽说她回来过几次，给过嫂子几副玉手镯，但都被大哥骂惨了。大哥说石头能抵什么钱，不如带点云烟叶回来。三女儿马金梅原本到南宁来打工，在一家老友粉店煮粉，我偶尔还去她那里吃一回，那粉酸辣爽口，让人念念不忘。我鼓励她好好学人家的手艺，日后自己开一家粉店。侄女当初满口答应，却不料被一个四川北川的小伙子看上了。小伙子像是淘到了宝，很快就把侄女带走了，并且音信全无。直到2008年汶川大地震发生后，她才主动给家里打电话报平安。为这事大哥没少操心生气，大嫂也因此郁闷成疾，七十岁那年便撒手西去了。四女儿马金枝是大哥家唯一的读书人，她从小立志当个科学家，念完了大学本科后考上了硕士，后来硕博连读，毕业后进入广州某化学研究所工作，年近四十了还是单身一人。

侄儿马成龙是大哥最小的孩子，也是唯一的男孩。大哥没读什么书，脑子里传宗接代的思想比较浓重。他中年得子，心里自是喜欢这个尾仔，还给他安了个成龙的大名，巴望他日后能够出人头地。然而，大哥不曾想到，希望越大，往往失望也就越大。这个马成龙自小就得到父母和姐姐们的宠爱，不但不好好念书，还跟寨上一帮狐朋狗友学坏。他初中没读完就辍学偷偷跟人跑去广东打工，急得大哥四处托人打听，但是一直找不到他的影子。马成龙二十岁那年，家里终于得到了他的准确音信，然而却是他即将被广东中山法院判刑入狱的消息。焦急万分的大哥只身来到南宁，要我陪他去一趟中山。我二话不说，就和他买了机票到广州，再转乘大巴到中山。在看守所见到马成龙的时候，他并不认为自己有什么过错，只不过出手教训了一下情敌，为女朋友出了一口恶气而已。经过和办案民警了解，我和大哥才知晓，侄儿是在一家电器厂打工，并且和女朋友同居两年多了。他没料到，女朋友先前在湖南老家谈过恋爱，是有男朋友的。后来男方到中山来找女孩，并强迫她回去结婚，女孩死活不肯回去。男方见软的不行，就叫来两三个老乡，把侄儿狠揍了一顿，还试图把女孩抢走。侄儿只身奋起抵抗，操起菜刀砍伤了对方，造成对方两人重伤一级。尽管我们为侄儿请了律师，最终他还是被判了八年有期徒刑。

唯一的儿子锒铛入狱，给了大哥巨大的打击。20世纪50年代末，他参加了百色水库的建设。一次在做水泥模板时，由于肚子饿血糖低，他一阵昏厥，从数米高的架子上摔了下来，内伤治了几个月，身体才有所恢复。但还是留下了病根，每逢天气变冷或骤热，他的腰背都会隐隐作痛，一直伴随他几十年。侄儿服刑后，大哥面容日渐憔悴，身上的病痛愈来愈频密了。侄儿进去的第六年，大哥终于撑不下去，带着诸多遗憾走了。临终前，大哥用最后一丝气力对我说：“我死了，先把我入土为安，墓碑让成龙回来再立。让他好好待在家，成个家，多生两三个仔。”看见我点点头，大哥才闭上了双眼。

乡亲们围坐在院子里的八张饭桌边，开始端酒碗享用杀猪菜，我却像是被什么事情梗住似的，在院门边徘徊不肯入座。侄儿见状，立马靠近，疑惑地问：“叔，你怎么还走来走去，不坐下来吃饭呢？”

“成龙，好像没见黄英雄呢？”我没有回答他，却说起了一个老熟人。

侄儿怔了一下，猛然领悟，哦哦两声：“叔，你是说大力叔吧。他死了。”

“死了？我上次回来，他不是还来看热闹吗？”我惊疑地问。

侄儿怪笑说：“你上次回来，是清明节上坟扫墓，都半年多了。大力叔是中秋节那时死的，他们说是吃月饼卡住喉咙，堵了气管，呼吸不了，就死了。”

“怪不得到现在还不见他露面哩，要是他还在，肯定会来凑热闹的。”我心头的堵点终于打通，自言自语，似是晓得了答案，跟在侄儿身后，来到堂屋的主桌边，坐在主位上。

黄英雄死了。半年多没回来，这个老硬汉居然就这样走了。我为什么这么惦记黄英雄？得从头说起。

那年初秋，我和寨上的几个小伙伴背着行李和米，结伴徒步到县城所在地河口镇念高中。那时候家里既缺钱又缺粮食，每周大人只给我三筒米，相当于三斤，让我拿去交给学校食堂当伙食费。父亲掐着手指帮我算账，一个星期我在校六天，每天半斤米，早餐一两稀饭，中餐和晚餐各二两米饭，三斤米够吃了。那时候青菜多半是学校自己种的，不收钱。食堂炊事员姓罗，是个麻子，他说跟我父亲认识，让我叫他作罗叔。罗叔心情好时，舀稀饭的勺子就往底下伸一点，勺子里就米多汤少；心情差时，就用勺子在稀饭上层划拉一下，将半勺米汤盛到你的碗里。罗麻子掌的那把碗口大的长把勺子，是我中学时代最惧怕的一个器物。

刚上高中不到两个星期，班主任就叫我去一趟校长办公室。我以为自己做错了什么事，要挨校领导批评了，于是哆嗦着脚步跟班主任走进校长办公室。里边，校长和两个干部模样的陌生人聊得正欢，班主任把我带进门就转身离开了，留下我一个人怯怯地站在门边。眼前的三个人都不再言语，都用审视的目光打量着我。

“小马同学，你不要紧张。”校长率先跟我打招呼，“两个领导找你了解点事情。一会儿领导问你什么，你就回答什么，照直说。啊！”

“你是马老五吗？”一个穿旧式军装的男子操着普通话微笑着问。

“嗯。是。”我有些僵硬地点点头。

“你家是平用寨的？你认得我吗？”另一个高大瘦子用西南官话又问。

我先摇摇头又点点头，眼前这个人有些似曾相识，但又不太确定，只好用疑惑的眼光不停地打量着两人。

“你不要怕，我们是县革委的。你哥说你有十五六岁了，我看不像吧。”说普通话的男子有些疑惑地说。

我晓得，他说的县革委就是县里的革命委员会，是县城最高权力机关。在我们桂西北，人们论年龄都算虚岁。我坚定地说：“有了。”

“我看也有了。”讲西南官话的男子说，“农村的小孩普遍都营养不良，普遍都长不高的。”

那时候我的身高在一米五六上下，营养不良，个子又瘦又小。

大约半个小时以后，我才知晓这两个“县革委”的来意，他们是来物色一个勤杂工的。他们说县革委正缺一个通信员，听说我们家是三代贫农，根正苗红。我父亲早年当过寨里的贫协主席，而且我大哥马老大又是大队民兵干部，二哥是复员军人，在邮电局当邮递员，三哥还在部队当兵，他们和县革委、公社革委很多干部都认识。所以，他们有意让我去干这份活。不过这次来是先了解了解，要不要我去他们说了不算，他们要把我的情况跟领导汇报，最后由领导拍板决定。

有人跟我说，所谓通信员，就是给领导的办公室和会议室扫扫地打打开水，偶尔还陪领导下乡打杂，有马喂马，没马就保养好自行车。我想，这些活都没有干农活辛苦，我虽说个子还略显瘦小，但应该可以干。

然而，当我翻开还散发着墨香的课本时，便又有些犹豫了。从小学念到高中，和同学们朝夕相处，大家情同手足，说好要一起读完高中的，如今我却抛下大家去工作了，这样是不是有些不厚道呢？更何况，班主任兼语文课老师黄老师对我的离开也感到相当可惜，他说我的作文是整个年级最好的，要是能读完高中，说不定将来会有大出息。

我把消息带回到家，跟家人一说，几乎没有意外，所有人都支持我放弃读高中，马上参加工作。主要是有工资领，有米有面，偶尔还有肉吃。我们家有兄弟姐妹六人，我是老五，我晓得自己已然是家里的一个累赘。一旦我工作了，家里就像是卸掉了一个包袱。之前，为了不成为家里的包袱，我四哥十六岁那年就已经招工进了地区化肥厂。

不过，真正让我下决心到县革委工作的还是那个大个子。有一次，那个讲西南官话的“县革委”提了两斤野猪肉来到我家，跟我父亲和大哥喝酒。在我眼里，“县革委”整个人什么都大，不仅块头大，脸大，嘴巴大，眼睛大，耳朵大，说话声音也大。他的四方脸黑黝黝的，胡子浓密，两个眼窝又大又深。这种长相，在我们那个地方很少见到。酒至半酣，他突然操起大嗓门对我说：“马老五，现在城里读书的都下农村来插队，你一个农村仔还读书干什么呢？读了又有什么用？”

他一句话，让我幡然醒悟。后来我才晓得，他是专程来催我去入职的。

也是那一天，我才晓得那个人叫黄英雄。父亲让我称呼他为黄同志。其实，黄同志之前已经多次到过我们家，只不过各种同志来往我们家有点多，我对他印象不深罢了。有一次，黄同志还在驮娘河边的渡口上拦住我们几个初中生，叫我们朗诵毛主席语录，结果我念得最好，当场获得他五毛钱的奖励。母亲悄悄告诉我，这个黄同志看上了寨上的阿秀姐，他希望我父母亲帮他做个媒，成全他的好事。为此，他久不时到我们家吃顿饭，有时拎点野味，有时提点酒，表面说是找我大哥喝酒，实则是想见寨上的阿秀姐。我晓得，阿秀姐念过几年书，人长得秀颀，还当村里的妇女主任，寨上的后生没有人能配得上她，她似乎是为吃公家饭的男人们生的。后来，我还晓得，黄同志是河下面的外地人，为了支援山区，到我们县工作多年了，但是快三十岁了还没成家。他目前在县革委的工业小组做事，经常跑我们寨附近的锑矿。

得到家里大人们的首肯，我决定辍学到县革委当一名勤杂工，这时候我刚好满十五岁。参加工作后，我虽说和黄同志在一个饭堂里吃饭，但平日遇见他的机会不多。偶尔能见到一次，他也是行色匆匆，一副闲不住的样子。经过打听，才知晓他是专门跟厂矿打交道的，县里的几个厂矿大都分布在乡下，经常不是这里有事情就是那里又有什么问题，需要他们去协调处理，难怪他一副很忙碌的样子。

我到县革委工作后不久，就听来赶街的父母亲说，黄同志和阿秀姐结婚了。母亲说，其实阿秀姐眼光很高，看不上干农活的农人，黄同志好像很合她的心意。我一直听说，我们寨上有几个跟阿秀姐一样念过几年书的姑娘，都不想嫁给寨上的小伙子。女孩们都有自己的择夫理想，她们公然宣称自己嫁人的硬条件：一嫁军官，二嫁干部，三嫁职工，四嫁复退军人，死也不会嫁农民。阿秀姐之所以看上黄同志，除了他是吃公粮的干部外，还看上他的力气。黄同志虽然有些瘦削，但身材高大，气力过人。他一次能挑一百五十斤谷子，堪比一匹壮马。有一次，阿秀姐的大伯家起房子，需要从河边抬木头去做桁条，别人都是两人抬一根，而他一个人就扛起一根，一步一步地爬上岸坡，大气不喘，把寨上一拨青壮年看得目瞪口呆。黄同志不仅力气大，而且饭量也大，他一餐能吃五六小碗饭，煮一斤面条也能独自吃得汤汁都不剩。为此，寨上的人为他安了两个名，一个是大肚子，另一个是大力叔。久而久之，他正式的名字渐渐被寨上人忘记了。

刚参加工作那阵子，我因为年纪小没有工作经验，时常把一些简单的事情弄得一塌糊涂，从而招来领导和同事的批评和责骂，于是经常委屈得在背地里偷偷哭泣。在单位里我举目无亲，没有一个人能够和我好好聊聊。除我之外，当月同时到县革委工作的还有三个人，司机小卢和打字员小马都是知青，小韦依靠亲戚关系当了炊事员。当时的县革委设一名主任，四名副主任，下设办事组、政工组、生产指挥组和保卫组四个大组，每个大组下面又分设若干小组，负责具体工作。查看机构人员名单，我才知晓黄同志属于生产指挥组下属的工业小组，国家干部编制。在一个工人和干部比例如此悬殊的单位，我们几个工人的地位可想而知。尤其是我和小韦，一个通信员，一个炊事员，干部们都口口声声称我们为小鬼，很少有叫姓名的。小韦念过高中，对一些干部趾高气扬的样子很反感，他报复的手段主要是他手上那把勺子。那时候食堂早餐花样品种不多，要么是油条、豆浆、馒头，要么是稀饭。稀饭偶尔有骨头熬的，或是瘦肉的、油渣的，至少也有红糖稀饭。由于我和小韦关系不错，所以没少得到他那把勺子的照顾。不过，肚子虽说是吃胀了，但是饿肉成了我当时的大问题。

一天晚上，黄同志趁天黑打着手电筒把我带到驮娘河边，很严肃地对我说："马老五，以后你不要叫我黄同志了。"我迷惑地问他："那叫你什么呢？""你随便喊。"他说着脱掉衣服，浑身赤条条的，然后就扑通一声跃入河中。

"那我喊你作黄哥吧。"我在黑暗中大声说。随后也学他的样子，脱得浑身光溜溜的，跟他扑进河水里。我从小就在河里摸爬滚打，时常和父亲撒网摸鱼，因而徒手摸鱼也是我的强项。一般情况下，我们下水不到一个时辰，就能摸到好几斤鱼。

不到一个时辰，我们就摸得了好几斤鱼。借着手电筒光，我们把渔获都破肚刮鳞，装进网袋里。

之后，我们一起在河边洗了澡。黄英雄洗澡不用香皂，而是一手捡起一颗鸭蛋大的卵石，不停地在身上搓擦，嘴里却不停地跟我聊这聊那。我经不住冷，就先上岸擦干身体，穿上衣服，坐在沙滩上听他说话。从他东一句西一句的讲述中，我大抵能听出来，他在讲自己的经历和故事。

他是个孤儿，小名叫阿雄，没有父母，没有兄弟姐妹，从小就由唯一的姑姑收养。八九岁时，因为他饭量大吃太多被姑丈赶出家门，外村的一个小地主看见他人小力气大，便收留了他，让他每天放十三头水牛。1949年冬天，解放大军横扫右江河谷，十一岁的放牛娃阿雄也有了自由身。登记户名的时候，解放军同志问他姓名叫什么，他说只晓得自己姓黄，小名阿雄。解放军同志叫他以后就不要叫阿雄了，叫英雄，黄英雄。他终于有了属于自己的大名，自然高兴得不得了，当即强烈要求解放军同志把自己带走，他也想成为一名解放军。然而，人算不如天算，给他起名的解放军同志接到命令，原地转业成了区公所的书记，这时他才晓得解放军同志叫孙德胜，是一名营教导员。孙书记转业后顺手把黄英雄送进了乡小学，还特地叮嘱女老师覃惠敏，要给他开小灶，重点学习语文课。他入学不到一学期，孙书记和覃老师就结婚了。他们待他既像亲弟弟，又像亲儿子。他穿的是孙书记给他的发白而宽大的军服，吃的是区公所的食堂。

洗了澡，我提起装鱼的网袋，拎到他的宿舍后迅速把门关上，然后按他的吩咐将鱼切成小段。他则燃上电炉，把锅头装上水，放了油盐，待烧滚水了便把鱼块放下去，不一会儿房间里就弥漫着一股鱼香。这种做鱼的方法在我们桂西北叫河水煮河鱼，汤鲜鱼嫩。黄英雄住在县革委大院唯一的一排平房宿舍，有二十多间，每间有二十多平方米的样子，里边只有一张床，一张写字桌，几个肥皂箱和一个厨架，没有厨房，也没有卫生间。他住在最靠里面的二十六号房，尽头是一棵巨大的簕竹。他并不经常煮饭，偶尔煮点东西也是用电炉或火炉应付一下。我问他夜里解手怎么办，他指着后门嘿嘿笑说，小的在外面那棵簕竹下面，大的当然是跑公共厕所了。

那时候，就连我们县革委的人员也才每月人均一斤肉票，饭堂里每个星期才能吃到一两次猪肉，而且每次都只有几片薄肉，饿肉成了每个干部职工最为迫切的生理需要。那段时间，黄英雄几乎每晚都带我来河里摸鱼，尽管每天晚上的渔获或多或少，但是从来没有空过手。他经常说："下河三碗汤，喝了肚不慌。"渔获少的夜晚，黄英雄就往锅里多加水，把鱼熬成浓汤，然后一碗接一碗地喝。

我已经记不得和黄英雄一起摸鱼的日子过了多久。后来因为阿秀姐生了孩子，然后把农业户口转成了非农业户口，和黄英雄住到一起了。老婆孩子住到一起，意味着他不再是单身汉了，我们一起下河摸鱼的次数愈来愈少，后来干脆就没有了。

我一直搞不明白，阿秀姐在寨上好好的，为什么要到县城来做非农业。虽说是有了粮本，每个月吃三十斤的公粮，不过她到城里并没有事干，也没有什么收入，靠的还是黄英雄那四十来块钱工资。阿秀姐和孩子的到来，使得黄英雄的那间单身宿舍更加拥挤了，他不得不在后门搭了一间厨房。领导一时没办法调剂出更宽的宿舍给他，只好睁一只眼闭一只眼，默许他搭盖了一间小木屋，用来煮饭和洗澡。当时的县革委有许多单身汉，有的是刚参加工作的年轻人，有的家属在农村，有的家属在外地，他们不甘心把对方调到山区小县来，只能过着两地分居的生活。黄英雄自搭厨房的举动，很快被许多人仿效，但一些人因为多占别人的地盘引起了纷争，行政小组只好出面给大家打桩画线，混乱的局面才归于平静。不过，因为住在整排宿舍的尽头，另一边又是竹丛和荒地，黄英雄的厨房不仅盖得比别人的大，而且他还清除了杂草，拓出了一小块菜地，撒上菜种，不多久就长出青绿的菜秧。

我虽说和黄英雄很少下河摸鱼了，不过每到节假日，或者杀只鸡鸭什么的，他都叫我一起去他家解解馋。直到他们的第二个孩子出生以后，我觉得随着人口的增加，他们家的生活压力也越来越沉重，才不再去他们家蹭饭吃肉。尽管黄英雄在厨房的后边搭了一个小猪圈，又拓宽了菜地，种上红薯藤，养了两头猪，但生活质量似乎并没有得到根本改善。

那几年，在黄英雄的帮助之下，我渐渐适应了机关的工作和生活环境，个头也长到了近一米七。我不仅掌握了本职工作要领，读了不少书，学会了打字、印刷文件，还加入了团组织，成了入党发展对象。一切似乎都在朝着好的方向发展，这样再好好干几年，提干或者升学那都是顺理成章的事。然而，人算不如天算，我还是出事了。

那天晚上，天上飘过一大片乌云，空气中弥漫着一种不祥的气息。我和炊事员小韦打算去看一场电影，但我要先清洁一下会议室。那时候，领导们都在会议室集体办公，白天开了一天的会，晚上还有可能接着开。所以，我必须把会议室好好收拾一下——扫地，倒烟蒂，擦桌子，往暖水壶里加注开水。我正忙活的时候，对领导会议室怀有几分好奇心的小韦也闲不住，不停地这儿翻翻那儿看看。这时候，一个黄姓领导刚好进入会议室来取东西。我立马跟他打了个招呼，但当他看到小韦正在翻看桌子上的东西时，便拉长着脸打开抽屉，匆匆拿了什么物品，一声不响地走了。我当时还没意识到事情的严重性。不多久，我就接到了调令，要求我到县水泥厂报到。这个突如其来的变故打击得我有点蒙，我连跟黄英雄告别的勇气都没有，搞得他后来专程到水泥厂把我撸了一顿。黄英雄还告诫我，既然来工厂了就得好好干，越是艰苦的地方越能锻炼人。他还说，人有失手，马有失蹄。他仍然看好我。

几年后再见到黄英雄，他才向我揭开谜底，正是我擅自让闲杂人员进入领导会议室，还让人乱翻看领导办公桌上的文件，涉嫌失职和泄密，所以才被调离了县革委。恰好当时黄领导分管工业，于是就把我放到最边远也最艰苦的县水泥厂，名曰锻炼，实则流放。那时候我才晓得，我这个通信员和炊事员还是有区别的，我是领导身边的人，而小韦不是。但无论如何，当我明白这些事理时，一切都已经晚了。好在到水泥厂后，我时刻保持几分清醒，干活做工从来没有偷懒耍滑，可以说是勤勤恳恳、任劳任怨。那时候的水泥厂自动化程度低，许多岗位还是肩挑手铲。我所在的粉磨车间配料时，全靠人用箩筐和手推车把碎石、黏土、煤和铁矿拌到一起，喂入提升机，灌进球磨机磨成粉末，然后打成葡萄般大小的泥球，送进立窑燃烧。几年下来，我以近乎废掉腰椎骨的代价，换来了应该得到的。除了没有被保送上大学，成为一名工农兵学员，其他的荣誉我都拿到了。连续几年被评为县先进工作者，不仅入了党，还转了干。

当我再次回到大院时，一切似乎变了模样，县革委已经变成了县委和县政府，而且县委和县政府分开办公，各踞一栋办公楼。因为我近年陆续在报纸上发表了几篇文章，被认为是个能写点东西的笔杆子，于是，我顺理成章地被有关部门发现，成为一名县委办公室秘书，主要负责日常文秘工作，不时还陪领导下乡调研巡察。让我惊讶的是，此时黄英雄也已经调离了工业小组，成为县委的一名监察干部，跟我在同一栋楼办公。只不过他在二楼，我在三楼。对于我回归县委办，从一个通信员擢升为秘书，他戏谑地说是完成了从奴隶到将军的蜕变。他并没有再次因为我当年的不辞而别责备我，反而杀了一只鸡叫我去喝两杯。盛情难却，我只好买了两包饼干去到他家。家还是原来的家，只是住房变成两间了，面积整整大了一倍，厨房也拓宽了。猪圈里养有一头大猪、一头中猪和一头小猪。阿秀姐生了第三个孩子后不久，也有了一份临时工作，就是专门为县委大楼做清洁，包括两个会议室。虽说工资比较低，但显然他们夫妇都还比较满意。酒酣之时，他得意地告诉我，他改行干监察纯属偶然。有一次他负责处理一起矿难，矿长凭借在矿山工作多年，下属多半是自己亲信，对造成三死两伤的事故弄虚作假，伪造现场，企图瞒天过海，逃脱罪责。他通过仔细勘查现场，做受重伤工人的思想工作，获取了大量有力证据，证明这是一起人为的渎职事故，矿长对这起事故负有不可推卸的责任。后来，县事故调查组采纳了他的证明材料，把矿长和当班副矿长等人移交政法机关，对他们进行刑事追责。经过这起事故的处理，黄英雄也被有关部门发现，改行干了监察工作。对于自己的这份新工作，他戏谑地自称为“猫头鹰”，意思是专门对付老鼠的。

然而，黄英雄虽说办案胆大心细，很少失手，但有一次他却遇上了一个硬茬。

几乎是我从水泥厂重新回到机关的同时，我的初中同学李春光也从省城读完了大学，毕业后回到了县城。由于他没能在大学期间入党，所以没能进入县委、县政府大院，被暂时分配到县中学去当政治老师。那时候，小县城里的大学毕业生可谓是凤毛麟角。因为是恢复高考之后的首届毕业生，李春光的归来，不啻在县城的女孩们中引爆了一颗炸弹。李春光不仅学历高、口才好，人也帅气，一米七几的个子，还会打篮球，专司控球后卫，每场都能够投下几个三分球，所以一回来就被召入县篮球队，拥有大量球迷。能力和容貌兼具，大学毕业还会打篮球的李春光，不但拥有许多男球迷，更令许多女球迷神魂颠倒。一些大胆的姑娘主动给他写信，表达爱慕之情。那些腼腆矜持的女孩，则通过各种渠道对他进行试探。然而，小县城的人们并不知晓，在大学有过三次恋爱经历的李春光，不仅学业不错，情场也相当得意。他回到县城后，还一直和一个远在省城的师妹处于热恋之中。师妹比他小一届，是教育厅某处长的千金。当然，人们更不知晓，李春光和师妹的恋情并没有得到女方家长的首肯，他们依然处于半地下的状态。

李春光之所以变成黄英雄的对手，是因为他事实上已经开始背叛远在省城的师妹，尝试和县医院的小周、财政局会计小潘同时秘密接触。让李春光始料不及的是，他和小周以及小潘的恋爱关系刚刚建立之时，他的行为就没有逃脱某些小城人的目光。人们很快就晓得他恋爱了，而且恋爱的对象不止一个。这时候李春光并没有意识到自己已经犯了大忌。当他把小周和小潘同时蹬掉，转而和新的对象恋爱时，小周的父亲老周便站了出来，一纸告状信把他告到县委主要领导那里，指责他脚踏数只船，玩弄女性，作风败坏，要求对其严肃处理。在我们县，小周的父亲老周可不是一般人，刚解放时就作为统战对象担任县人民政府的副县长，尽管后来到县人大当副主任，但资历和威望都还在。老周的告状信不能不引起主要领导的高度重视，于是领导亲自批示，要求有关部门彻查。因为李春光属于党外人士，所以这封信最终落到了监委副主任黄英雄手里。

那段时间，黄英雄和助手不仅频频到小周和小潘单位去调查了解情况，还多次把当事人李春光叫到办公室进行讯问，最后问题的焦点是男女双方是否发生了关系，这也成为这个案件的关键所在。多年以后，李春光时常以嘲弄的口吻，向我回忆起当时黄英雄问话的场景。他说黄英雄每次问话，都先用半小时时间跟他申明政策，比如说“若要人不知，除非己莫为”，“坦白从宽，抗拒从严”，“失足未必千古恨，关键是认识错误的态度”，“犯了错误不可怕，可怕的是不敢承认错误”。然后，黄英雄就像审讯犯人一样，和他面对面坐着，用深邃的目光盯住他，一次次低声而有力地问道：“李春光，你和小周到底发生肉体关系了没有？”李春光机械地摇摇头：“没有。”黄英雄沉默一会儿又问：“你到底得了没有？”李春光一次次地否认：“没有得。”之后，黄英雄便用钢笔一个字一个字地记在记录本上。虽然旁边有助手在做记录，但他依然坚持自己边问话边记录。这样就让李春光看出了破绽，他晓得，黄英雄正在和他打消耗战，在消磨时间。他也很清楚，一旦让黄英雄攻破防线，承认自己和小周上了床，那么后果将不堪设想，搞不好这几年大学就白读了。因此，他绝不能认这个账。

面对毕业于西塘学院政治系的李春光，黄英雄无论从哪方面入手都难以占上风，以致在多次交手之后，黄英雄首先露出了疲态，焦虑的神色渐渐写满脸上。而李春光的演技却愈来愈精湛，比如当对方说话大声且略显不耐烦时，他就显得更加平静而自然，说话嗓门也压得很低，表面上在很认真地回答问题，然而目光里却似乎透出几分得意。在多年的工作实践中，黄英雄从来没有遇到过如此难缠的对手，这使得他的耐心渐渐达到了极限。

这天上午，黄英雄再次把李春光叫到办公室，做最后的讯问。李春光来了，照例坐到了黄英雄办公桌的对面。刚坐下，李春光就看见黄英雄双手还沾有红薯藤的黏液，显然黄英雄在上班之前还捣弄猪菜，未来得及清理手上的污渍，于是他嘴角掠过了一丝轻蔑的笑意。“你笑什么？”黄英雄瞪大眼睛问。李春光故作惊诧地回答：“我没有笑。”“刚刚我看见你笑了。”黄英雄说。“没有。”李春光淡定地摇摇头。“没有就好。李春光你听好了，我今天是最后一次找你谈话。你要把握最后的机会，给我老老实实地把自己的错误事实说出来，争取从宽处理。如果你执迷不悟，继续跟我玩游戏，那你就失去了争取宽大处理的机会。我警告你，根据我们已经掌握的材料，完全可以立即给你的错误行为定性。我们没有这么做，还是想挽救你，懂吗？好吧，我们现在开始学习政策。”

黄英雄的这次开场白似乎比以往更掌握了心理上的主动。他逐字逐句地重复朗读着以往的政策词句，然后双方又开始在“得与不得”之间陷入拉锯战。李春光觉得，自己已经是死猪不怕滚水烫，大不了挨一个处分，无论如何是不能承认和小周有那种关系的。至于女方如何说，那也只是一面之词，不足为证。双方对抗的态势持续了几个小时，时间一分一秒地过去，终于熬到了下班时间。当上午下班铃声响过之后，黄英雄开始变得有些焦躁不安，忽然提高了嗓门：“李春光，我最后一次问你，你到底和小周发生肉体关系没有？”李春光佯装想了想，撇嘴摇头说：“没有。”黄英雄冷笑一声，咬着牙说：“好。李春光，我再问你一次，你到底得了没有？”李春光沉思片刻，又摇摇头：“没有得。”这时，下班时间已经过去了好几分钟，黄英雄似乎无法再忍耐，只见他猛地扬起右掌，啪的一声，拍在桌子上，站起来怒吼道："李春光，我不相信，小周那么漂亮，那么白，你都不得！"李春光还是平静地坐在椅子上，脸上做无辜状，回答说："就是不得。"黄英雄又吼道："李春光，站起来，你给我走！"李春光瞥了气喘吁吁的黄英雄一眼，嘴角微微一扬，站起来平静地离开了。一个星期后，关于李春光的处理文件下达了，他被记了大过一次。确切地说，李春光因为不检点，被黄英雄收拾了一次。

"大学生有什么了不起，还不一样挨我收拾了！"每当跟我说起李春光这个案子时，黄英雄就禁不住有些得意起来。而李春光在回忆这件事情时，脸上便现出鄙夷的神色，撇嘴说："那个大老粗，他想搞我，还嫩了点。"

黄英雄和李春光，这两个与我都熟识的人，每个人都有自己的脾性，他们碰到了一起，生出了这让人啼笑皆非的结局。事隔不久，我也因考上成人大学离开了老家县里，后来又留居在五百里外的省城。偶尔老家有事或者回去过节，我几乎都是直接回到寨上，在县城没怎么停留。这样，我又和黄英雄基本上处于半失联状态，彼此的消息也愈来愈少了。

大约是90年代初期，有一天我突然接到黄英雄的一个电话，他声称二儿子考上北京的大学了，要亲自送儿子去上学，顺便去看看首都天安门，希望我帮他买两张卧铺票。很多人不晓得，那个年代的火车卧铺票是抢手货，非常难买。我好不容易托朋友帮忙，从人家单位里弄到两张卧铺票，然而傍晚要开车了，他中午才告知不要卧铺了，价钱太贵，他们父子俩已另外托人买了硬座车票。这番操作当时把我气得想隔空捶他几下。

90年代末期，县里的朋友无意中告诉我，县里有好几个领导出事了，听说是栽在几个退休老干部手里，为首的人叫黄英雄。他们白天看似无所事事，到傍晚就到处去查酒楼和卡拉OK厅的包厢，结果把一些领导和三陪小姐的丑行给曝光了。那段时间，县里有什么接待宴请，都不敢在招待所酒店进行，转而秘密地到远郊的山庄，生怕被黄英雄他们逮到。我听了以后，觉得这应该符合黄英雄的性格，他活着似乎就应该是一只“猫头鹰”。

前几年的一个秋天，我回老家给父亲的坟墓立碑。那天，来帮忙的亲友不下百人，我们按惯例也杀了一头猪，在院子里摆了十来桌。大家正喝得酣畅时，我端着大碗酒到堂屋里给寨老们逐一敬酒，这时忽然听到院子里传来一阵吵闹声。有人过来告诉我，大力叔来外边找麻烦了。

我出门一看，原来是黄英雄来了。多年未见，他的身体变得佝偻了，头顶光秃秃的，一圈白发多时未打理了，蓬散在耳边，瘦削的脸上胡子拉碴，两只枯眼凹陷得像两个树洞。我放下酒碗，微笑着迎上去跟他打招呼：“黄哥，英雄哥，你来得刚合适，坐下来一起吃饭吧。”

黄英雄见我走近他，瞪着混浊的双眼，用拐杖敲击地面，警惕地问：“你是哪个？”

我赶忙赔笑脸，和颜悦色地说：“我是马老五呀，你记不得了？”

“叔，大力叔耳朵不行了，眼睛也昏花了。不用理他。”侄儿成龙凑到我耳边说。

原来黄英雄是耳不聪目不明了，那他来这里是要干什么呢？我赶忙伸出手，试图搀扶他，不料被他猛然甩开，他大声斥责说：“走开，腐败分子，天天吃吃喝喝。”

“我是马老五，不是腐败分子呢。”我急忙边赔笑脸边解释说，“这是家里有白事呢。”

黄英雄显然还是没听懂我是谁，似乎还沉浸在愤怒的情绪之中，这下反而把我弄尴尬了。我讪讪地转身进入厨房，割了约两斤瘦猪肉，用塑料袋装好，回到院门边交给成龙，让他把黄英雄送回家去。

后来听成龙和寨上人说，黄英雄已经回寨上住好几个月了，他儿子在一个县直单位当了个副职，可能是受到了某种压力，也可能是嫌老父亲在县城丢人现眼，于是就把他送回乡下养老。想不到他回到寨上了还会这样，经常犯老毛病，整天不挨家，在寨上四处游走，哪家哪处有人吃喝热闹，他就去对人家一番诘问是不是用公款大吃大喝，搞得大伙见了他都烦。

后来我多次回老家过春节或清明回寨上扫墓，可能是家家户户都有吃喝的原因，几乎很少见黄英雄出来干扰了。如果不是逢年过节，像今天这么大的动静，若是他还健在，少不了是要到场问个一二的，想不到他老人家已经走了。

听到黄英雄的消息，我不由得从心中生起一阵难受，端起酒碗出到院外，向着他家的方向，默默地鞠了一躬，然后把酒轻轻洒在地上。

逃匿

原载《花城》2013 年第 6 期

· 一 ·

接连几个晚上，韦国庆都没有睡踏实，常常在半夜两三点钟就睡不着了。

这天晚上更是，鸡刚叫头遍他就醒过来了。晚饭时喝多了酒，喉咙又干又痒，他忍不住连咳了几声，因而引起了妻子吴金玲的不满，她嘴里嘟哝了一声，可是听不出是说了什么。夫妻二十五年，也算是老夫老妻了，韦国庆早就提出要分床睡，那样双方都可以睡得更深更踏实一些。可是怎么说吴金玲就是不同意，说嫁给他这个穷光蛋这大半辈子什么都没得好好享受，要是晚上睡觉连个蛋蛋都不得摸那她不就白活了。他想想她说的也有点在理，就不敢再提分床睡的事。

人一醒烟瘾也跟着上来了。黑暗中韦国庆轻手轻脚摸下床，出到堂屋才拉亮电灯，大口喝了半盅苦茶，然后点了根烟，深吸两口，浑身顿时每个部位都舒松了不少。他忽然感到空气有些闷，便想到屋顶上去吹吹凉风。他不想惊扰生病的岳父和妻子，于是轻轻掩上房门，踮起脚尖，沿着阶梯一步一步爬上楼顶。

初秋的深夜，四周静得韦国庆只听到自己的喘息声。这个时候连公鸡和狗都闷声了。整个石磨村没有一丝一点光亮，只有天上密麻麻的星星献媚似的向他眨眼。人要是生活在黑夜里多好啊！你身在何处你想什么干什么都没什么人知晓。他忽然觉得自己已经变成了一个隐形人。这时候连那座百米之外的建筑物也跟死了一样，住在里边的那个狗日的韦永常也该睡觉做梦了吧？他对着那座四层高楼狠狠地喷了一口烟，然后悠然地环顾四周，最后把目光停留在了县城方向。那边天空中折射过来的云光让他感觉有些刺眼，不过他还是忍不住要往那边看。他惬意地想，说不定狗日的老枪此时还在县城的宾馆里哇哇地狂吐呢。一想到老枪，韦国庆就有一种恨不得再次将他灌醉的冲动。

老枪是临近傍晚时分才从市里赶过来的，同行的还有长得丰腴白净的少妇小文。这是老枪第二次带女人来韦国庆家，他称少妇是省城来的老朋友，车开得很好，所以带她出来散散心，顺便给他当司机。韦国庆记得，老枪第一次带来的女人是他的妻子和刚上小学的女儿，那次还特意在韦国庆家里住了一个晚上。这次除了带小文，老枪还带了一只烤鸭和一件瓶装米酒，明摆着是要来跟他干酒的。韦国庆生怕自己一个人斗不过老枪，特意去把老朋友苏志虎也请来了。苏志虎是村里的业余屠夫，隔天会杀一头猪在村口的龙眼树下摆摊卖肉。听说要他来一起对付老枪，苏志虎满口应承，还顺手把一条一斤多重的猪尾巴塞给了韦国庆。

在饭桌边落座后，老枪才说明来意。

“韦哥，阿嫂，大伯，大领导他老人家又想你们了。”老枪故作神秘地说，“我这次来，是台里下的一个重要任务，要拍一个关于你们村和你们家目前情况的片子。据说大领导国庆期间要到我们省来调研，走一走，看一看。”

听了老枪的话，刚才还病恹恹的老岳父忽然来了精神，瞪大眼睛说：“大领导要来了吗？”

老枪点头说：“大伯，应该不假。”

“我的妈哟，大领导真的要来了。”老岳父眉开眼笑地说。

“大领导，他……他不是早退休了吗？怎么还要来啊？”韦国庆倒酒的手一颤，米酒溅洒到了桌上，眼神有些茫然地说。

老枪说：“嗨，这个你就不懂了。人家大领导能和下面的中领导小领导一样吗？人虽然退下来了，也还有影响力，明白吗？”

“我是农民，不卵懂，也不卵明白这些咯。”韦国庆没好气地说，“老枪，大领导他真的还记得我韦国庆吗，我看是你瞎编的吧？”

老枪坏笑着端起酒碗说：“好，每次你都说我哄你，蒙你，来，先罚你一碗酒。”

韦国庆委屈地说：“我说的是掏心话啊。大领导人家当那么大官，管那么多人，工作那么忙，他哪里还记得我一个农民呀？我就是不敢相信咯。”

老枪说：“韦哥，你说的也有道理。但是，这次大领导确确实实真的又要过来了，他老人家也确确实实想到你了。不过，据说这次他老人家只到省城，听说还要到海边看看。另外，大领导年纪大了，只能坐火车不能坐汽车了。所以上级领导交代，只能拍你们村和你们家一个专题片拿去放给他看看，汇报汇报。”

“你是说，大领导他不来我们家了吗？”老岳父又瞪大眼睛问。

老枪说：“噢，应该不大可能来了。大伯，人家大领导比你还大好几岁哩。”

老岳父还想说什么，但被一连串的咳嗽声打断了。

“唉，我们家现在这样子，哪里能跟那些年比呀？现在我还欠人家那么多债，狗日的韦永常还天天催我还那两头牛呢！”韦国庆哭丧着脸说，“老枪，就算我求你了，别拍电视了，我怕啊。”

老枪笑说：“韦哥，拍或者不拍，不是你我说了算的。我说给你听，除了我，可能还有一帮记者要来呢。来吧，先喝酒再说吧。”

“唉，我真的是怕你了，老枪。”韦国庆咬牙说，“喝就喝，今晚我要搞倒你！”

酒桌上，三个人摆开架势，猜码划拳，不到一个时辰就把一只装五升土酒的塑料壶给喝空了。韦国庆晓得老枪喜欢喝自酿的土酒，他还给土酒起了个外号叫土茅台。土酒虽淡，但后劲十足。每次喝多了土茅台之后老枪就成了酒桌上的主角，不停地大声说话，不停地劝酒。整个晚上，老枪一直重复地说："韦哥呀，我们是一根藤上的两个南瓜，生死同一条命呢。"

韦国庆反驳说："扯卵淡，老枪你哄我啊，你是大记者，我是贫苦农民，是种田犁地的，我们怎么可能同一条命呢？不得。你扯卵淡！"说着，韦国庆就又趁机连续灌他两匙羹酒。

被灌两勺酒后，老枪又振振有词地说："我没说错，大领导是藤，我和你都是藤上的小南瓜。没有大领导就没有我们两个南瓜的今天。"

"说得对。"苏志虎看火候到了，赶忙凑上去敬老枪，"老枪记者，你是真对石磨村好，也是对韦国庆好哩。来，我代表全村三百六十七口人敬你。"

老枪刚想争辩，苏志虎的匙羹已经递到唇边，他不得不张开嘴巴接受苏志虎灌进来的两匙羹酒。

不知不觉中，老枪已经喝上了七八成，不仅脸色烧得通红，声音也渐渐高亢起来，嘴里不时还飞出几星唾沫。酒酣耳热之际，老枪还时常用左臂拥住小文，扭头啪地亲上一口。小文佯装窘涩地搡他说："讨厌，变态。"

左边刚亲过小文，老枪右边又搂起韦国庆，不由分说便在他脸上啪啪啪地乱亲。据说这是老枪酒醉之后的经典动作，而且不分男女长幼。刚开始时韦国庆对老枪的这种动作并不习惯，甚至还有些反感，不过到后来便渐渐习以为常了。老枪今晚确实喝高了，也许是要表现给小文看看，也许是有好久没跟韦国庆他们拼酒了，总而言之，他喝得很兴奋，也很豪放，似乎没什么顾忌。而韦国庆就不同了，他就像是一个久候的猎人，就等猎物撞上枪口扣动扳机了。而令他颇为意外的是，他今晚的猎物甚至还不断地往自己身上打枪呢。

当韦国庆和苏志虎把摇摇晃晃满口胡话的老枪扶上车时，老枪已经是烂醉如泥了。临别时，韦国庆也已经记不起脸上被老枪亲了多少次，他两边脸颊已然涂了一层黏糊糊臭烘烘的口水了。

想起老枪酒醉的样子，韦国庆心头不由掠过一阵快意，他甚至忍不住笑出了声。他一直认为，没有这个鬼老枪，他韦国庆今天也不会活成这个样子，更不会有这种外表看起来体面实则狼狈的日子。甚至，也不会让他有想要快点逃离家乡的打算。总而言之，韦国庆已经受够了折腾，受够了虚荣，也受够了老枪。

人的命运有时是无法说得清楚的，韦国庆始终坚信这一点。要是那天没有见到大领导，要是没有后来老枪的使力，他也就是石磨村一个默默无闻的普通农民，也就是一个每天起早摸黑修地球的小老头。有时候，一个偶然的误会或者闯一次祸也能够改变人生，韦国庆就是如此。

老大说得对，他早就该离开石磨村了。

想到大儿子，韦国庆心头忽然涌起一股暖流。老大是真的长大了，也晓得事理了。从职校毕业后到广东打工四年，他不只自己落下脚跟当上了工长，还把老二也管服帖了。老二是个调皮捣蛋鬼，高中刚读完就跑去了广东，硬是让一张粉红的大学录取通知书变成了废纸。他两年挑了五个地方干活，还进了一次看守所，最终还是让老大拎到身边，人也变乖了。

上一周，要不是老大受了工伤，韦国庆也不可能撇下家里的一大堆活路去到东莞。去了这一趟东莞他眼界也大开了。高得让人看得帽子都落的楼房，蚂蚁一样满街走的人流，千奇百怪的车辆，眼花缭乱的灯箱和广告牌……这一切，都是他未曾见过的景象。从医院把老大接出来那天早上，韦国庆终于看到了一个清丽的女孩，她就是老大的女朋友阿琦，他在电话里跟她说过话，那声音甜脆得像山林里的画眉鸟。韦国庆觉得，在东莞这种地方，老大他们这些乡下仔怎么看都和别人没什么差别，无论说话和行头都和城里人一般模样了。

出院第二天，老大右手缠着纱布带韦国庆去广州玩。老大先把他带到一个服装市场，给他现买了两套衣服，还叫他把身上的衣服全扔了。可他舍不得扔，回家下地耕田还用得着，依旧把旧衣服叠好塞进蛇皮袋里。穿上新衣服后韦国庆照了照镜子，觉得自己要不是肤色有些黑糙，眼睛少点神气，外表其实跟城里人也差不了多少。穿上瓦蓝色的牛仔裤和T恤衫，套上新买的运动鞋，从服装市场出来时他走路的姿态也不一样了，胸膛和腰杆不由得挺了起来。老大还花了三十元钱给他洗头理发。回到东莞时，老二和阿琦都惊得瞪大了眼。

见老大的伤已快好了，韦国庆的心思又飞回到了石磨村。他晓得，家里的事有几大箩筐，出门太久了吴金玲一个人难扛得住。临回来那天晚上，老大老二和阿琦特地请他到大排档喝啤酒。几杯酒进肚，他话也多了，禁不住把这些年的苦恼和委屈竹筒倒豆般都说了出来。

老大听了便有些愤愤不平，说："爹，依我看，你简直是一个什么……噢，是木偶。人家拿你当广告了。"

"什么广告，你莫乱说。"韦国庆警惕地说。

"人家就是拿你当广告，当工具，当花瓶，当木偶，当笨蛋。"老二讥讽地说，"爹，你想想看，他们把你抬得那么高，你有多少屎尿自己不晓得吗？这样下去不搞死你才怪呢！"

老大说："爹，人家确实在利用你。你想想看，什么人都在你这里捞了好处，石磨村，韦永常，老枪……他们谁不在你身上捞一把？啊！"

"爹，都是因为那个鸟老枪，你才挨搞得这么惨。"老二猛喷一口烟说。

"乱说。我几时挨害惨了？我这不是好好的嘛！"韦国庆忍不住又呵斥一声。

"好？你这是好吗？爹，要不干脆我叫人去把那个老枪和韦永常收拾了吧，这样你才过得安逸。”老二阴森森地说。

“你敢！你还是人吗？呃！”韦国庆动怒了，手指戳着老二脑门说，“你别忘了，若是没有老枪帮忙，你们两个还能读上书吗！不管怎么说，人家对我们还是有恩的，我们能忘恩负义吗？”

看见局面紧张，阿琦赶忙调和。她给韦国庆斟满一杯酒，微笑着操一口湖南话说：“韦叔，既然你过得这么累，你就不晓得躲他们远远的吗？”

阿琦一句话把老大拍醒了，他忽然扬起左手狠抽了自己一个耳光，大声说：“爹，阿琦说得对，你干脆出来打工吧，别在家让那帮狗日的把你当猴子耍了。”

韦国庆听了先是两眼一亮，但一下子又暗淡了下来。他轻轻摇头，忧虑地说：“不行呐，我出来了你们外公你们妈怎么办呢？何况，我还欠人家一屁股债呢。”

“爹，你还想那些债啊？那两头牛和那些东西不是他们自己送到我们家的吗？”老大说。

韦国庆叹气说：“是呀，牛是韦永常自己拉来我们家装门面的，可是后来挨人家偷走了，他整天就晓得来跟我要，还逼我写了欠条呢。”

“别理他，赖他狗日的！”老大说。

“那些鸡呀鸭呀鹅呀，我也赖不少了，可那是牛呀！”韦国庆还是唉声叹气。

“爹，你说外公，他又回我们家了？”老二睁大眼问。

“你们不晓得的，你们外公一直想来我们家住，他做梦都想哪天能跟大领导照一张相。唉，你们大舅二舅也不是好东西，他们谁都不肯收留你们外公。他们还说，我是名人本事大有能耐，国家还有补助，应该轮到我们家给你们外公养老送终了。这样，过年后我和你们妈只好把外公接过来跟我们住了。你们外公真的老了，老毛病又多。要紧的是他越老越糊涂了，经常出门了不懂回来，找不到家。唉。”韦国庆说。

“爹，能不能这样，我们把外公也弄过来，送到养老院去。那里有不少老人，他不会闷的。”老大说。

“对，我看这个方案好。牛！”老二说。

韦国庆皱眉头想了一会，说：“老大，老二，要是我们都不在家了，过年过节就没有人给祖宗烧香了，这样还得了吗？你们兄弟先让爹想想吧，我回家跟你们妈商量商量再说。”

从东莞回来的路上，韦国庆躺在客车卧铺上，一路走一路想。到现在都回家几天了，他还是没想出个头绪来。唉，是什么东西把自己一个大活人逼成这样的呢？能怪人家大领导吗，能怪人家老枪吗？不能吧。能怪村干部镇干部县干部市干部吗？也不能。想来想去，韦国庆真是又想不通了。然而，不管他这些天是怎样地想不通搞不明白，但是他晓得，老枪今晚的信息很要紧。大领导又要来了。虽说大领导不一定能来石磨村，但谁又能保证那些小领导中领导和那些记者不会又像蜜蜂一样，朝石磨村、朝他们家飞拢过来呢！

此时此刻，他仿佛觉得有一双巨大的手从黑黝黝的后山上朝自己伸过来，缓缓地箍紧他的身体，使他呼吸越来越困难，头脑渐渐地有些昏眩起来。

·二·

那是好几年前的事了。

那是个秋天的下午，韦国庆和妻子吴金玲正在自家的三亩地里劳作。他背着箩筐收玉米，妻子挥锄挖红薯。忽然间村道上扬起一股黄尘，风一般径直到村头停住。尘土落定之后人们才看见来了几辆小车，从车上下来几十个干部打扮的人。只一支烟的工夫，村干们就把大伙从地里田头召拢到了学校的操场上。先是县里来的领导讲话，然后是镇书记接着讲，再后面是村主任韦永常讲话。讲来讲去大体都是一个意思，就是村里要来大人物了。领导们要求各家各户搞好村容村貌，清洁环境卫生，把所有鸡鸭鹅和猪马牛羊都关起来，特别是那些狗狗猫猫。和往常不一样，干部们说完话并不马上离开，而是留下来帮助村里搞卫生，有的还挨家挨户地督促检查。

这时刻村主任韦永常像是喝够了壮阳酒一般，走路模样和说话声音都变得雄赳赳的了。他引领几位领导首先到韦国庆家检查，说白了就是要先来他家挑毛病。当韦永常看到韦国庆家的四眼狗还蹲坐在屋檐下，摇头摆尾地朝客人微笑时，便立马狐假虎威地厉声命令他马上把狗绑实了，否则就对狗不客气。当着干部的面，韦国庆当然不敢怠慢，赶紧用麻绳把四眼的脖颈绑了，还用一只小鱼篓把狗头给套住了。处理完四眼，干部们又发现他家的空猪圈里还堆了不少垃圾，急得几个人挽起衣裤，亲自举锄挥铲往箩筐里装。韦永常平时当甩手掌柜惯了，连自己家的家务活都很少干，现在看见县镇的领导都动手了，便不好意思站在一旁当看客，于是也装模作样地挽起裤管袖子，也想要往猪圈里跳。韦国庆暗想看看韦永常怎么继续表演下去，不料吴金玲这时却拿着一壶开水和一盒茶叶来到院子里，叫韦永常帮忙泡茶招待几位领导。韦永常意外得到了一个台阶下，连忙赶过来接住了水壶和茶叶。吴金玲跟着提来一只簸箕，摆上几只碗，让韦永常放茶倒水。若是在平时，韦永常绝对不会听从一个邻家女人的使唤，但是现在他却乐得去干这种端茶倒水的小事，因为干这个总比让他跳进臭烘烘的猪圈里帮狗日的韦国庆倒垃圾好。

韦国庆好些年没有看到有领导这么干活了，瞬时心里涌出一股温热。他看到连县镇的干部都这般卖力，便断定这个即将到来的人物一定不是以前见过的那种小领导或中领导，肯定是个超大的大领导了。

几十个干部和全村男女老少干到天擦黑，垃圾搬走了，地干净了，猪狗也没影了。晚饭时分，有的干部走了，有的干部留了下来，有两个人还留下来在韦国庆家食宿。和往常下乡干部不同，这两人上桌后也只喝了两半碗米酒，无论他再怎么劝人家都没再贪杯。席间，韦国庆试图从干部嘴里套出明天来的领导是什么人，但干部都是含糊其词，遮遮掩掩，没有给他明确的回答，只说是大人物，明天来了他就晓得了。

饭后洗脸脚时，韦国庆一不留神还是看见了秘密，一个穿夹克衫的小伙子腋下别了一把手枪，另一个中年人的枪却是绑在小腿前边马面骨上的。这种情况他以往只是在电视剧里见过，但现实中并没有见到。整个夜晚，韦国庆都被大领导即将到来的紧张气氛压迫着。

第二天早上，干部们吃了早饭后便又开始在村里四处巡查，不放过任何一个卫生死角。屠夫苏志虎家的老黑狗没有绑好，窜出来在村巷里游荡，还在龙眼树下拉了一泡屎。有干部大声责问是谁家的狗，有人顺口说可能是条野狗。随着镇派出所李所长一声枪响，老黑嗷嗷地蹦了几米远便倒下了。苏志虎黑着脸带着一团火闻声赶来，挽起袖子朝地上的老黑左看右看，忽然涨粗脖子朝龙眼树大骂了两声，然后把老黑提走了。苏志虎晓得，这个时候不能找茬子。于是他把老黑拎到家里，煮了一锅滚水把毛刮了，又用老茅草把狗皮烧得焦黄。当苏志虎家锅里的狗肉香开始弥漫整个村子时，一长串车子风吹雷动一般进了村，径直在学校的操场上停了下来。

不知什么时候，韦国庆家院门外的巷口多了两个穿警察制服的人。这一发现不免让他神经又绷紧起来。昨晚歇宿他家的那两个便衣早早就出门了，他很想出去看看外边的动静，但又担心被警察拦住。他心里十分想去看看到底来了什么样的大人物，让这么多人忙前忙后，连猫狗都不让出门，还把警察都调到他家门口来了。他惶惶地回到屋里，妻子吴金玲在不慌不忙地用簸箕筛选黄豆。今年天旱，黄豆粒长得不饱满，妻子没活路干的时候就爱操弄黄豆，一粒一粒地选过来，一把一把地筛过去。这时候韦国庆忽然来了烟瘾，便在火塘边坐下来，摸了摸口袋，却发现没有烟了。昨天竟然忘记买烟了，他记得早上起来还抽了一根的，怎么就没有了呢。他想了想，最后一根烟是在厕所里抽的，是不是把烟包放在那里了呢？他赶忙起身往屋后门走。

刚踏出后门的瞬间，韦国庆就傻了眼，原先被捆绑住的四眼居然自由了。它正在猛烈地摇头，企图甩脱头上的小鱼篓，嘴里嗷嗷地乱叫，像疯了一般。当四眼看见主人靠近时，它的第一反应竟是撒开腿朝他冲了过来。没等他回过神，四眼就一阵风似的从他身旁溜了过去。他下意识地转身一看，四眼已经跑过堂屋，奔向院子。韦国庆猛然意识到四眼要坏大事，急忙返身追了出来，唤上吴金玲跟在他身后一起追到了院门口。然而，为时已晚。

吴金玲看见院门外巷口的两个警察正奋力地将韦国庆摁倒在地上，而在十几米远的村巷里，有一群人正黑压压地朝这边走过来，受到惊吓的四眼早已没了踪影。

接下来事情的发展颇具戏剧性。走在人群前面的大领导不仅没有受惊，反而快步赶上前亲自把韦国庆扶了起来，还亲切地询问他受伤了没有，是什么原因被警察摁倒的。韦国庆如实地一一作答之后，大领导还亲切地帮他拍掉身上的灰尘，然后说老乡你受委屈了。惊魂甫定的韦国庆这时刻才意识到，眼前的这张面孔正是经常在电视屏幕里出现的那个。天呐，他因祸得福了，他见到了他从来没有想过能见到的大人物了！此时此刻，韦国庆只感到头脑被一股温热冲击，整个人瞬时飘忽起来。

接着大领导面带笑容地嘱咐在场的其他中小领导，安全保卫要适当，不要搞得鸡不鸣狗不叫的，农村和城里情况不一样。然后大领导临时改变视察线路，提出到韦国庆家去看看。尽管陪同的官员都很着急，但韦国庆还是忘却了原先的不快，热情大方地请大领导走进了院子。

由于是临时改变了行程，大领导总共只在韦国庆家院子驻足不到六分钟。然而，这六分钟却是大领导石磨村半个小时视察行程中最耀眼的一个亮点。后来有笔杆子在文章里追叙说，大领导为了能看到真实的农家生活，忽然临时提出改变考察路线，走进了石磨村最贫困的贫困户韦国庆家院子。这是一个干净而宁静的农家院落，大领导不期而至让纯朴的主人激动得有些不知所措。大领导和主人一一握手，嘘寒问暖之后，目光即刻被院子角落里果树上的几个大南瓜吸引住了。大领导饶有兴致地指着吊在藤蔓上的大南瓜问是谁种的，主人韦国庆回答说是他和妻子一起种的。大领导说他从来没有见过长得这么大这么漂亮的南瓜，要保护好种子，让所有的贫困户都种出这么大的南瓜。大领导还表扬韦国庆诚实不贪功，有些同志要是韦国庆早就说南瓜是自己种的了。大领导的幽默引起了一阵笑声……

接着，大领导提出和韦国庆全家在大南瓜下面合影，这时候所有的照相机都闪动了快门。随后大领导走近韦国庆家空空的猪圈，关切地询问他为什么圈里没见有猪。当他准备回答时，他看到站在大领导身后的县委黄书记正朝他眨眼。他略怔一下便回答说，原来养有一头大猪，两个孩子读书需要学费就把猪卖了，现在正想筹钱买一头母猪，让它生崽了卖猪崽。大领导肯定他的想法，母猪一年能生两窝崽，每窝生十只八只小猪崽，每只猪崽能卖个百八十元，确实能解决一些问题。在场的领导们听了都很受感动，大领导不仅了解母猪产崽的情况，还了解生猪市场行情。临离开猪圈时，大领导又问韦国庆买母猪还差多少钱，他嗫嚅一下说大概还差一千元。大领导立马把秘书叫过来，让秘书从包里拿出一千元钱，并亲自递到韦国庆手里，然后嘱咐他一定要把母猪养好，把它养成摇钱树。韦国庆听了，拿钱的双手突然哆嗦了起来，一会看看大领导，一会又斜睨大领导身后的黄书记，不知如何是好。然而，这次他没有看见黄书记朝他眨眼，看来这钱不收下是不行了。韦国庆的胸膛里忽然生出一股热流直奔眼窝，双膝竟不由自主地弯曲，扑通一声跪在地上。

韦国庆这一跪让大领导也受了感动，没等他磕完第三个头就把他扶了起来。大领导最后两分钟是和男女主人唠家常。虽说韦国庆还没有真正缓过神来，但他还是回答了大领导的两个问题，一个是说家里的饭还能吃饱，两三天能吃上一次肉。二个是说家里吃的玉米红薯都是自己种的，偶尔还可以用玉米来熬酒自己喝。大领导对韦国庆的回答相当满意，还特意问他能喝多少酒。他伸出一只巴掌说，他每天可以喝半斤土茅台。大家听了又笑起来。最后的高潮是大领导让吴金玲手把手教他使用簸箕筛选黄豆，虽然大领导一时并未掌握到要领，但他专注而好学的态度还是赢得了大家热烈的掌声。在韦国庆家短短几分钟时间，没有任何事先编排布置，一切都极其自然，效果也相当好。大领导显然也对这个贫困户产生了深刻印象，他至少也看到了一些真实的东西，为此他感到相当满意。临别时，大领导双手抱拳深情地跟韦国庆夫妇道别，说他下次来一定再来看望他们。

每当想到那个时刻，韦国庆心里就会油然生出一种幸福感。韦国庆记得，大领导离开石磨村的当晚，电视新闻里就出现了大领导到他家访问的一组镜头，尤其是他和大领导在南瓜架下的对话差不多有半分钟长。为此村主任韦永常后来还对韦国庆耿耿于怀，每次见到他都嫉妒地责问："韦国庆，你说说，凭什么大领导要进你家，还和你全家照相呢？"韦国庆就神气地睨他一眼说："天晓得哩。"

那些日子，韦国庆都以为自己是进入了梦境，连他自己都对自己感到陌生了，他已然成了一个红人，一个明星。他家人上了电视后不久，省报和市报上也分别发表了大幅照片，也还是大领导和他全家在南瓜架下面的合影。韦国庆记得，照片和报纸是老枪带来给他的。大领导离开后没几天，老枪便扛着摄像机带着两个助手住进了韦国庆家，一住就是五六天。老枪告诉韦国庆，大领导来石磨村视察那天他也来了，只是光忙着摄像，没来得及看看他家。后来他在编播录像报道片子时，才发觉韦国庆一家的表现确实很好很自然很本色很真实，那是他多年来一直想要的那种感觉。

韦国庆听了将信将疑。他说他并不晓得上面领导需要什么，他也没演过土戏，他只懂得老老实实地回答问题。老枪听了如获至宝，忽然冲动地拥抱韦国庆，大声说：“韦大哥，你真是个宝贝啊！”

老枪之前曾经来石磨村拍摄过一个扶贫专题片，和村主任韦永常打过交道，算是熟识了。韦永常晓得老枪又来村里拍电视，一定要请老枪到他家去住，可老枪借口要早晚拍韦国庆一家生活的镜头，因而没有答应。为此，韦永常感到颇有些羡慕嫉妒恨，他忍不住质问韦国庆说：“韦国庆，你家有龙肉还是天鹅肉呀？把老枪记者都给迷住了。”

韦国庆摸摸后脑勺说：“天晓得哩，老枪像山蚂蟥一样，一粘上我们家就不肯走了。”

其实老枪并不老，三十六七的年纪，正是干事业的年龄。他戴着一副厚厚的近视眼镜，留一头半寸长的短发，大热的天也在T恤外面套上一件印有“××TV”的马甲，显得干练而专业。老枪原本并不当记者而是台里的制片，后来台里要在市里设立记者站，他就坚决要求到基层来扛机子。令他感到自豪的是，他才上任不久就被要求做一组关于大石山区扶贫工作的系列报道，而且其中的一个报道竟然让大领导看到了。

后来，许多人才晓得，那次大领导考察的行程并没有安排到石磨村，而是到县城附近的红军村。因为那个村子当年曾经有数十名年轻人参加了红军，如今尚有几个红军家属住在村里。老枪有关石磨村的报道是大领导偶然在省台电视节目上看到的，这个大石山区里的小山村，没有一亩水田，人们靠钢钎大锤敲石头填泥土，造田地种玉米等五谷杂粮解决了温饱。大领导看后大为感动，当即指示随行人员调整行程，顺路探访了石磨村。

老枪无疑是个高人，只在韦国庆家待了几天时间，就拍到了近三百分钟的毛片，最后剪辑成五个各十五分钟的系列纪实短片，把韦国庆一家自从得到大领导探访之后，思想观念和衣食住行各方面的变化纪录得既到位又好看。尤其是韦国庆到圩场买母猪一集，拍得让人看后鼻子都有点发酸。

五个系列纪实短片很快就在省电视台反复播出，电视台记者老枪大出风头之时，石磨村的韦国庆也成了大名人。记者们都是跟风头跑的，看到老枪轻而易举地从韦国庆身上挖到了宝，他们便一窝蜂地扎到石磨村，也想来抢老枪的宝贝。好在记者们行当不同，层次各异，各有来头，因此并没有发生争抢素材的情况。都说记者的鼻子比狗还灵，他们的眼睛就像天上飞的鹞鹰，他们的脑子更像是人脑加电脑，他们的到来，很快就平衡了石磨村的新闻生态。他们除了炒老枪的旧饭之外，同时也把触角伸向村主任韦永常，伸向屠夫苏志虎，甚至伸向全村的每个角落。

各种媒体铺天盖地般横扫了一轮之后，石磨村很快就不是原来的石磨村了。有一天，村里忽然开来了三辆宝马，停在村口的龙眼树下。正当一帮围着苏志虎肉铺闲聊的村人还在发愣之时，一个打扮时髦的高挑女郎从第一辆车驾驶座钻了出来。她轻扭细腰，走过去打开中间那辆车的后门，扶下来一个瘸腿的戴墨镜的年轻人，指名道姓说要见村主任韦永常和韦国庆。然而，当韦永常和韦国庆闻讯赶过来到年轻人跟前时，他们却彼此都不认识对方。看见两个村人一脸迷惘，年轻人才摘下墨镜，操着带浓重粤语口音的普通话微笑着自我介绍说："两位寨老，你们一定还记得以前来你们这里插队的那帮人吧？"

韦永常和韦国庆你看我，我看你，一会才怯怯地点点头，齐声说："记得，记得。"

年轻人说："你们一定还记得，有一个叫作马小楼的，花名叫作犸骝。记得吗？他就是我老爸。"

大伙听了都哦地叫了一声，仿佛已经深藏在记忆里的犸骝又回来了。年轻人从随从手里拿过一只精致皮包，取出一包中华烟和一沓名片，边递给众人边说："我叫马有为，你们叫我阿为好了。"

几名随从见状，立马掏出打火机一一给大伙点烟。

原来，马有为此行的目的是替他父亲马小楼来石磨村看望乡亲。马小楼已经瘫痪在床，看了一系列新闻报道之后，又勾起了他深藏多年的念想，就派在省城当房地产集团总裁的儿子过来看看，有没有可能帮做点事情。

马有为待在石磨村的时间和当时大领导的差不多。他先是去看了当年他父亲插队时住的东家，送了一堆礼物。然后又去了韦国庆家，看见他家的电视机老旧了，便叫随从留下三千元钱，嘱咐他自己去买台新的。马有为的最后一站是村小学。他看见一帮孩子在尘土中抢篮球，不禁感慨万千，当即提出要帮助村里硬化所有的道路，包括给小学建一个像样的标准篮球场。

看着马有为绝尘而去，村主任韦永常才一拍大腿说：“妈的，忙了半天，犸骝的仔他为什么不送我东西啊？不行，国庆，那钱你得分给我一半。”

韦国庆当然没有把马有为给他买电视机的钱分给韦永常。道理非常简单，因为他家比村主任家穷。况且，村主任家的液晶电视足有半块墙壁那般大呢。

想到那年发生的事情，韦国庆现在都还想笑。他承认，要是没有大领导来到自己家，要是没有老枪和那帮记者，鬼才晓得这个山旮旯里还有他韦国庆呢。

·三·

这时候村中的一个地方闪出了一道亮光，韦国庆不用看就晓得是从哪里透射出来的。村主任韦永常家的四层楼房雄踞石磨村的中央，比多数人家的高出一两层，而且是建在一块小高地上，所以就有一种鹤立鸡群的架势。他赶紧扔掉烟蒂，生怕被韦永常看到。

难道韦永常今晚也睡不着觉？他也会像他一样大半夜爬到楼顶上看风景吗？要是这样，他也一定看到了他家堂屋的灯光了。韦国庆有点后悔刚才上楼时没有关电灯，关了电灯人家就不会看到他起夜了。尽管韦国庆家和韦永常家之间距离不近，又有一堵黑暗的墙阻隔，但是他仍然觉得自己和对方离得很近，近得足以让他窥视到自己的一切，甚至看透自己的心思。

韦国庆晓得，韦永常也有上楼顶抽烟看风景的习惯，而且不分白天晚上，不管有事没事，他每天早晚都会出现在楼顶上。村主任总是让石磨村的村民感觉到，他每月每天甚至每时每刻都可能会出现在那座楼顶上，即便是他人不在，他也会通过喇叭来显示他的存在。村主任在他家楼顶上总共安装了四只高音喇叭，分别朝向东南西北方向。不晓得是得到了哪个高手的指点，韦永常还把报章上所有宣传石磨村的文章都进行了录音，然后配上各种各样的歌曲，每天分早中晚三个时段反复滚动播放，真是不绝于耳。俗话说耳不听心不烦，韦永常已经烦了他好些年了，他真的不能再忍受了。

楼下传来了老岳父剧烈的咳嗽声。韦国庆再也无心继续待在楼顶上看夜景了，赶忙快步冲下楼。他从保温瓶里倒出半盅开水，又从药箱里找出一包止咳药，然后推开门走进老岳父的房间。电灯亮时，他看见一只猫从老岳父的床上跳下来，跃到窗口，贼溜溜地回头瞄了他一眼，一声不响地溜走了。

"这里怎么会有猫呀？"韦国庆自言自语地说。

"来……来过几回了。都……是夜里来……咳咳……"

老人的咳嗽丝毫没有停止，韦国庆坐到床头上，一手托住老人的上半身，一手用毛巾帮他接痰。韦国庆注意到，老岳父的咳嗽声几天前听起来还是沉闷的，而现在却是清脆震耳，还伴有类似击打金属的声音。老人努力从喉咙中哈出一口浓痰，吐在毛巾上，韦国庆看到了一种暗红的污物，心头不由一紧。

“爹，明天还是去县医院吧。”韦国庆忧心地说。

“你说……大领导他真的不来了吗？”老岳父喘着粗气说。

“爹，别管什么大领导来不来了。明天，我们请医生来家给你打针吧。”韦国庆说。

“不打了，大领导不来我们家了。别，别费那个钱了。我也该，该死了。七十三，八十四，我都快八十了，活够了。咳咳……”老岳父累得把头斜靠在韦国庆怀里。

老人稍事安定，妻子吴金玲披着衣服走了进来，她从床边桌子上把温开水和药片送到父亲嘴边。然而老人却用力把她的手推开，盯住她说：“金玲，你明天让老家那边……马上把我那个杉木棺材送过来。”

吴金玲鼻子一酸，说：“爹，你莫乱说话，你是老毛病，吃药会好的。”

“大领导不来了，你们别哄我了。七十三，八十四……咳咳……”老人说。

老岳父又是一阵连续的喘咳，咳嗽声让韦国庆听得都有点悚了。稍停之后，夫妻俩才又一番好言软语相哄，老人才勉强同意吃药喝水，然后在韦国庆怀中渐渐睡着了。

能见到大领导一面并且能和大领导照一次相，是老岳父余生最大的夙愿，也是他年后从老家搬过来和女儿居住的主要原因。老人家晓得，女儿和女婿因为得到大领导的眷顾，不仅成了名人，也得到了不少好处。比如这栋两层半的小楼就是各方面资助建起来的，其他的一些大大小小实惠就更不用说了。大领导视察石磨村的第二年，老人家就曾经过来住了一小段时间，期待能够见到大领导一面。第三年老人家也来了，可是大领导都去了别的地方，就是没再来石磨村。老人家觉得，大领导那么忙，一定是把石磨村和韦国庆给彻底忘掉了。这么想了，老人也就不再去想这种福气会降临到自己头上，于是就死了心安然地过属于他自己的日子。然而，人除了有理想之外还是要讲运气的，老岳父就是这样，老天真的和他开了个大玩笑。第四年春节前几天，他还跟韦国庆他们一起杀了年猪，打算留下来一起过年的。然而腊月二十八的晚上他做了一个梦，见到了他逝去多年的老伴和父亲。他意识到这是家里的神灵在呼唤他回去，他应该在过年期间在祖屋给祖宗和鬼神们上几炷香。就在老人家回老家的第二天，和上一次一样，一群县镇领导又一阵风地来到石磨村，密匝匝地把村道和韦国庆家里里外外扫了个遍。傍黑时分，大领导一行忽然出现在村头，径直往韦国庆家走来。

老岳父是在电视里知晓大领导来韦国庆家的。大领导这次来韦家的主要活动是和主人一起包粽子，一起吃乡村的年夜饭。看到自己女儿女婿跟大领导一起吃饭说笑，老人家当即后悔得大声地骂起人来，他先是骂了自己一顿，然后是骂死去的父亲和老伴。要不是为了给他们上香他就能见到大领导，甚至和大领导一起吃饭，一起照相了。老人家告诉儿孙说，大领导用来包粽子的粽叶就是他亲手洗干净的，大家听了就都一起为他惋惜。

老岳父是三天前突然病倒的。前些天韦国庆刚从广东看老大回来，不承想刚回来老人就又病了。虽说老人生病也是常见的事情，但是这次却和以往不同，老人居然拒绝到医院去看病，而且连请医生到家来也不允许。吴金玲为此埋怨韦国庆说："你根本就不应该跟爹说要带他到广东住什么狗屁养老院，你只顾你自己安逸，不顾别人死活。"韦国庆承认，可能是自己太想离开石磨村了，没经过深思熟虑就跟老人家说了自己的打算。老人受不住惊吓，一下就老毛病复发了。乡村里的老人顾忌很多，他们老了都很忌讳离开家乡，生怕死在他乡被当成野鬼成不了祖宗。

其实，韦国庆也不是不晓得老人家有这些顾虑。他觉得，与他现在的处境和困难相比，老人的安置并不是排在最前面的问题，而是第二第三位，甚至是第四第五位了。他已经多次跟吴金玲说过，他不想在村里再待下去了，他想走得越远越好，躲得越深越好。他早已厌倦了跟各种人物打交道，他不只是厌烦了县镇领导，也厌烦各种各样的记者作家。他更不想每天都面对村里的死对头韦永常，他时刻都想逃离韦永常的魔影，好好享受阳光的照射。

然而，吴金玲并不认同韦国庆的想法，她说连牛都是喜欢吃新鲜的草，现在他这坨干粪对于新领导来说已经没什么吸引力了。她觉得他的烦恼是暂时的，现在的人都喜欢追逐新鲜的事物，再熬个两三年，人家就会把他们家忘记得一干二净。况且人都这把年纪了，不在家乡老老实实地待着，还能到哪里去流浪呢！

韦国庆总觉得今年过得很不顺畅。在老大受伤和岳父病重之前，也是接连出了几摊不大不小的事情，搞得他都快要发疯了。不仅如此，妻子吴金玲今年的脾气也是特别暴躁，动不动就和他顶嘴，一不顺心就埋怨他，害得他有好几次都想跟她动手了。

他把老岳父轻放在床上，到厨房里草草洗了把脸，关掉堂屋的电灯回到房间，刚脱衣躺到床上，就听到吴金玲吸鼻子抽泣的声音。韦国庆一惊："哎，你又怎么了？"

"韦国庆，你是想眼睁睁看我爹病死了，你好拍屁股去广东。"吴金玲吸鼻子说。

"你怎么这样说呢，我有这么歹毒吗？"韦国庆有些生气了。

"你就是歹毒，你就是见死不救。我爹咋那么命苦呢，仔不成仔，女婿不像女婿。我们家的男人怎么都不是人啊？天呐！"吴金玲低声哭泣说。她生怕另外屋子的父亲听到，干脆用被子把头蒙起来。

"哎，哎，你，你怎么又骂人啊？"韦国庆气哼哼地从床上坐起来，愤愤地说，"哼，你们家兄弟心黑得喂狗狗都不想吃，他们能和我比吗？我韦国庆是什么人你不晓得？全县、全市、全省、全国人民都说我好呢！"

"你好不好你自己晓得，人家给你戴高帽你就以为是真的了？我没见过像你这么蠢的人呢。"吴金玲强硬地说，

“韦国庆，你明天要是不去请医生来帮我爹看病，我就打电话给老枪，说你要逃跑了。”

韦国庆听了心头不由一震，黑暗中他真想朝她捶上一拳，但转念又想，女人靠哄不能硬来，免得她坏了自己的计划。于是急忙软下来，伸手扯了扯被子说：“哎，哎，你怎么这样哩，好歹我们也是二十几年夫妻吧？我爹命不好，不到七十就死了。我们是夫妻，你爹就是我爹呀，不是吗？老人家病了我比谁都着急，不是吗？我说送去医院他不肯，说请医生他还不让请，你让我怎么做人啊？我做一个女婿容易嘛！”

吴金玲停止了抽泣，一会又说：“反正，你要是天亮了不去请医生，我，我就不饶你。”

“得，得，得，天一亮我马上出发。”韦国庆赶忙应承。老话说，好男不跟女斗。

韦国庆又躺了下来。不一会吴金玲似乎气也消减了，手和腿同时伸到他身上，却被他推开了。

·四·

没等韦永常的早广播结束，一大早韦国庆就坐头趟公共汽车来到县城，正巧看见一头乱发的老枪和县宣传部的小梁在街边走。碰见韦国庆，老枪就拽住他要他一起去吃麻鸭粉。想撇开老枪是不可能了，因为出门早，他肚子还是空的，所以没怎么推辞。很多外地人来到这个县城，都不愿吃招待所的早餐，宁肯到街边来吃麻鸭粉。麻鸭是这一带的名产，鸭不大，一只两三斤的样子，肉质非常清香美味。用鲜鸭汤配以煮熟的白切鸭肉，加上店家自己蒸制的米粉，再加入当地产的辣椒细葱酸笋，味道很是可口。老枪每次吃麻鸭粉都是吃两碗，这让韦国庆对他有所不齿。在吃饭方面，他看不惯老枪的地方很多，比如饭桌上主人没到或者到了没发话，他就自顾自低头夹菜先吃了。老枪的吃相也很差，一张四方桌，他一个人就叉开腿张双臂占了一方，而且吃东西时把嘴巴咂得跟猪吃食一般响。当初，韦国庆以为城里人都这样吃饭，可是有一次来了几个北京上海广州等大地方的记者，人家吃饭是挺斯文的。他有时觉得，老枪这人什么都好，就是吃饭的时候让人看了不舒服。

老枪听说韦国庆是来请医生的，呼噜噜几分钟就把两碗麻鸭粉全吃进肚里，二话不说就和他上了一辆拉客的小三轮，直奔县医院而去。县医院门诊部刚刚上班，许多医护人员还没进入角色，询问什么也是不理不睬的。老枪碰了两次壁之后，便带着韦国庆直奔值班主任室，一进门就亮出记者证，要求主任立刻派人出诊。主任显然也知道记者的厉害，自然不敢怠慢，当即就打电话安排车辆和医护人员，并亲自带领二人办理了相关手续。没想到老枪掺和进来动静这么大，韦国庆并没有足够的思想准备，他衣袋里只有三百多块钱，连救护车的押金都不够。他本来只是想找医生先了解一下情况，然后再作打算。可是不等韦国庆开口说话，老枪就已经掏出钱包把一沓钱递给了收费员。韦国庆急忙阻止说：

“哎，这样不好的，老枪。这样不行。”

老枪把韦国庆挤到一旁，说：“我有钱，先垫支给你。”

收费员接过去数了十张大钞，又把剩余的递回给老枪。

“这样不好的，老枪。我也有这个钱。”韦国庆试图挤到他前面说，“我去银行取一下就行了。”

“不行，救人要紧，银行九点钟才上班。”老枪固执地说。

老枪把出诊单交给了等候在门口的男医生，这时救护车开过来了，男医生和两名护士跃上了车。不料这时候韦国庆和老枪又发生了争执，老枪还要一起上车去石磨村，他不同意。韦国庆不想让老枪把事情搅得满城风雨，他也晓得老枪很忙，不能再耽误他的时间。老枪则认为，韦国庆家的事就是他的事，老人病了要就医，是他请的医生他就得去。最终还是医生出来帮老枪说话，两个人才一起钻进车里。

在车上，韦国庆告诉老枪，他老岳父老毛病又犯了，咳嗽咳出了血。可能是听说大领导不来了受了刺激，病得更重了。最让他头疼的是老人不愿意到医院治病，害得吴金玲老是埋怨自己，搞得他里外不是人。他还告诉老枪，老岳父的头脑也不灵醒了。上个月有一天老岳父自己一个人去村后山脚挖竹笋，早早就肩上扛一把锄头腰上别一把砍刀出发了，可是直到吃中午饭时间了还没见回家。韦国庆夫妻觉得情况不妙，急忙带上四眼到山脚去找，结果是夫妻俩在山脚下转了半天也没找到人，后来是四眼在山的另一边找到了老人。当时他坐在一棵木棉树下，已经是又累又饿，奄奄一息了。

老岳父声称，他早上花不了多长时间就挖到了几根竹笋，早早就返程回村，不料走到了一个岔路口时脚被什么东西绊了一下，他身子转了半个圆圈，于是他走到另一条路了，而且越走越远，不晓得回来了。

老枪听了笑说：“人老了记忆力差，这是自然规律。我父母就经常为煮菜多放一次盐而吵嘴，往往刚刚放了盐，记不得了又放一次，菜咸了。两个人都犯糊涂，然后互相指责。热闹得很。”

救护车停在村口的大龙眼树下，老枪第一个跳下车，抢先扛起担架走在前面。韦国庆看不过眼立马上前去抢，最后是两人一前一后提着担架走进村巷，三个医护人员一人背一个小箱子跟在后边。当一行人进院子时，四眼显然极少见到穿一身白大褂嘴戴口罩的陌生人，竟汪汪地一阵猛吠，直到韦国庆对它吼了一声，才夹着尾巴避到一边。

韦国庆带着男医生和老枪推开老岳父的房门时，他又看见那只猫了。猫似乎不大愿意离去，匍匐在窗台上幽幽地回头瞄了众人一眼，然后消失了。

老人家在韦国庆他们进来之前还在昏睡，在他们推门而入的瞬间突然又剧烈地咳起来。男医生趁机坐到床头，叫韦国庆将老人扶起来，打开他的衣襟，然后将听诊器贴在老人皱巴巴的胸膛上。开始时老人试图阻止男医生为他听诊，双手乱舞不止。韦国庆和老枪默契地从两边捉住了老人的手，他只好坐在床上边咳嗽边乖乖地接受检查。

男医生神色从容地将听诊器在老人的胸部和背部游移，

之后又检查了腹部和双腿，随后让护士进来给老人量血压。初步检查完后，几个人出到堂屋。吴金玲早已把两盆水和香皂放在走廊边上，招呼大家洗手。

没等洗净手脱下口罩，老枪就猴急地问：“医生，老人家是什么病？”

“肺。”医生说。

“严重吗？”

“不乐观。”

“医生，到底有多严重？”

“不好说。”

“医生，你这不是敷衍我们吗？我们家属有权知道病情。”老枪说。

“是啊，我们爹到底得的什么病？你就不能明说吗？”韦国庆焦急地说。

医生用力脱掉口罩，面色有些愠怒地说：“哎，两位，你们怎么这么说话呢？我晓得你们心里急，但是再急也不能逼我乱说吧！”

“医生，我告诉你吧，病人不是一般的老人。”老枪转头对韦国庆说，“韦哥，去把那张照片拿出来给医生看。”

韦国庆没搭腔，他会意地往屋里走去。医生和护士不知老枪会拿什么东西来吓唬他们，都眼睁睁地往屋里看。过了十几秒，韦国庆左手拿一张半幅报纸大的照片走出来，边走边用衣袖擦拭上面的灰尘。没等他站定，老枪就从他手上一把扯过照片，先是自己端详一眼，然后用双手递给医生，盯住医生说："你看看，这是谁跟他们家照的相？"

两个护士也好奇地凑近来，伸长脖子看。其中的一个啊地叫了一声，说："是大领导啊！"

医生也如梦初醒，盯住韦国庆说："原来是你啊，我说怪不得这么脸熟呢。"

韦国庆有些得意地说："是我，当然是我。"

老枪担心他们再说下去浪费时间，换个口吻说："医生，你们现在已经知道这个老人家和这个家庭了吧。我之所以让你们看这张照片，主要是希望你们更加重视这个老人家的病情。我还给你们透露一个信息，我们省电视台准备拍一个他们家的片子，然后送去给大领导看，大领导很牵挂他们一家。因此，老人家的病必须尽快治好，这个片必须有老人家的镜头！"

听老枪这么一说，医生顿时眉头变得紧锁，脸色也凝重起来，说："老枪记者，不瞒你说，老人家的肺坏了。"

"肺坏了？"韦国庆和老枪同时惊叫起来。

"在这里我确实没办法确诊。我初步判断可能是肺气肿，还伴有肺功能衰竭。"医生说。

"很严重吗？"老枪问。

"当然严重了。你说，肺功能出问题能不严重吗？它还会引起一些并发症，不好控制。"医生说。

"那，目前有没有生命危险呢？"老枪问。

"这个还不好说。如果家里同意的话，最好还是到医院去做一个系统的检查，然后先住院打针吃药，控制一下炎症。”医生说，“不过从长远看，想治好是很难了。”

“能不能开一些特效药，自己拿回来服呢？”老枪说。

医生表情古怪地瞥了老枪一眼，说：“我们县一级医院能有什么特效药，你们大城市那些高级病房才用得着哩。”

老枪哦的一声，把韦国庆和吴金玲扯到一边，神色庄重地说：“你们马上去准备一下，我们一会立马送老人家到医院去。”

韦国庆为难地说：“这个事，我去讲恐怕不行。金玲，你现在进去和爹说吧。记住，不要说是去留医啊。”

老枪叮嘱说：“要慢慢说，好好说。只要老人家同意上车就好办了。”

吴金玲听毕赶紧往屋里去了。韦国庆佯装轻松地从袋里掏出香烟，抽出三支，先递给医生一支，医生摆摆手表示自己不抽烟。他又递给老枪一支，并帮他点着了，接着他又自己点了一支。

“医生，我岳父还能治好吗？”韦国庆盯着医生说。

“这个病很难治得好了。去医院也只是控制一下病情而已。你们要做好思想准备……”医生欲说又止。

“要做什么准备？”韦国庆瞪大眼睛问。

“你们都看见那只猫了吧？猫很有灵性，它能接收到比人类更多的信息。我敢肯定，猫出现在老人家房间，不是什么好兆头。”医生说。

老枪皱着眉头盯住韦国庆：“要是老人家不愿去医院怎么办？”

“我也不晓得怎么办。不过，他应该会听金玲的。”韦国庆颇有把握地说。

两人正说话，吴金玲走出来说：“我爹他同意了，准备走吧。我马上给他收拾衣服。”

韦国庆以为听错了，愣怔一会，才对老枪说：“想不到啊，我老婆做思想工作也这么厉害哩。”

“知父莫如女，别看小人家。”老枪说。

·五·

把老人家送进医院，办妥了手续，老枪回市里去了。看老枪钻进电视台的越野车远去，韦国庆竟然感到有些空落。狗日的老枪肚子里其实也有一副好心肠呢，再怎么说也不能把坏事情全摊在人家身上呀。他想。

老枪才走，吴金玲也要回去了。老父亲已经交给了医院，她相信他会熬闯过这一关，会被治好的。家里还有一头母猪和一些鸡鸭，虽说有四眼在家照看，但她还是放心不下。临走时吴金玲从布袋里掏出一个小本子递给韦国庆，低声说：“他爹，这里有一笔钱，是给爹治病的。你不要不舍得花，无论如何要让医生把爹治好。”

韦国庆的手不由自主地把本子接过来，翻看后瞪大眼问：“哎哟，你哪来一万块钱哩？”

吴金玲斜了他一眼说：“人家给的，有空再说给你听吧。”

说完，便撇下发愣的韦国庆，转身走到街边，抬手招了一辆三马仔，钻了进去。

韦国庆站在县医院大门旁边目送吴金玲远去，好久才缓过神来。他再次打开存折，看见里边粘着一小张纸条，上边写了“20011010”八个数字。他拿开纸条往本子硬皮上细看，上面户名居然打着他的姓名，而正页的格子上只有一行细小的数字，显示开户存入10000.00。很显然，这笔钱是2001年10月10日存入的，而纸条上的这一串数字应该就是存折的密码了。忽然从天上掉下一万块钱，真是打瞌睡碰上枕头了。这个吴金玲，什么时候居然背着他偷偷收留这样一笔钱呢？而且一收就是十来年啊！全石磨村的人都晓得，韦国庆他们家日子一直是过得紧巴巴的，即便是老大老二读书毕业打工去了，也从来没有人看见他们夫妻俩上街一次花过几张百元大钞的。现在，他手里居然捏着一本万元的存折，就是老岳父病得再重一点他的脚也不会打抖了。

回到病床边，看见老岳父斜躺在床上，左手正打着点滴，他微眯着眼，喘息声时大时小，神态安详。从石磨村到县城一路走来，韦国庆一直纳闷，吴金玲是用什么法子让老岳父乖乖听她的话，同意上救护车到县医院来治病的。之前老岳父犟得像头未驯服的牛，说什么也不肯离开家门，更不用说离开石磨村了。吴金玲她一定是摸准了这头牛的脾性，让他顺从了。这时候，他忽然觉得，每晚睡在身旁的吴金玲绝对不只是会摸他蛋蛋这么简单。

老岳父在医院吊了两天针，似乎精神多了，咳嗽也有了缓解，但是检查的结果却不好。主治医生告诉韦国庆，老人家得的是肺癌晚期，而且癌细胞已经扩散，肺部开始衰竭，人活不了多久了。听到这个消息，韦国庆整个人立马像被抽了筋似的，瘫软在椅子上久久说不出话。虽说他跟老岳父不是亲生父子，但他们的关系一直很好，从来没有吵架斗嘴红过脸。想当年韦国庆家穷得没什么人来往，他硬着头皮去初中同学吴金玲家提亲，老人家并没嫌弃他。他对家人说，韦国庆个子不高，但额头阔嘴巴大，是个有福之人，早晚会有好运的。这样，吴金玲就嫁给他了。

韦国庆缓过气后就直接问医生，老人家到底能活多久，是一个月还是几个月，或者是半年还是一年。医生是个严谨的人，一时被他问得不知该如何答复才好，低头蹙眉想了半天才告诉他，老人的日子不会有多久了，家里有什么好吃的就弄过来给他吃，坟地棺材什么的也还是早点准备为好。

韦国庆觉得医生的话似一盆冰凉的水，把他一下从头淋到了脚，浑身一阵冰凉。话说到这个份上，他也不好再难为医生，眼下最要紧的是把病情告诉吴金玲，为此他要先回一趟家。

走出医院大门，他的手不由自主地伸进腰包，掏出手机拨了老枪的号码。他把老岳父的病情简单说给了老枪，电话那头的老枪似乎早已料到这个结果，反应倒是平静。老枪告诉他，不管花多少钱，无论如何也要老人家继续住院治疗，千万不要急于回家，过几天他就要过来拍片子了。韦国庆听他这话，触了电似的马上掐断了电话。说实在话，他现在太怕老枪了。至于为什么怕，他又说不出一个真实的理由。

韦国庆刚想招辆三马仔去车站，抬眼却瞥见“农贸市场”几个金光闪闪的大字，双脚又禁不住朝那个大拱门走去。他晓得，农贸市场里边有老岳父喜爱的东西。现在他口袋有钱了，可以优先考虑满足老人家的胃口。

他在烧鸭摊上挑选了几个黄灿灿肥糯糯的鸭屁股，放到秤盘上。少妇店主始终用好奇的目光看着他，忍不住笑问：“阿叔，这些鸭屁股个个都长得一个模样，咋还要挑选呀？”韦国庆讪笑说：“嘿，我要选肥一点的，我们家老人牙齿都坏一半了，怕他咬不动。”

韦国庆晓得，老岳父饮食上没有特别的爱好，就是特别喜欢吃鸭屁股和鸡屁股。记得将娶吴金玲那阵子，他第一次拜访未来岳父母家，吃饭时，按照乡俗是要先夹了鸭头给准岳父的，但人家并不领情，竟然一脸不悦。后来经人点拨，他才把鸭屁股夹给了准岳父，多少挽回了点形象。老岳父虽然老了，却有一头浓密的黑发。他经常炫耀似的说，这是他多年吃鸡鸭屁股吃出来的。他还晓得老岳父特别喜欢吃豆腐乳和辣椒酱。缺少肉食和菜蔬的年代，老岳父常常从山里挑一担木柴到镇上去卖，换回几块豆腐乳和一小瓶辣椒酱，然后拿回家锁进箱子里。吃饭时先由他用小勺一点点地分到家人的饭碗里，然后教孩子们用筷条尖一点点地嘬吃。虽说后来生活慢慢好了，但老人家碗里的豆腐乳也是少不得的。

他在小超市挑中了一瓶价钱最贵包装最好的豆腐乳，又踅进街边的烟酒店，买了两包中华烟和一包自己抽的便宜烟，往医院赶去。

·六·

真是不是冤家不碰头。刚下车，韦国庆就和背手在村巷里闲逛的韦永常遇上了。

韦国庆刚想绕过去，却被韦永常堵住了去路，冷笑说：“韦国庆，我这两天手头有点紧，我那两头牛的钱，你要马上给我。”

韦国庆已经记不起这是第几次被韦永常逼债了，他将目光从一旁收回来，缓缓抬起头，直视对方，不卑不亢地说：“你要的钱，没有。要命，有一条。”

“哎，哎，你怎么还这样啊？”韦永常抖了抖手上的一张皱巴巴的纸条，气急败坏地说，“你欠我两头牛，一头三千。你说，你还不还？”

“不还！牛是你们自己牵来我家的，纸条是你自己写的。”韦国庆说。

“你！好吧，韦国庆你等着。老子现在马上就去市中级人民法院告你！”韦永常气咻咻地往车站走去。

韦国庆相信韦永常说到做到。之前他已经两次上法院告韦国庆了，不过上两次都是去县法院，两次结果都是判庭外和解。可是每次和解之后，韦永常还是照样不甘心不服气，还是时常找韦国庆的茬。他们这场纷争缘于多年以前的那个除夕，为了让大领导能够看到韦国庆家生活的巨大变化，镇党委张书记临时决定让韦永常拉来两头水牛，拴在院子的一角。韦永常二话不说就把自己家的一头母牛和一头小牛牵来了。可就在大领导在韦国庆家吃过年夜饭离开之后，当晚，两头牛因为惧怕除夕的鞭炮声而走脱了，从此不知去向。韦永常要求韦国庆赔牛，韦国庆称牛是韦永常自己拉来的。于是，两家人的拉锯战就不可避免地打起来了。为了这件事，张书记也曾经亲自把双方请到镇上进行调解。饭桌上，张书记许诺要对韦永常进行补偿。可是那餐饭之后不久，张书记提拔到别的县去了。韦永常干脆自己立了一张字据，要求韦国庆赔偿他家那两头牛。为了让字据更加可信，韦永常还找了村里的十多个人签名摁手印作为旁证。

对于这件事，韦国庆觉得自己也有没看管好的责任，但是他坚持认为，那两头牛不是他要求韦永常牵来的，也不是他亲自把牛拴在院子里的，而拴牛的恰好就是韦永常。因此，这牛无论如何也不应该由他来赔偿。当然，韦国庆也有不地道的地方，比如为了拍电视好看，或是让各级领导看到他家生活的变化，镇上和村里总是绞尽脑汁想办法把他家装扮一下。干部们曾经从一些养殖场或养殖户借来畜禽，放到他家圈栏里饲养。开头几次他还让人家拿回去，后来他慢慢就不让拿了。开始是扣下一小部分，后来越扣越多，数目也越来越大。当有一次他把人家农机站的小四轮拖拉机扣下之后，人们就不得不用另外一种眼光来看他了。

韦国庆还没进院门四眼就冲了出来，嗷嗷地在他两腿旁围圈撒欢。四眼对主人的脚步声太熟悉了，常常是他人还在巷口它就听出来了。和别的老狗不一样，四眼虽然到了耳聋眼花的年龄，但是它仍然听得出主人的脚步声，常常冲出门外殷勤地迎接主人。四眼的忠诚和热情多少让韦国庆感到有些欣慰。他觉得，有灵性的狗就跟聪明而有悟性的人一样招人喜爱。同样，忠诚于主人的狗也和会孝敬父母的儿女一样叫人宽慰。

韦国庆双脚刚跨入院门槛，鼻子里就钻进一股檀香的气息，同时一阵清脆的铜铃声也飘进了他的耳朵。这时候他已经大体上能判断出屋里正在做什么事情，于是脚步不由得慢了下来。从节奏急促的铜铃声和低沉的诵唱声中，他已经晓得屋里的道士非村里的斜眼叔公莫属。虽说韦国庆和斜眼叔公以往没有什么大的过节，不过自从大领导第一次访问他们家之后，斜眼叔公就没再踏进他们家院门一步。有一次韦国庆小肚子疼得眼泪都飞出来了，吴金玲去跪请斜眼叔公来给他做法事，人家硬是不愿意来。最后吴金玲迫不得已打电话给了老枪，老枪帮她拨打了120，接他到医院割了一刀才免于一死。后来韦国庆一再追问斜眼叔公，是什么原因竟然让他见死不救，但斜眼叔公一直不肯说出原委。他越是不愿说，韦国庆就越是心里打鼓。

由于有了这种莫名的顾忌，韦国庆就不大想在自己家里看到斜眼叔公。在他眼里，斜眼叔公已经变得有些神秘诡谲，甚至有些邪乎了。他晓得，吴金玲能够请斜眼叔公来给老岳父做法事，一定是在他不在家的情况下他才愿意的。要是斜眼叔公这时候看见他回来，那该有多尴尬呢。

韦国庆到底没有让双方尴尬，他选择了离开。他在屋檐下晒衣物的竹竿上摘了一只塑料袋，又抄起一把斧子，出了院门。四眼见状，嗖的一声窜到了主人前面，成了开路先锋。韦国庆径直走出村子，钻进一片松树林。四眼显然在家里憋坏了，进入山林后兴奋得四处乱跑，不时还发出猎狗一般的虚张的狂吠声。韦国庆凭着记忆在林子里边摸索边走，一直走到一处崖壁下才停下来。他抬头往崖壁上看，崖上一人高的地方有一道狭长的石缝，星星点点的蜜蜂从洞口飞进飞出，发出欢快的嗡嗡声。这里是他的领地，也是他的发现。每年冬夏，他总能够从这个石缝里撷取两次沉甸甸的蜂蜜。这里的蜂蜜不仅纯净，而且味道甜美。老枪第一次品尝他打回去的蜂蜜时，直把嘴唇咂得叭叭响，还说天底下没有什么比得上这蜂蜜甜美了。

虽说距离上一次取蜜还不足三个月，但是洞里的蜂蜜一定也不会少。韦国庆从草丛中抽出早已备好的两根臂膀粗的树干，再用野葛藤绑扎成一把简易木梯，架到崖壁上。然后从袋里取出三根香烟，用草叶捆成一束，塞进张成圆形的嘴洞里。他慢慢地爬上木梯，站到洞口下，再掏出火机将烟点上，狠吸了一大口，又缓缓地将白烟一口一口地喷进洞里。

韦国庆发现这个野生的蜂窝有好几年了。在他生活的这一带乡村，野生蜂蜜的品质是上好的，而居住在石缝中的蜜蜂采酿的蜜更是极品。因而他不想用火攻的方式取蜜，那样就会把蜜蜂烧死，不死的蜜蜂也会飞走不会再来。第一次取蜜很辛苦，他甚至使用了锤子和钢钎，一点一点地凿宽洞口。然而，那些野生蜜蜂可不是好惹的，疯狂地对他的手又蜇又咬，好在他嘴里衔住一支烟，要不他的脸庞一定被蜇成了柿饼。每次取过蜜之后，他还有意给蜜蜂们留下一大块通透剔亮的蜜巢，这样才不至于让蜜蜂们挨饿致死。取过蜜后他都会用碎石块将洞口还原，只留几个微小的洞眼，以防其他入侵者爬进去抢蜜。

在这一带乡村，大家都会自觉遵守一个规则，就是任何人发现了一个什么东西，只要他做了记号，别人就不会掠取。这样，韦国庆每次在蜜蜂洞口都垒上小石块糊上湿泥巴，即使是有人看见也不会有人动。

韦国庆花了差不多一支烟的工夫就取到了几片蜂蜜，放进塑料袋里并勒紧了袋口。他把蜂蜜挂在松树枝丫上，又像往常一样将洞口堵好。然而，就在他大功告成的一刹那，他忽然感到一阵头昏眼花，双脚也跟着颤抖发软，整个人如同中了枪似的从木梯上歪倒下来。

与此同时，端坐在神台前摇铃诵经的斜眼叔公突然停止了动作，接着连咳了几声，因为他嘴里钻进了一只虫子。这只不知名的虫子不知是气流的作用还是气味的原因，一头闯过了斜眼叔公两片发黑而干枯的嘴唇，又闯过他掉了两颗牙的门洞，直接撞到他的舌根。

这一突发事件引发了斜眼叔公一阵剧烈的咳嗽，他原本皱巴的脸顿时扭曲起来。坐在一旁的徒弟立马扑过去架住了他，并对在一侧发愣的吴金玲大声说：“快拿茶水来！”

斜眼叔公试图把虫子咳出来，但虫子似乎被他的唾液粘住了。他深吸一口气，接过茶杯往嘴里猛灌了一口茶水，然后伸长脖颈仰面朝天，从喉管里喷出一股胸气，发出类似滚水一样的嗬嗬声，漱了漱口，一仰脖咕噜噜地将虫和水吞咽进肚子里。他把茶杯递给徒弟，用腻得发亮的袖口擦了一下嘴，哀叹一声说："金玲啊，法事我们做不下了，就做到这里吧。"

吴金玲一惊："叔公，为哪样啊？"

"兆头不好。"说着，斜眼叔公缓缓地站起来，微眯着眼说，"阎罗王看上你爹了，他命数到头了。你们赶快准备后事吧。"

吴金玲绝望地攥住斜眼叔公枯槁的手，央求说："叔公，你要做下去啊。求求你，救我爹一命吧。让我爹活得好好的，我们还想让他见到大领导呢！"

斜眼叔公说："金玲，我晓得你不愿意你爹走，可是阎罗王点名要的人，谁能挡住呢！"

吴金玲听了眼窝立刻滚出两汪泪水，扑簌簌地滴落到两人的手上。

斜眼叔公下意识地抽开手，拂了拂道袍，怜悯地说："金玲呀，不是叔公不想帮你，是帮不了你。午饭我们也不吃了。你一个女人在家，不方便，以后再说吧。"

见叔公话已讲到这个份上，吴金玲也不好再强留人家，急忙从衣袋里拿出两张五十元钞票塞到他手里。斜眼叔公没有推拒，他边麻利地将钱塞进衣兜边挪步往门口走。他徒弟不声不响地将经书皮鼓铜镲铜铃等道具快速装进竹篓，又把台上的一对熟鸡鸭卷进麻布袋里，快步追师父去了，留下吴金玲木头一般站在堂屋里。

韦国庆仿佛到一个无声世界去漫游了一回，终于又听到了四眼的汪汪叫声。四眼边哀叫边不停地用粗粝的舌头狂舔主人的脸庞，直至他右眉骨上的伤口停止流血。他睁开眼睛时，首先看到的是一张硕大而变形的狗脸，而四眼眉上的两个白点更像是两团皓白的棉朵。

他试探性地眨巴一下眼皮，看到的确实是四眼兴奋的脸。他攥紧双手又放开，感觉十个手指还是听从他使唤。他又活动了一下脖颈，然后将双手撑在地上，慢慢地挺起上身，坐了起来。这时候，他才感觉到右膝盖处传来一阵火辣的疼痛，再一看，血渍已经渗到了牛仔裤外面。原来是他的膝盖被石头硌破了，外侧擦掉了一块两指般大的皮肉，一处小口子还在浸血。他赶忙从衣袋里取出烟包，抽出两支烟，小心地撕开纸皮，将烟丝粘到流血处，不一会血便止住了。

韦国庆脱下衬衣，又把背心脱下来，用力把它撕成一块布片，然后把膝盖包扎起来。确定血已经被止住之后，他才站了起来。四眼站在一旁，激动得猛烈地摇头摆尾，嘴里发出嗷嗷的叫声。这时候他才感觉到有些头疼，伸手一摸，原来是后脑勺隆起了一个李子一般大的肿包，用力压一下便疼得他咧开了嘴。他晓得这里是头脑最致命的一处地方，要是脑壳破了，他就完蛋了。

他迈动腿脚，尝试一下还能不能行走。身体的各个部位告诉他，除了膝盖和头部，其他地方零件都还是完好的，他只是觉得肚子很饿，浑身软绵绵的。他取下装蜂蜜的塑料袋，打开来掰下一小块蜂巢，塞进嘴里，一股清爽的甜味立马在嘴巴和胸腔扩散开来。站在他跟前的四眼也晓得主人吃的是好东西，它歪着头紧紧盯住他的一举一动。看见四眼的样子，他都有些心痛了，赶忙又掰了一小块蜜，递到它嘴边。它张嘴舌头一卷，呼啦一声蜜便进到了嘴里。

韦国庆和四眼回到村口时，恰好碰上一脸哀伤的吴金玲，她手里拎着布包，正准备搭车进城去。看见丈夫摔成这个样子，不禁大惊失色："天啊，他爹，你咋伤成这个样啊？"

"我想搞点蜜给爹吃。"韦国庆淡淡地说，"老猫跌碗架，从木梯上摔下来了。"

夫妻俩不再多说什么，便相互搀扶回到家里。刚踏进门，韦国庆忙说："斜眼叔公呢？"

"什么叔公啊？"吴金玲佯装糊涂。

"别装糊涂了，我九点多钟回来，听见他在屋里摇铃铛呢。"韦国庆有些生气地坐到椅子上。

吴金玲听了，面色又哀伤起来，眼睛也潮湿了。她带着哭腔说："叔公说……爹他治不好了。"

韦国庆叹息说："孩子他妈，叔公他狗日的说中了。我赶回来就是要说给你晓得，医生也是这么说的。"

吴金玲的脸迅速皱起，双眼一闭，嘴角一咧，禁不住哇的一声，哭了起来。

·七·

韦国庆和吴金玲夫妻俩走进县医院103号病房时，老人家正坐在床头边的独凳上咂巴嘴吃饭。他嘴里正在打磨最后半只鸭屁股，由于牙齿不整齐，看上去整个脸庞的每个部位都在随下巴扭动。老人浑浊的双眼紧盯住刚进门的两个人，想跟他们搭话，但嘴里的东西又没咬碎，只能更加使力地张大嘴巴不停地咬嚼。

父亲的状况显然比前两天好，这让吴金玲有些讶异。老人不仅能够自己坐下来吃饭了，脸上也有了些血色，不像原先那么青白了。斜眼叔公不是说父亲快不行了吗，怕是占错卦了吧？还有医生也是这么说的，会不会是诊断错了？眼前的父亲像是要死的人吗？看见父亲终于把嘴里的鸭屁股嚼烂咽进喉管里，一一舔过沾在手指上的油渍，吴金玲的脸色才泛活起来，嗔道：“爹，太硬的东西就别吃了吧，看你啃得多累呀！”

“不要紧的，只要有屁股吃，就是卡死我也值得。”老岳父喘气说，“大领导他还来吗？”

“爹，那瓶豆腐乳好吃吧？”韦国庆故意转移话题说。

老岳父点点头说：“好吃，好吃，我午饭就干了五块。就是有点咸，今晚才吃了两块。”

吴金玲疼惜地说：“爹，豆腐乳太咸，你少吃点。”

“晓得，晓得。我久不吃了，饿痨了。”老人讪讪地说，“妈的，现在的豆腐乳就是不如以前的好吃，以前半块豆腐乳能送两碗饭。”

韦国庆说：“爹，这是很贵的豆腐乳，比以前的还香哩。是你人老了，舌头也麻木了，鼻子不灵了呗。”

“乱说，我鼻子比四眼还灵哩。医生来打针，我都闻到她们身上有八角的味道。”老人家得意地说。

吴金玲担心两人再争下去父亲会吃不消，便转移话题说：“爹，你今天还咳吗？”

“好多了，打吊针真是神呀，昨夜刚睡下时咳一下，天要亮时咳一下，白天不大咳了。”老人家说，“金玲，家里头这么忙，你来这里干什么哟，我一时半时还死不了！”

正在收拾碗筷的吴金玲突然手一颤，一只不锈钢碗被碰落下来，咣当一声，很是刺耳。病房里瞬间寂静下来，似乎连空气都凝固了。

韦国庆眼看吴金玲要控制不住情绪，赶忙说：“爹，金玲她是送我来敷药的，我中午回家，不小心跌了一跤。”

老岳父一看，韦国庆眉头上确实被包扎了，只露出一只左眼，叹说：“哎哟，你也不是小孩了，咋还会跌跤啊！”

吴金玲把刚才放在门边的两只矿泉水瓶子提过来，搁在床头柜上，说：“爹，他爹今天早上到山上给你打的新鲜蜂蜜，你早晚都吃一点，冲开水喝。”

“哦，放那里吧。我不想跟你们说话了。大领导他几时来啊？”老岳父情绪忽然低落下来。

韦国庆和吴金玲一时不晓得说什么好。她低头默默地把老人用过的餐具端到卫生间，刷洗去了。韦国庆瘸着腿移到陪床的床沿边，脚尖一踮就坐上去了。他的目光越过老岳父的病床，落到那边病床一颗毛发稀疏的头上。那边床是一个中年人，得的是和老岳父一样的病，不过病情稍轻，癌细胞还没扩散。据说他这次住院好几个月了，已经化疗了三次，头发都快掉光了。中年人一切还能自理，不需要有人陪护，偶尔还戴上一顶帽子出去走走，或者回一趟家。也许是镇上人的缘故，见多识广，那天第一眼看到韦国庆就认出他来。“你不是那个石磨村的大红人韦国庆吗？我认得你。”中年人说。韦国庆点头说：“红个卵啊，马屎外面光而已。”中年人听了皮笑肉不笑地说：“都是那帮记者作家吹出来的吧？我晓得的。”

吴金玲收拾好餐具，韦国庆便叫她倒半杯开水，服侍老人一一将药服了，又嘱咐老人好好休息，他们要出门去找晚饭吃了。临出门时，吴金玲又进卫生间去把毛巾弄湿扭干，回来给父亲擦了一把脸和双手，晾了毛巾，才又扶起韦国庆，一步一瘸地走出门去。

韦国庆夫妻俩出了医院大门，夜幕也降临了，大街两旁仿杧果的街灯一簇簇亮了起来。石磨村四周都是石头，有一点泥土的地方都种了玉米红薯，并没有种杧果。可是县里一直想做国家级的杧果之乡，都种了有好几万亩了，但还是不够。在仿杧果灯的照耀下，他们走进了一家土菜馆。他一口气点了一盘清蒸塘角鱼，一碟黄笋炒鸡，要了一个青菜豆腐汤，加半斤米酒。

“都摔成这样了咋还喝酒啊？”吴金玲不悦地说。

“就是因为摔成这样了我才要喝酒哩。今天要是没有四眼，老子说不准人烂在山上了还没人晓得呢！”韦国庆理直气壮地说。

男人话说到这个份上，吴金玲还有什么可说的呢。要不是为了让爹吃到蜂蜜，他也不会摔伤成这样。想到病重的父亲和眼前包了半个头的男人，她提着的心禁不住又沉重起来。

不久菜上来了，先上的是汤和炒鸡。吴金玲吃饭，韦国庆喝酒，两人各吃各的都不说话。韦国庆以往没有和吴金玲在县城饭馆一起喝酒的记录，一般都是镇里的或者县里的干部请他，有时候老枪也请，还喝贵一些的酒。跟干部喝酒主要是他们需要新闻报道的材料。有时候他偶尔会看到写自己事迹的报纸，但多数情况下他并没有看到，特别是一些会议材料，等到他来开会了临上台去念，他才感觉到材料上说的事离自己很远。

清蒸塘角鱼上桌时，韦国庆给吴金玲碗里夹了一条鱼。吴金玲终于打破沉默说：“他爹，我看爹好好的，你怎么说他快不行了呢？”

韦国庆停住了咀嚼，瞪一只独眼看她，怔一会才硬着舌头说：“又不是我说的，是医生说的。”

吴金玲又把碗里的鱼夹回到菜盘上，阴沉着脸说：“我吃不下。”

“你怎么这样呢，呃？你不是说，斜眼叔公也是这么说的吗？怎么能怪我哩！”韦国庆眨巴眼说。

“我不是怪你。我是觉得，是不是他们都是乱说的？”吴金玲说。

韦国庆又把鱼夹到女人碗里，然后独自喝了口酒说：“你先吃吧，你不吃我哪里吃得完哩。一会有两个事我要问你。”

女人警惕地问：“什么事？”

韦国庆说：“你前几天是用什么办法把爹哄到医院来的？”

“这个啊，爹一直想见一次大领导，想跟大领导单独照一张相。我那天跟他说，老枪说大领导这次还是要亲自到石磨村看望我们家，要是他咳嗽治不好是不能见大领导的，也不给跟大领导照相。他想了想，就同意来住院了。”吴金玲说。

“就这么简单吗？你，你这样不是哄人吗？呃！”韦国庆说。

“哼，我这还不是学你的吗？你比我哄人哄得大了。还说哩。”吴金玲讥讽地说。

韦国庆摆摆手说：“好，好，不说这个了。人原来是不哄人的，不过有时候不靠哄也不得哩。”

吴金玲嗔说：“我都见不得你了，满嘴是油。”

“唉，都是老枪这帮狗日教我的。以前我韦国庆会哄人吗？”韦国庆慨叹地说，“哎，还有个问题，你这一万块钱存折是怎么来的呢？”

“我要是说了，你不会拿去交给村干部吧？”吴金玲担忧地说。

“不交。我以前是笨卵，有捐款都不留自己用一点，光晓得整点鸡鸭鹅。现在，打死我也不上交了。”韦国庆说。

吴金玲这才舒了一口气。她告诉韦国庆，钱是一个老板给的，老板是老枪带来的，那是很多年以前的事了。那天恰好他送老大老二去城里读书了，只有她一个人在家。老板说他在报纸上看见那张大领导和他们家在大南瓜下面合影的照片，非常感慨。他一直想找机会来拜访他们家，于是就跟老枪记者来了。老板说他也是从农村出来的，在城里搞生意发了点小财。老板临走时突然叫手下掏出一沓钱，说是送给他们略表心意。开始时吴金玲并不敢接，她从来没有看见过这么多钱，吓得脸色都白了。后来是老枪帮助老板说服了吴金玲，并且当即把吴金玲请上车，把她带到县城一起将钱拿到银行存了。吴金玲担心韦国庆像处理别人的捐赠一样，会把这笔钱交给村里，回到家里就把存折悄悄地藏了起来。这么多年来，尽管日子一直过得有些紧张，但她始终没有动到这本存折。如果不是父亲病重住院，她是无论如何也不会动这本存折的。

韦国庆听了吴金玲的交代，端起酒杯仰起脖子喝了一大口酒，叹说：“唉，来来去去，我们家还真是欠他老枪了。狗日的！”

·八·

秋天的太阳似乎渐行渐远了，天空洁净如洗。阳光虽然有点晃眼，不过照到身上已经没有灼热感了。吴金玲一个人在地里收花生，她一株接一株地将花生枝叶抓在手里，用力慢慢往后一扯，埋在地里的花生就噗的一声，连带着泥土被拔了起来。她每拔出一株花生就拍几下泥土，只留下根茎上一颗颗饱满的花生夹子，然后铺排到身后，形成一条长长的花生带，枝叶和根茎夹子泾渭分明。花生这种枝叶开花根茎结果的物种，在石磨村一带的红土壤上种植一直有很好的收成，除了榨油之外，更是男人们喜爱的送酒食品。父亲以往尤其喜爱花生，早上来地里的路上，她就想下午要把刚出土的花生煮了，给他送去尝个新鲜。

然而，在地里埋头劳作的吴金玲并没有注意到，此时正有一个人从村口的公共汽车站向她走过来，一瘸一拐的，这个人就是她男人韦国庆。

男人是来报丧的。他来到地边的时候已经气喘如牛，这时他实在没有多余的力气了，只能双手叉腰弱弱地喊了两声："哎，哎。"

吴金玲像是听到了一个遥远的呼唤，缓缓转过身来，目光由疑惑转而变成惊惶。

"爹过了。"韦国庆从喉咙里滚出一声。

"你说什么？"吴金玲脸色顿时大变。

"爹，他，他过了。"韦国庆喃喃地重复一遍。

这个消息有如晴天响雷，炸得吴金玲一阵昏眩，她的身子终于支撑不住，整个人瘫坐在地上。在这一带乡村，好人死了报丧时都说是过了或者走了，不好的人死了人家才说是死了。现在，她的父亲她的亲人居然说过就过了，不跟她打一声招呼就过了，来不及见上一面就过了。此时此刻，她的天空已然塌了下来。

韦国庆夫妻俩抱着老岳父的骨灰回到石磨村，便直接去了自家地头。因为老人死在外面属于外鬼，骨骸不能回家。于是他们就在地头搭了一间薄膜大棚，设了灵位，燃上了香火。伴随着斜眼叔公的鼓点和吟唱，村里一些人都自发地聚拢过来，有的帮忙杀猪，有的给棺材上黑漆，有的挖坑，好不热闹。到了下晚时分，超度仪式结束，棺材下土，一座新生的坟茔便在地头立了起来，坟上洁白的纸幡在秋风中哗哗作响。

在石磨村，大凡起房子娶媳妇或者丧葬这类的红白喜事，人们几乎都是像过节一样过得热热闹闹。尤其是办丧事，就算是仇人冤家这时候也不能置身事外。这天晚上，以前和韦国庆明争暗斗的韦永常也来了，并在主桌坐下，然后大声对韦国庆说："韦国庆，虽说你还欠我两头牛，过些天法院会来找你。但不过，你家有白事，我还是要出面的。"

韦永常并不像村里其他人家那样，一般都拎只鸡鸭或者提几斤油半袋米来，而是正正经经封了个一百元的白包，上面写上"奠仪"字样，进门就交给了管账的。他说县城的居民都兴给封包，这样既省事又体面，他希望石磨村也跟城里人学习。

屠夫苏志虎听了首先感到刺耳，便挑衅地说：“哟，韦永常你以为你有钱了就是城里人吗？乡里乡亲的有力出力，有钱给钱，有吃的给吃的，能帮多少算多少，这才是农村。你懂个卵！”

韦国庆担心两人斗嘴斗坏了气氛，赶忙和稀泥说：“你们两个说的都对，我都长见识了。你们都先坐下来吧，好好喝酒。”

韦永常佯装大度地说：“好，好，就听主人家的。”

韦国庆和苏志虎、韦永常平时很难坐到一起，一旦坐到一起就免不了一场唇枪舌剑。通常是韦国庆和韦永常斗嘴，苏志虎貌似中立实则暗帮韦国庆，这样往往都分不出胜负。然而今天晚上的气氛有所不同，韦国庆是主家又办丧事，自然不能参加到这种无休止的争斗之中。韦永常似乎也看到了这一点，便大模大样地和斜眼叔公坐在桌首。按照乡俗，韦国庆要戴孝三天，不沾酒肉。苏志虎入座后，韦国庆就成了跑腿的忙着给大家添菜送酒。

这顿饭从下午三点多钟吃到晚上九点多钟，醉鬼们才相互搀扶着相继离去。韦国庆把韦永常送到院门口时，韦永常打了个饱嗝说：“韦国庆，我虽然比你小，小两岁，不过按辈分你卵仔应，应该喊我叔。嗯。你就是犟卵，你就是不喊。嗯。我晓得，你卵仔不服我，不把我韦永常放在眼里。嗯。”

“哦，这个吧，我确实经常忘记喊。”韦国庆赔着笑脸说，“我喊，我现在就喊你，叔——，得不得？”

“不得！”韦永常大声说，“你卵仔很会抢风头啊。呃。大领导本来是要来，来我家的，你，你卵仔当时就从这里冲出去，把大领导引到你卵仔家来了……是不是？”

“不是这样的，叔，你听我讲……”韦国庆试图解释，却被他打断了。

“我不听。”韦永常愤愤然，“你卵仔胆子真大啊。妈的，镇里借的拖拉机你也敢扣，扣下来。嗯。我家借给你家摆，摆样子的牛你也敢丢。呃！”

“叔，不是这样的。你听我讲嘛。”韦国庆说。

“老子不想听。”韦永常手一挥说，“没有我韦永常，石磨村有今天吗？有电灯、自来水、水泥路、楼房吗？嗯。没有我韦永常，你卵仔有今天吗？恐怕你都到哪里讨饭流浪去了。嗯！”

韦国庆说：“叔，这个你就冤枉我了。”

“冤枉？老子是你肚子里的蛔虫，你卵仔心里想什么，老子比谁都懂！”韦永常一生气双手就扯住了韦国庆胸口的衣襟，刚要提起来，苏志虎赶忙过来把他的双手拉开了。

苏志虎说：“哎，哎，君子动口不动手！”

“君子？我是个卵君子，我想打他！”韦永常悻悻地说。

韦国庆说：“志虎，他喝多了，帮我送他回家。”

“我没，没有喝多。我不走！杀猪佬，走开，不关你卵事！”韦永常说。

苏志虎呵呵诡笑说：“好吧，你看我杀猪佬是怎么送你回家的吧。”

说着，苏志虎把积在肚子里的怨恨都捏在手里，一双杀猪手死死钳住韦永常的双腕，硬生生把韦永常半拖半扶弄走了。看见步履蹒跚的韦永常疼得直咧开嘴哎哟哎哟地叫唤着远去，倚在院门框上的韦国庆禁不住快意地笑出声来。

然而，待韦国庆送走了所有食客转回到堂屋时，却不见吴金玲的身影。屋里的几张桌子一片狼藉，四周静得有些反常。

“金玲，金玲……”他低声叫唤了几声，渐渐地感到有些不妙。要是往常，老婆一定是在忙着收拾碗筷桌子，而他则可以歇一口气，坐在一旁抽烟边看她忙边闲聊几句家常。然而今晚的吴金玲似乎没有这么勤快，不收拾东西不说，竟然连个影子也没见，似是和他捉起迷藏来了，这可是少见的事情。莫非她是忙得累坏了或者是生病躺下了？他急于想得到答案，于是他首先拉亮了卧室的电灯，撩开了蚊帐，却见床上除了被子枕头外并没有人。之后，他又到之前岳父住的房间寻找，还到二楼和厨房看了，同样也没见着人。他又想，她是不是到卫生间方便去了，卫生间建在屋东头的猪圈旁边，她可能听不到他的呼唤。这么想着他便觉得自己有点可笑，脆弱到就这么一会的孤寂也忍受不了。他倚靠在门框上，面向院子，掏出了烟盒，抽出一支衔在嘴上，又摸索出打火机点着了，轻轻地吸了一口，又缓缓地吐出轻淡而缭绕的烟雾。透过袅袅轻烟，他仿佛又看到了这个院子里过往发生的一些景象。因了大领导的到来，那些数不清的中领导、小领导以及像老枪这样的各色人等，都曾经像电影电视里的人物一样，轮番地出现在这个小院子里。他觉得，他这个普普通通的农家小院落就像以前他见到过的城里的戏台，让各种演员在这里轮番演戏。而他常常对自己在这台长戏中的角色有些晕乎，有时候是演员，有时候是道具，有时候还是观众，有时候甚至什么都不是。现在，先前还很热闹的庭院忽然间变得宁静了，宁静得有些肃杀，他甚至能听到一滴水落地的响声。他现在不想马上收拾碗筷和桌凳，他想等待妻子吴金玲一起动手。

韦国庆抽完了一支烟，心想这个吴金玲蹲一次茅厕也蹲得太久了吧。于是，他忍不住绕到墙角朝猪圈那边喊："老婆，你这是屙金子呀？啊！"

猪圈那边没有人应答，卫生间那边黑麻麻的。他不禁疑惑起来，这个吴金玲去哪里了呢？她一定是到哪家串门去了。这个癫婆，天这么夜了而且还在戴孝呢，怎么可以去人家家串门呢，简直是一点礼数都不讲了。这么想着他就有些生气了。他从厨房里弄来两只大塑料盆，放到屋檐下的阴沟边，接上半截水管，拧开水龙头，让水流进盆里。接着他又从厨房弄来两只水桶，先将堂屋三张饭桌的残羹剩菜倒到一只桶里，又将碗筷收进另一只桶里，装满了就拿到院子里的大塑料盆里摞起来。

韦国庆边干边把肚子里的气挤出了身体，渐渐地他就觉得收桌子洗碗筷这种活其实也是挺好玩的。约摸半个小时之后，他就把几张饭桌擦干净收到神龛后面，又把几十张凳子摞到一起，还把碗筷洗干净了叠到竹筐里，抬到屋里收好。如今乡村农户人家，一家一户没有百把几十副碗筷、几张桌凳是不行的。要是自己没有这些东西，万一有什么大事就得灰头灰脸地去借，有时候还要看人家脸色，以前韦国庆他们家就是如此。自从大领导走进了这个家的门槛以后，他就发誓要像韦永常那样，家里能摆个十桌八桌也不用低三下四地去求人。

收拾完屋里屋外，韦国庆又掏烟出来抽。他特意留了屋檐下的一盏路灯亮着，好让出门的吴金玲回来时有灯光照亮。他又像往常那样踏上层层阶梯，欲到楼顶去好好安静一下。

韦国庆踏上楼顶地台的一瞬间，迎面看见了一个黑影，站立在对面的挡墙边上。他暗自吃了一惊，借着微弱的星光仔细一看，原来是吴金玲，正背对着他面朝远处。

“嚯，我以为你去串门了哩，原来躲到这里看风景啊。”韦国庆讪讪地说。

韦国庆刚要走过去，不料吴金玲忽然低声而有力地说：“你不要过来！”

他怔住了，仿佛被一盆冷水迎面泼过来似的，顿了一会才嗫嚅地说：“金玲，你，你怎么啦？”

“我怎么啦？韦国庆，你问你自己吧。你摸摸心口，看看你的心是黑的还是白的。”吴金玲气呼呼地说。

“哎，哎，你是不是发癫了啊？我还以为你去别人家串门呢！我一个人收拾六张桌子，还洗了碗筷，好不容易才歇一下，怎么就得罪你了啊！”韦国庆禁不住也来气了。

“天啊，你还装傻，装眼瞎耳聋呢。要不是你东跑西跑，我爹他……他会跳楼吗？”吴金玲带着哭腔说。

韦国庆说：“哦，你原来是为这个恼火我啊。这个事情吧，我确实有不周全的地方。唉，谁叫我是男人呢？我认错，我道歉。得不得？”

“你……你这个狼心狗肺的，你害死我爹了还油嘴滑舌的。我晓得你想干手净脚跑去广东了，你就巴不得我爹早点死。哎哟哟，我真是瞎眼了，嫁给你这种人。我怎么命这么苦啊！”吴金玲又呜哧呜哧地哭泣起来。

韦国庆听出来吴金玲的火气已经消泄得差不多了，赶紧扑过去从背后一把抱住了她。

·九·

老枪到底是个职业记者，鼻子比狗还灵，韦国庆岳父入土的第三天上午他就出现在坟头。远远地韦国庆就看见老枪把一束香举过头顶，连拜了几拜，再插到坟前，然后一屁股坐在地上抽起烟来。看到老枪在那，韦国庆便犹豫着要不要躲开他。他觉得自己这个时候甚至已经对老枪产生了排斥，虽说还说不上厌恶，但也多少有点厌烦了。要是不认识老枪，他今天也不至于这么狼狈。然而，当他踌躇不前之时，他看见老枪的脸忽然转到了他这边，人家显然已经看见自己了。

在向老枪走过去的路上，韦国庆一再告诫自己，千万要管住嘴，不能说出昨天晚上和吴金玲做出的那个决定。这是一个重大的秘密，要是让老枪知晓了，那一切都破灭了。

韦国庆不紧不慢地走到了坟头，老枪才表情庄重地站起来，默默地递给他一支烟，又帮他点着了。许久才声音暗哑地说："想不到老人家……他走得这么快，我还以为……他能挺过一两年呢！"

"是他自己不想活的。"韦国庆斜了他一眼，喷了一口烟。

"他怎么不想活了？"老枪瞪大眼问。

韦国庆长吐了一口烟，平静地说道："他跳楼了。"

"啊！为什么啊？"老枪张大嘴问。

韦国庆本来想跟老枪说老人家跳楼的真正缘由，但又担心他会去和医院纠缠个没完没了，于是就改口说："唉，老岳父他也是不想连累我们啊！"

那天夜里，老岳父是趁韦国庆睡沉的时候跳楼的。同房的光头后来告诉他，那天晚上他们夫妻俩去吃饭的时候，老人偷偷到楼层卫生间去抽烟，恰好被当班护士发现了。护士当时很恼火，责骂老人说肺癌扩散了还抽烟。老人回房间了一直很郁闷，便问光头什么是肺癌扩散。光头当时没有多想就把这个病情说了，老人听了没说什么就闷声躺下了，躺下不久韦国庆就喝酒回来了。光头懊悔地说他并不晓得老人家是肺癌晚期扩散，很自责当时不应该把这个病情解释给老人听。韦国庆听毕叹了一口气，说都怪他自己，是他不应该买烟给老人家抽。

韦国庆从坟墓边的一个塑料包里扯出三支香，又从衣袋里掏出打火机把香点了，插到坟前。然后用只有他才懂的语言连说了一长串话，又连磕了三个头，站起来带老枪离开了。

“韦哥，刚才你说了什么，我怎么一句都听不懂？”老枪说。

韦国庆说：“哦，我是用鬼话说给他听的，你当然听不懂了。”

老枪说：“你能翻译一两句给我听吗？”

“我说，老人家你走得好，在那边你不会生病了，不会有烦恼了。你要好好享福，看好你的院子，明后年再给你立个碑。你老人家要好好保佑子孙后代，让他们吃饱穿暖，不受人家欺负。我还说老枪来看你了，还说医疗费是他给的，他是我们家的恩人。”韦国庆说。

老枪讪笑说：“哎，前面的说得真是好，后面的就不必要说了。我们是兄弟，别客气。”

两人在地头钻进老枪的越野车，一直开到村口。下车后两人又并肩默默地往家走，一路上两人都不说话。院子里静静的，几根竹竿上晾晒的都是被子衣物。没有猪狗，也不见鸡鸭走动，连只麻雀也不见影。敞开的屋门表明，屋里还有人在家，不过听不到一声响动。

老枪抢在前面走进门，大声地说：“嫂子，嫂子呢？”

吴金玲应声从二楼阶梯走下来，平声静气地说：“哦，老枪你来了。我在上面打扫呢，刚卖了几百斤粮食，楼空了。”

“干吗要卖粮食？是缺钱用吗？”老枪有些疑惑。

“不是的。”韦国庆抢过话头说，“是去年的老谷子。老品种米糙，不好吃，干脆卖了。”

吴金玲还想说什么，却被韦国庆使了个眼色，说：“你去烧火，给老枪泡一壶茶吧。”

“不要烧了。我现在得立马赶回市里，今天还有个采访任务。”老枪说。

“哎哟，有任务也要喝口水吃饱饭的呀！”吴金玲着急地说，“我马上去煮饭，一下就煮好了。”

“真的不用，我还会跟你们客气嘛！”老枪拦住她说，“我明后天再来，跟你们住几天。”

老枪说着从包里拿出一个信封，双手递给吴金玲，神情沉重地说：“嫂子，一点点心意。老人家他到那边不会有病痛了。你们别太难过。”

吴金玲听了，两串泪水夺眶而出，扑通一声跪在老枪跟前，连叩了三个头。老枪见状，慌忙把她扶起，哽咽地说：“不要这样，不要这样。”

韦国庆看见老婆这样有些火了，对着吴金玲责备地说：“哎，哎，你们女人怎么老是这样啊？不是哭就是闹的。人家老枪又不是外人。”

吴金玲默默地用衣袖揩了一把泪，老枪趁机把信封塞到她另一只手里，说：“我先回去了，过两天再过来。”

韦国庆把老枪送出屋门，老枪说：“你别送了，安慰一下嫂子吧。”

韦国庆说：“让她哭吧，一下就好了。”

两人走到院门口，老枪伸出手说：“不用送了，回去吧。我自己会走。”

韦国庆不管，边继续并肩往村口走边说：“老枪，我没什么送给你，送你几步路还不给吗？”

老枪说：“韦哥，我们还用这么客气吗？等我拍好了这个电视片，过段时间我们再组织新闻媒体好好报道一下。”

“嗯。老枪，有个问题我一直搞不懂，大领导不是早就退休了吗？”韦国庆说。

“退了。怎么啦？”老枪点头问。

“人家大领导都退休了，可那些中领导小领导，还有你们这些记者咋还这么忙啊？”韦国庆说。

“老哥，这个你就不大懂了。我上次讲过了，大领导和我们平头百姓不一样，人虽然退休了，人家的名望、人家的影响力能退休吗？

“你想想看，大领导管那么宽的地方，管那么多事，管那么多人，他为什么不到别的地方，不进别的家门，偏偏就进了你韦国庆的家门？这个你还不懂是什么概念、什么意义吗？！”

韦国庆嘟哝说：“我还是不大懂哩。”

老枪笑说：“老哥，今天你不懂，等过了十年二十年你会懂的。”

说完，他紧握了一下还是满头雾水的韦国庆的手，跳上车走了。

韦国庆站在村头的老榕树下，目送老枪的越野车消失在公路拐角处，他不由自主地舒了一口气。他想，这个老枪有时候还是有点可爱的。以往的老枪在他眼里，更多的是可笑和可怜。现在这个像影子一样缠住他的老枪终于消失了，韦国庆的心情忽然变得开朗起来。

老枪啊老枪，原谅我韦国庆不能陪你玩了。领导啊领导，原谅我不在这里等你们了。这回我韦国庆真的要对不住你们了。他自言自语地说。

韦国庆转头看看四周，大榕树上没有鸟鸣，村道上静得连只鸡都没有。他从衣袋里掏出手机，拨通了老大的电话。

他告诉老大，他和他老妈准备乘坐晚上去往广东的班车，他现在立马就去车站买票。

涉过红水

原载《当代》1993 年第 3 期

· 一 ·

巴桑蹲坐在河旁的岩石上，他的视线透过时浓时淡的晨雾，落在河心一块突耸出水面的礁石上边。平静无声的水面抽丝般不断摇出一缕缕蒸汽。

每天清晨和傍晚，他都蹲踞在这块岩石上，注视河心那块苔垢斑驳的礁石。

他的面部表情木然如塑，凹陷的眼眶里深藏着一对灰暗浑浊的眼珠，却能够清晰地看到水位线在礁石上的变化。

每当他坐到河边的这块岩石上时，就能听到水面缓缓上升的拍律，这时候他的心房就陡然间加快了鼓动的节奏，血液的流速也加快起来。

半个月前，巴桑是不会有这种感觉的。自从有关方面来了通知说下游的大坝已经下闸蓄水，并要他们尽快搬迁以后，他就感到有一种无形的压力在一天天地挤近自己。

远处传来了一阵舂碓声，他用枯瘦的手拭去了额发上的露水，站了起来。他仰望河对岸灰白相间的山顶，一道道滚动着的云流在霞光中如同红色的瀑布，那汹涌澎湃的瀑布正以排山倒海之势将红水倾泻到红河里。

每天早上，他都是被这种意境压迫着离开的，还有时断时续的舂碓声。

他赤脚走入水中，俯身掬了把水抹到脸上，又将双脚在水中互搅了一阵，然后踏上岸来。他的这种用红河水洗脸洗脚的习惯已经持续多年，在他开始习惯这种洗脸洗脚的方式以后，他就不再使用脸巾了。尽管汛期的红河水中掺有大量泥沙，他也始终如一。

在河边与房舍之间，有一片较为开阔的玉米地，约三亩。这是巴桑一家唯一的耕地。如今玉米地里已经长满了齐膝高的玉米和少许的高粱。一看见这些葱绿的植物，巴桑的心就倏地增了几分沉重。

地中间，耸立着一个尖削的猪屁股，在玉米秆中不停地扭动。他认出那是自家养的母猪，它正专注地拱刨地里残剩的薯根。

母猪警醒地嗷了一声，昂起头来，傲视着他。当它看见他赤手空拳时，又低下头去刨。它身边的几只猪崽则忙碌地吮吸它肚皮下那些瘪长的奶头。他对这头母猪历来没有好感。当年它的生母发情，一时找不到情郎，就钻进林子里，几天几夜不归窝。后来竟生了一窝野猪崽，小野种形态怪异，头大嘴阔，灵巧如狸，见人就跑，还不满月，就差不多全逃上山了。因为脚伤，这头母猪才没有跑到森林里去。可是，它那些恶劣的习性和丑陋的模样很使他憎恶。有几次他想杀了它，却遭到了家人的反对。

巴桑所处的地方，确切地说还不能算是一个村子，因为这里只住着他们一家，离最近的村庄有十多里路。当年他在这里住下来之初，曾经和一群红毛野猪斗得你死我活。后来他就对外边来的人说这里叫野猪窝。

野猪窝的地形像把巨大的木梳，前面傍河，三面靠山，全部面积不足五亩地。

巴桑沿着地边走到屋前，他年迈的妻子在一跳一跳地踏踩木碓的横梁，不时发出尖厉的撞击声。见他回来，妻子就喊：

“巴桑，来帮我一下。”

他漠然地朝那边瞥了一眼，却不动身。

“板央呢？”他嗓子里发出一声只有她才听得懂的叫声。

就在他蹲在河边的时候，板央已经上路，找丈夫鲁维去了。鲁维是他和合社唯一的儿子。

合社懒得答腔，继续一跳一跳地舂碓。巴桑不再言语，进屋倒腾一会，拎出两只瓷坛。刚走到檐下，就被合社看见，她弃开脚下的活，蹒跚着奔过来，气急败坏地拽住他的手。他被迫搁下坛子，吼道：“干什么？”

她大口喘一会气，才放开手说："你，你都搬去装了那，那些死鬼，拿什么装米装水？你不想活了？哎哟——"

他用劲搡了她一下，又拎起坛子走了。她被推到一边，嘴里嘟囔着，木讷地盯着他佝偻的背影。

许多年以前，她被水冲到这里还没有死，他把她救了起来，并且娶了她。那时他还是个年轻人，而她则差不多是老太婆了。他还给她起了个名，叫合社。这个名字很别扭，听起来像是一个地名或者一座山坡。但她没有争辩，也不愿把自己原先的名字告诉他。他们彼此都不愿意把自己的过去告诉对方，就这样一起生活了几十年，如今她都快八十岁了。

巴桑沿着玉米地与山脚的边沿往河下走，来到一块地坪的坎下，他感到两只胳膊又酸又软，腰也直不起来。他停住喘了一会气，努力直一阵腰，全身的骨骼咯咯地响了一阵。真是年纪不饶人啊！想当年他用砍刀劈野猪，那真是不可思议的情形，他砍死了一头两百来斤重的大野猪，还一个人扛到河边去开肚。想起辉煌的过去，他就有享受不完的快感。而现在，还不到七十岁的他就连提两只空坛子也迈不开大步了。

他先把一只坛子弄到坎上，又摸下来搬另一只坛子。这时候他感到身体更虚弱了。他实在想不起自己从什么时候开始变得如此苍老，隐隐约约像是两年前。那回老张来，说河下的水电站快要建起来了，这一带的河谷都将被淹没，有几万人数十个村庄都将迁离红河边，包括他们。在这之前他只是从鲁维嘴里知道一些皮毛的传言，那时候巴桑总不相信有人能把这么大一条红河给拦腰截住，就是能拦起来，水坝也不会高到把百多里外的上游都淹了。“你知道红河是多少条小江小河汇成的吗？”父子俩争论的时候巴桑时常这么问。鲁维当然说不上来，可又说服不了父亲，就拿报纸来念。巴桑从不正眼看报纸，说：“报纸也是哄娃仔的，那年说一亩田能打十三万斤粮食也是报纸说的，吹牛皮！”是那次老张来了亲口说了，巴桑才当真。老张是公家人，早年就背两支“二十响”进红河边来剿匪，那次被逼跳下红河，是巴桑将他捞上岸来，将他藏到地头河边的石洞里。他现在是负责大坝淹没区前后工作的头头。

坎上的地坪不足半亩，原先是巴桑的老屋基，后来他在玉米地上边起了新屋，就空出了这一片地。巴桑曾经问过老张库水会不会淹到地坪，老张叫技术员拿出图纸，仔细测算了之后说平时不淹，红河涨大洪水就淹到了。老张的话使巴桑有好几天心思异常地沉重。

巴桑的跟前挤挨着十余只坛罐，坛口被一块块薄石片盖住，上边罩着雨布。这些坛罐都已装进了骨骸，这是巴桑前几天工作的成果。

地坪上尚有几堆大小高矮不一的坟茔，它们呈一字排开，静卧在山脚下，其中最高大的一座坟头上立有一块大石碑，没有字。巴桑十分清楚地记得这些埋在坟里的尸骨当时是怎样被他埋葬的，他甚至记得这些溺水的死者当时的模样和安葬他们的时间。尽管他们死的方式和被红河送来的时间各有不同，但巴桑都按年龄和性别给他们编排组合：成年的被结合为夫妻，年幼的被搭配给夫妇们当儿女。这样，这些亡灵从被巴桑从红河里捞起来的那天起，便又有了新的家庭，他们在阴间或许就没了孤寂和落寞，或许比他们在阳间的时候更幸福和欢乐呢！

他还给这些死者起各种各样的名字，他们被打捞上来的日子就是他或她的名字，于是就有了甲乙丙丁庚申癸亥之类一长串的名字。每年的三月初三或清明节，巴桑都要来给他们修墓铲草，插香祭祀，贴上些纸钱，竖起白幡，以示悼念。

巴桑支起白纱布帐幔，罩在一个叫卯的坟头上，划火燃了炷香，恭敬地插在坟前，嘴里呢喃道："呜呼，卯啊卯，阳间和阴间都时常有搬家迁屋的事，如今政府在红河修建水电站，水马上要淹过来了，我不能让你的屋子被水淹没。我现在就打开你的房屋，为你搬家，搬到一处龙脉宝地去，让你天天看见红河，让你和你的朋友们都平安。你就当睡着了，让我搬动你的身体吧！呜呼！"

说着他就挥动锄头，开始动土。

卯是个中年男子。他顺水流来的那天，红河水并不暴涨，浓浆般的浊水在阳光下奔腾而下，散发出泥土的腥味。当时巴桑和年幼的鲁维正在玉米地里除草，忽然间鲁维就对着河大声惊呼起来。

巴桑也看见了一颗竖立的在水中颠簸而行的头颅，那头光如葫芦，在明净的阳光下泛着青光。儿子说："爹，那人肯定还活！"他二话不说就穿过玉米地直奔河边，扯下裤衩就跃入急流中，向那颗头颅奋力游去。

因上游百余米处有一壁岩石从河岸伸入河中，这里的河面就形成了一个不大的河湾。枯水时节，河湾风平浪静，水流平缓。而眼下，这里就成了一块巨大的磨盘，强大的漩流把上游流来的浮物都搅进圆圈里，旋转数圈后才被甩到主流，然后东去。巴桑在那颗头颅漂近漩涡的中心时抓到了他，并拼命地向岸边游去。

拽到河岸，他才发觉溺水者已经死了，他被五花大绑着，全身赤裸，身上布满了伤痕，被绳索绑成跪的姿势。死者瘦骨嶙峋，但肤色白皙，手指细长，不像是做惯重活的人。他的肚子并没进水，显然是先被弄死后才扔下河的。

根据卯这样的死态和他顺流而下的架势，巴桑就认定他是个硬汉，就连死了在水里浮流也是立着的。通常，男性尸体总是背朝天面朝水，而女性溺水者则都是仰面朝天躺着流来。

算起来，卯埋在这里也有三十来年了。要是还活着，也差不多有巴桑这般年纪了。人要是不会老该有多好，像他，就可以永远守候在红河边，把那些落水者和随水漂来的死者都打捞上来，给他们找块好点的坟地。大约在十年前，他就没有力气从红河上把溺水者捞上来了。记得最后的一次，他差点游不出河中的那个漩涡，只好舍弃了那具穿着妖艳的年轻女尸。从那以后，巴桑就默然坐在河边那块他常坐的岩石上，目睹浮物挤挤撞撞地从眼前流过，偶尔，他还看到一些在水中挣扎扑腾的落水者。始初，他每次看到在浩荡浑浊的河面有溺水者流过时，都难过得暗自落泪，渐渐地，漂过眼前的景象多了，情感也日渐淡漠了。他还想，红河是一条有生命的河流，他当然有权利吞噬包括人类在内的一切生命，要不，这河水为什么红得像血一样呢？！

巴桑一锄一铲地将泥土挖开，乌黑蓬松的泥土里不时窜出一些长条状的地虫，肥软而滑亮，活蹦乱跳的，一眨眼就又消失在泥土里。是卯养着它们的，是卯用自己的体气饲养它们的，巴桑想。

估摸要碰上卯的遗骸了，他将锄头扔到一边，蹲到土槽里，用手细心地将泥土刨开，然后一铲一铲地掀到身后。没有风，头顶和四周被帐幔包围着，加上卯蕴养了那么多年的阴气，熏得他目眩头昏，恶心欲吐。

他仰靠在槽壁倾斜的泥土上，休息一会，待症状稍好，气出均匀了又继续干。他终于又看见了卯，卯的骨头真白啊！那时候卯是被一张竹席卷起来埋的，掩土之时天空中忽然滚过一阵闷雷，然后淅淅沥沥地下起了太阳雨。为这事巴桑郁闷了好些日子，当时他只觉得卯不是个平常的人物。

他用粗硬的野猪毛刷将黏附在骨头上的泥土清剔出来，一件件地摆在坛子里。装遗骨一般都要用一种叫作金坛的特制的坛子，但巴桑没有，就只好用这种普通的瓷坛。即便是这样，他想卯他们是会理解、原谅他的。

巴桑双手欲捧起卯的头骨时，忽然听到颅内一阵水响，随即觉得有动物哧溜一声，落到地上。他注目一看，不由得大吃一惊，竟是两条蠕动不止的泥鳅。

莫不是卯的两只眼变成的吧？他急忙钻出帐幔，回家要了一只玻璃酒瓶，盛上水，然后将泥鳅捡进瓶里。

看到这么肥美的泥鳅，他就不禁想到了另一种东西，那是一些肥美的通体透明的河虾。那时候他还小，有一段时间他所在的小镇的菜市忽然有人卖一种当地人少见的河虾，那虾个大肉鲜，味道绝美。但好景不长，后来的虾又是原先的虾了。那些饱过口福的乡绅大户只能不时回味那种虾。过后不久，渔家自己说漏了嘴，把肥虾的来历端了出来。原来，在镇子下游三里外的红河上，泊着一具没人收拾的尸身，死者名叫韦昂。韦昂原是红七军的一名战士，是著名将领韦拔群的亲侄子。只因他背叛并出卖了韦拔群，把伤病中的韦拔群杀了，提着首级去找白军邀功请赏，所以，还不等他开始享受什么荣华富贵，就有人把他的头割了。想不到韦昂的腐肉吸引了大量的河虾，河虾们吃得出奇肥硕而鲜嫩。

巴桑记得，当时镇上所有吃过那种河虾的人呕得胆汁都出来了，唯独他的父亲没有呕。他父亲是红河边的一霸，一个颇有名气的保安团团长。

·二·

夕阳将巴桑卧石般的身影投射到河面上。他蹲坐在原先的那块岸石上，双眼一动不动地凝视着河心的礁石。

晚风沿着河谷吹上来，平如镜面的河水立即铺排了一层波纹，一颗颗白亮的气泡在碧绿的河面上浮游。河水在无声地上涨，巴桑眼里的礁石上有水渍的新印在不断地往上延伸。

河面上又投下了一个细长的影子，他知道儿子回来了。

“爹，怎么还不动手收拾东西啊？”鲁维递给父亲一支烟，语气里掩藏不住埋怨的情绪。

巴桑将烟在手里揉搓了一会，然后折断扔进河里，问道：“坛子买了吗？”

“买了，四只。”

“不够。”巴桑摇摇头，站起身走了。

在山的阴影里，板央正挑着水桶，给刚爬藤的南瓜苗浇水。

“回去吧，过几天水都淹了，淋水有什么用呢？”鲁维说。

板央不搭理他，径自挑起水桶又往河边走去。鲁维环视四周，绿油油的玉米地，一簇一簇的瓜苗菜秧，都是她的汗水浇的。她是个勤劳的女人，公婆老了，地里的活和一家人的穿着都是她一个人承担。丈夫在十多里外的村子教书，两个大点的孩子都随他去读书了，还有个小的跟着她。

晚上，鲁维觉得很有必要让家里人知道搬迁已迫在眉睫，不能一拖再拖了。于是，一家人围坐在火塘边，听鲁维说话。

巴桑抱着水烟筒，一嘴一嘴地抽，抽了就咳嗽。合社显然对话题没多大的兴趣，横抱着孙儿不停地摇晃，不停地打盹。板央则在忙针线活，夏天要到了，一家人热天穿的衣服要准备好，这是她的责任。

面对三个兴趣不高的听众，鲁维这副小学教师的口才也显得有些力不从心。“爹，妈，明天我们就动手吧。”

巴桑咳毕，一双眼移到了儿子脸上，说：“该搬什么，你和你媳妇主张就行，我的活还没完呢，我的事你们就别管了。”

“老张让人带话来了，过些天他要亲自带车来接你呢！”

“你能不能请假两天，回来收拾收拾？”

鲁维摇头说：“不行的，我哪能停课呢！”

“不行就罢了。”巴桑打了个呵欠，站起来说，“睡觉，睡觉，天塌下来的事也是明天再说！”

鲁维对父亲的漠然与麻木感到沮丧，他实在不能理解他这种对河水节节上升步步逼来的形势不痛不痒的态度。当着老张的面，甚至在前一段时间巴桑对于搬迁还是怀有极高的热情，可如今是怎么搞的了？对于父亲和母亲，鲁维确实知道得太少，甚至连自己的妻子板央他也是知之甚少。在这个家庭里，他了解最多的还是自己。从他懂事的时候起，在他的印象中父母亲都从来没说过他们自己，也没向他说过对方的往事。但从他们沉默寡言和缺少笑容的生活里，他感觉到了他们以往的沉重和沧桑。

第二天早起，当鲁维从屋里走出门外的时候，就看见父亲蹲在岸石上的背影和妻子在玉米地里忙碌的身影。这时候崖顶上的太阳艳红如血，它的周围被一个光环圈着。

“你帮我提两只坛子上去。”巴桑对儿子说。

“留一只装米吧。”合社说。

“我还要买哩。”巴桑头也不回就拎着坛子走了。

鲁维跟着父亲佝偻的背影往坟地走去，那里的每座坟他是熟悉的，大都能叫得出字号。在他到县里读高中的几年里，他曾经帮助过父亲打捞了两个溺水者，那时候父亲已没有能力单独把死人捞出河来。毕业回来后他就去外村当民办教师，很少有时间待在野猪窝。

父子俩来到坟地，巴桑气喘吁吁的，连声咳了一阵，鲁维听到了一种类似金属音的响声。

“爹，等搬到那边，你该治一下老毛病了。”

巴桑吐一口痰，说：“治它干卵，生死由命。”

鲁维心一震，瞥一眼父亲的脸，很平静，又问：“爹，卯是昨天起的吗？”

“嗯。”巴桑从坛子里提起瓶子，说，“卯的头里有两条泥鳅呢。”

鲁维接过来，端详道：“真肥。听说这东西成药，成补药。”

“放屁！”巴桑一把夺过去，满脸不悦。他默然地操持着帐幔，罩在了一个叫寅的坟头上。

“爹，根据推算，卯应该是划右派的时候死的，他可能挨斗得惨了。”鲁维说。

巴桑顿了一会，说：“说不准，兴许是惹着什么人了，被人家沉的。”

“那么寅呢？他们肯定是殉情死的吧？”

巴桑默然。他当然无法回答这个问题。寅是两个人，一男一女，同一天同一个时辰，搂在一起流来的。

那天，巴桑看见了一个沉沉浮浮、翻滚不止的溺水者。他游近一拖，才发觉是两个绞缠在一起的人。他奋力将他们拽拖到岸边，见是两个赤裸的男女，他们的四只手臂牢牢地箍住对方，四只脚也绞在一起。“风流鬼！”巴桑当时慨叹了一声。他费了好大的劲，才将他们分开，却又合葬在一起，取名叫寅。他们生不成对，死了却得共一窝，这也是巴桑的得意之作。其实，天知道他们是不是真的风流过了呢！

巴桑那个年轻而又可怜的四妈也是被这么沉河死的。四妈也就是他那个当保安团团长的父亲的四姨太。四姨太姿色出众，娇嫩如水，十八岁就被团长娶了来。团长平日忙于公务，四处平乱，只在抽大烟的时候和四姨太亲热一会。她忍不住寂寞，就入了天主教，早晚到教堂里祈祷，做弥撒。来来去去，就和法国传教士关系暧昧起来。团长知道后并不声张，而是授命手下捉双，捉到双了就以当地传统的处罚方式把奸夫娼妇全都扔下红河。巴桑是二妈生的，和四妈差不多年纪。他知道官府曾派员下去调查，欲要兴师问罪。但当地人对法国人并无好感，加上团长事先做了布置，于是许多证人都说传教士是到河里洗澡时溺死的。尽管那个季节红河水浅浓浊。

他知道历史上曾经有不少法国传教士不远万里来到桂西，到红河流域传教。最早来的人因干了坏事，被当地人杀了，包括那个后来臭名远扬的马赖。马赖事件被法国人当作借口，联合英国发动了第二次鸦片战争。

鲁维忙他的活去了，巴桑开始一锄一铲地挖开寅的坟。合葬寅的时候巴桑是按男左女右来摆布的，他现在挖的应该是那个男的。寅的运气不错，他们都装上了杉木板棺材。板虽然腐烂了，但骨头却是整洁的，样子很规矩。

巴桑有意将寅他们一起装到同一只比较大的坛子里，却又有些犯难，他不知道这对男女的骨骸如何摆才好。男的不该放在下面，却先把男的挖出来了。女的也是不该总是被压在下面的，那样她会永远受苦受压。他干脆走出帐外，摸出一支烟来抽。坎下的玉米地里运动着两个影子，一个是母猪，另一个是板央，她正在低头给那些植物培土除草。屋那边，合社弓着身子，一跳一跳地舂碓，发出尖厉而单调的响声。鲁维一会出一会进，很像他年轻时的身影。红河极静，泛着鳞片样的光点。

站了一会，巴桑就踅回帐幔，他想了一个妙计。就按照寅流来的姿势装坛，不分上下，不论左右，一起装进去，让他们分不出彼此。这样的情形活人是做不到的。

他把男的骨骸堆放到一边，又动手掘开坟的右翼。掀开泥土，露出一副完好的棺材，这一发现使巴桑暗自吃惊。

他费了好大的劲才将棺板撬开，这一开，却把他吓呆了，棺材里的女尸依然是完整的一副尸身，直挺挺地躺在那里！眨眨眼再看，女尸肉皮未烂，饱满如初，面容安详，如睡着一般，当时入殓穿的衣物还是原先的颜色。

他以前也听说过某某大官大户的祖坟里有不腐烂的尸

体，但那是经过地理先生找的所谓的龙脉宝地，像这种荒丘野坟也出现这样的情形是他闻所未闻、见所未见的。

愣过之后，他赶忙燃了三炷香，插在坟窝里，嘴上呢喃一阵，又将棺板盖上。然后回屋，把情形和妻子、儿子说了。

鲁维说："爹，你不是看花眼了吧？哪有埋了二十年不烂掉的肉体呢？"

"我还没有糊涂到那个地步，这种事你当我未曾听说过？不信问你妈。"

合社似乎没什么兴趣，抱起半箩玉米就往外走。她的背景是一片宝蓝的天空，对岸的崖顶上夕阳黄澄澄的。

父子俩一起来到坟地上，帐幔里有一种轻微的腐霉味，鲁维忍不住捂住鼻子。

"刚才不见臭的。"巴桑说着又撬开棺板，叫儿子看。

鲁维伸头看了一眼，说："真像睡着了一样。"

父亲把棺材盖了，钻出帐外。

"爹，好像你埋的这些死人头部总是朝向河上的，为什么呢？"

"他们都是河上人呗，是鬼了也一样想家乡的。"

"那么，我们的故乡在哪里呢？"

巴桑沉默一会，淡淡地说："河上。"

儿子不知道多少遍这么问他了，可是他的回答总是一样。说到故乡，巴桑深邃的目光里总闪烁着不安与慌乱。

"爹，这座坟还搬不搬啊？搬到哪里好呢？"

巴桑操起一把铲，钻进帐幔中，将一些泥土拨到棺材上。这时候天色已经完全阴暗下来。

·三·

天还没亮，鲁维就起床要走。十多里的山路，要花个把小时才走到，几十名学生在学校里等他，他不能不回去。

父亲的影子立在门外，面向红河，一动不动。

“爹，我要回去了。你们要抓紧点，过两天我再请假回来。”

“不用，你把心放在学校里吧。有时间，打个电话给老张，叫他有空来看看。”

鲁维应声，捏亮手电筒奔上了屋旁的山道。

儿子走了一会，巴桑忽然又想叫住他，可是已经看不见手电筒的亮光了。他想告诉儿子不要再打扰老张，老张如今可是个大忙人，公家的事忙不完，哪能分他的心呢！

那时候，老张还是个又高又瘦的年轻人，操着一口外乡口音，大半的话巴桑听不懂。他被水冲下来那天，天刚蒙蒙亮，巴桑到河边的沙井里提水，却见到铺在水边的一堆黄色的衣服，过去扯了一下，才见是一个人。巴桑把他背到河边的石洞里，把他身上的驳壳枪卸下来，把湿衣服剥光换上干的，护理了两天，人活回来了。之后老张时常进出野猪窝，和土匪周旋。后来他当了区长，想要报答巴桑的救命之恩，要把他带出去工作，但巴桑死活不肯。老张曾经失去音信几十年，前些年又冒出来了。他说他一直在干着红河的事，这一次是最后一次了。

老张那么忙，我怎么能叫他来呢？巴桑边责备自己，边朝河边走去。天空被一块厚黑的云层占据着，而且愈压愈低，接着怒吼几声，下雨了。这时候巴桑正坐在岸石上，他缓慢地朝家走去，浑身被淋了个透彻。合社站在屋檐下，她的目光穿越雨雾，无声地看着他。

这是入春以来下得最大的一场雨，从早晨一直下到中午。巴桑始终垂着手，在屋檐下走来走去。而板央则满脸悦色，不时伸出个头来看那片在雨中摇曳的玉米地。合社默默地在灶边做饭，一副天崩地裂也与她无关的漠然。

吃过午饭，雨停了，巴桑看到原先一河的碧绿如今变得黄浑浑的，心里煞是难受。他拎起最后两只坛子，走走歇歇，来到坟下。土坟淋了半天的雨，看上去有些陈旧，脚板刚踏上去，却哧溜一声，他整个人连同手里的坛子滚跌在地上。

他只得回屋来取把锄头，把土坎挖成几级台阶，然后把坛子一只一只地提上去。这时，几缕阳光破云而出，投射到野猪窝上，格外鲜明。有两道黑影掠过空中，巴桑认出那两只栖在木棉树上的喜鹊。他的目光从树冠收回到坟地时，一股恶臭连同一个熟悉的物体触动了他。

倒塌在地的帐幔上，母猪正翘着屁股将粗陋的大嘴戳进寅的棺材里。天啊，这只该杀的东西！

下午有阳光，他把挂在壁上多年的猎枪取下来，先将火药和发火帽摊开暴晒，随后把油灯里的煤油倒出来，润湿碎布，仔细地擦拭枪身。

擦枪毕，他抓起一小撮火药放在手心上，将烟头一点，嗞的一声，一股青烟蹿起，掌上不留丁点渣迹。

接着是往枪管里灌火药，放弹丸，置火帽。一切都操作得准确而迅速。他做了几个出枪的动作，尽管缓慢而笨拙，却是让人看出老到而娴熟。他跟许多红河边的枪手一样，都是横操着枪，用两手调节射击角度，不用三点成一线就能击中目标。

于是，合社从屋里走出来的时候，听见了一声轰鸣。

轰鸣声在河谷四周撞了几个来回之后，野猪窝死寂了一阵，合社倏然听到了一种坍塌的声音。

她急忙往木棉树下赶去。

巴桑伤势不重，他只是被震昏了。半个时辰以后，就苏醒了。

“你想死么你？你想丢下我们先走么你？”合社喃喃地瞪着他。

“我，我是怕那个杂种皮太厚，打不穿它，就，就多灌了点药。”他张口咽下了一大口药酒。其实，这么使枪也是他的脾性，每次对付大的野物他都是这样超量地填放火药。“要么不打，一打就要两边倒。”这是他的口头禅。他使用的这种老式英国造猎枪后坐力特别强，人不倒，野物也不会倒。

傍黑，天空又布满了黑沉沉的乌云，空气异常沉闷，天边电光闪闪，虫蛾漫天飞舞。巴桑爬下床，伫立在门前观看天象，心情也跟着沉重起来。

他蹒跚着步子，穿越地边，来到河旁。昏暗中他看见河心那块礁石又被淹了一截，黄浊的河水在漫不经心地舔食着石面。水啊，慢些上来吧，我还没办完事呢！他心里祈祷着，坐到了岸石上。

这种天气，有点像他初到野猪窝的那天傍晚。那天黄昏，巴桑靠着一点残存的力气游近岸边，抓住了一块伸入水中的礁石，但他没有爬上岸的力气。他的下半身泡在水里，上半身搁在石头上。

那晚的乌云如盖般扣住了四周的山顶，震耳欲聋的雷声在空中滚碾着，空气沉闷得让人喘不过气来。透过昏暗的光线他看见了一群闷疯了的野猪，它们先是在坪地的草丛间追逐撕咬，而后向河边窜来。

他看见那些红毛白牙的野猪嗥叫着一头头跃入水中，凫游一阵后又爬上岸，抖水的响声此起彼伏。一头在水面捣腾够了的野猪从他的近旁上岸，它似乎闻到了他的气息，便咂着大嘴犹犹豫豫地靠近他。当它试图接近他的手时，他忽然攒足力气，大叫一声，野猪被吓得落荒而逃。他自己也昏厥过去了。

当他再次醒来时已是第二天早上，夜里已经下过大雨，上涨的河水将他托上更高的岸边，从此他成了野猪窝的主人。

巴桑是糊里糊涂跟父亲跳下红河的。他是他那个保安团团长父亲六个儿子中的一个，因他的相貌丑陋而备受冷落和歧视，小时候不送他识字，大了也不让习武。兄弟们有的到城里读书，有的在父亲手下吃公饷，唯独他没有什么出息，整日扛杆火铳带只狗和长工们去巡山。

他父亲是桂西有名的地头蛇，明里是保安团团长，暗地却干着鸦片生意，和另外两股烟匪势力相当。平时各占营盘，井水不犯河水，倒也相安无事。不料，当时的广西省政府委派大员坐镇桂西，严令禁烟，剿灭烟帮毒匪，并任保安团团长为禁烟剿匪司令。从一个毒枭变成了司令，这下可难为了团长，但无奈军令如山，他只得硬着头皮去执行公务。他和大员密谋，准备请求上级增兵，一举剿灭另外两股烟匪。谁知自己窝里藏着内奸，把军机漏了出去。两股烟匪纠集了数百人枪，还没等他动手，就趁着一个雷雨之夜包围了保安团。

毫无防备的保安团来不及和他们交手，就被收拾在被窝里。杀人不留根的烟匪趁机扫荡了巴桑一家，鸡犬不留。当时他父亲和两个卫兵且战且退，往红河边逃命。在河边，他们遇上了自顾逃命的巴桑。河边没有船，河水满盈盈的，涛声如雷。眼看上中下三股追兵渐渐逼近，父亲忽然看见了几截垒在河岸上的木头，便吆喝卫兵和巴桑一起动手，把木头滚到水中，然后一人抱住一截，顺流而下。

年老体衰的保安团团长肯定是葬身鱼腹了。面对滔滔河水之时，巴桑的心里曾经无数次地掠过这个念头。即使他还活着上岸，也不会活到今天。他们那个庞大的家族就只剩下巴桑一个人了，所有的亲缘都死在那个雨夜的混战中。

巴桑总觉得他的父亲是个矛盾而神奇的人物。他一面厌恶脸孔不像人样的巴桑，一面又认别人更丑陋的孩子做干儿子。他那几个恶犬般的卫兵中就有两个这样的干儿子。他一面当保安团团长，一面和游击队队长大胡子往来。这就是他的父亲。

到半夜雨还是未下，巴桑摸黑回到屋里，刚要躺下，在屋外纳凉的合社就嚷起来："哎，巴桑，你来看，快看哪，你那些死鬼跳舞了，他们拿起火把跳舞了！"

巴桑撑着身子出到门口，往坎上的坟地望去，只见一团绿幽幽的亮物正在坟地上游移、跳荡。那东西一会高跃，一会低滚，一会大，一会小，飘忽不定，忽暗忽明，像只不停眨巴的绿眼睛。

他踉跄着奔到屋角，扑通一声跪在地上，闭着双眼，两股热泪涌出眼眶。

他又踅回屋，摸出几根香，凑到油灯上燃着了，然后走出门去。屋檐下的合社和板央都默默地看着那点暗红一颠一颠地向坟地移去。不一会，她们视线中的那团亮物在不断地变小变淡，最后坠落入地。

·四·

鲁维是在深夜十一点钟时和老张通电话的，白天老张总不在办公室。他先是告诉鲁维说他不能亲自去一趟野猪窝了，事情多得脱不开身。之后是在电话里发了大通牢骚，抱怨淹没区的搬迁工作进程迟缓，交通部门抽不出足够的车辆，公路凹凸不平，没有人管……

“我这个顾问，放屁不响了，操他个娘的！”老张到桂西几十年了，仍旧乡音未改。鲁维是刚知道他已经从在位领导变成了顾问的。顾问是个动嘴巴的角色，说话管事当然今不如昔了。

老张还告诉鲁维，根据气象信息预报，近来红河水上游连降大雨，要敦促家里尽快撤出野猪窝。

放下电话，鲁维的心情就像被石头压住了似的急切。他安顿好两个孩子睡觉了就立刻拿起雨衣和手电筒上路回家。

这条山路，他走过多少趟，他自己记不得了。反正，这十余里的山道多半是他走光滑的，路边的草木也是他砍的。平时，每到星期天学校放假他都要两头跑，从学校到野猪窝，从野猪窝到学校，这样简单重复，往往来来，一周复一周，一年复一年。扳着指头算，也有十五年的光阴了。

红河边的村寨缺人才，那时十八岁的鲁维从县城高中毕业回来，就被上级吸收为民办教师，一干就是十多年。他教出来的学生有的当了干部，有的从师范毕业了，可是，这所学校仍旧只有他一个教师，他也仍旧是民办教师。上级说，这村子只有十多户人家，人口太少，让他在这里，也是照顾他。

巴桑并不知道教师还有公办和民办之分，反正儿子当上教师比他有出息，他就欣慰。鲁维是个五官端正的男子汉，不像父亲那般丑，模样就像当年生龙活虎的老张，巴桑高兴自己能养出这么个儿子。

这夜是出奇地燠热，以往这种时节在这山里走，凉飕飕的风会吹得人都冒不出汗。走到野猪窝，鲁维已是一身大汗。老母亲还没睡，一个人坐在门前的竹椅上，拿一把赶蚊草不停地摇晃，上身赤裸。

合社见儿子回来，说："你爹把猪干死了。"

鲁维说："为什么呢？"

合社不语，顿一会，才说："那肉是吃不得的。"

鲁维把父亲推醒，一面揩汗一面把老张关于天气的话说给他听。他愣了半天，说："怪不得这天色不好，像我刚来那天的天气。"说完，又睡去。

鲁维急了，又摇醒他，说："爹，你不能老让人家老张操心呀，他又催你快点走了。"

巴桑搓了搓眼窝，说："你忙公家的事吧。等我埋了那些骨头就走。"

"你的动作能不能再快点，不然水真的要来了！"

他默默扳动两根指头："明天，后天，大后天可以走了。你今晚不回去了吧？"

"我明早八点还有课呢。"

隔壁的睡屋里，传来了板央的咳嗽声。

那块压在野猪窝上空的厚云不知移到哪里去了，雨没下成。河谷的一切沐浴在鲜亮清新的阳光里。整个上午，巴桑把寅的坟茔修整加固了一番。既然是个好坟地，就让他们永远埋在这里吧。他垂手肃立了一阵，满眼泪花。

在这些死者当中，形状最为悲惨的要算酉了。

酉被水推来的时候红河并没有发大水，河水的颜色只是一种淡黄。时值秋天，肆虐了一夏的红河正将扩张的躯体收缩回河道里。酉是个肥胖的中年男子，肉体白皙，四肢粗壮，只是他的腹部被剖开了。河水冲击的缘故，所有的内脏已被掏空，创口的两边是肥厚而透亮的脂肪。遗憾的是酉的面部已被烙得模糊难辨。

巴桑小时候曾经目睹了一幕惨剧。那次他父亲几经周折终于抓到了死对头黑老虎。

黑老虎也是一方霸王，与巴桑一家是三代世仇，结怨甚深。那时候巴桑的父亲还没有成为威震红河边的保安团团长。黑老虎仗着深居山林，神出鬼没，多次伏击巴桑父亲的驮队，抢走大烟和绸缎盐油，还把赶马人全部杀死。在此之前，黑老虎的祖父为了一个女人而把巴桑曾祖父的阳具割下来喂了狗。为了不让巴桑家日后发迹，黑老虎的父亲请来风水先生，多次捣毁巴桑家的祖坟，用狗血把坟地淋得一塌糊涂。

对黑老虎恨之入骨的父亲决定要为祖辈、为自己复仇雪耻。他叫人把赤裸的黑老虎五花大绑在一根柱子上，然后又差人用炭火烘烤一些石块，摆上一张小八仙桌，桌上有酒壶酒盏。

父亲奇特的处罚方式引起了巴桑的兴趣，他掩藏在窗后偷窥。刑场被家丁持枪数层警戒，哨楼上的两架机枪朝外张着大嘴，一些有脸面的族人分别站在父亲两旁观看……

西的墓穴被一种根系发达的野藤所包裹，盘根错节的草无孔不入地插进石缝和泥土里。巴桑花了大半天工夫才清除了藤根，挖去表土，这时候他已经筋疲力尽，锄头都举不起来了。

他默坐一会，燃根烟，钻出帐外。一阵晚风吹来，他感到精神了许多。西边的山顶上红云如血，在夕阳的余光中，巴桑看见一些飞翔的影子不断地从四面飞到屋后的竹丛中，那哨音般的啼鸣汇集到一起，就变成了欢快的奏鸣，这是一群无忧无虑的山雀。自从巴桑亲手种下的竹子成林，这些雀儿就从山野里到这里来聚居，度过一个个安全而甜美的夜晚。过不久，这竹林也要被淹没，竹丛没有了，雀儿就会散去。想到这，他的心头就有些沉重。

他掩盖好那些装有骸骨的坛子，又加固了帐幔，才走下坎子，穿过地边，向河边走去。

老张不来了。巴桑禁不住又想到了这件事，他面对那块洇有新鲜水渍的礁石，心里有些沮丧。

·五·

板央醒来的时候，对面厢房里的鼻息声仍一起一落，公婆还在酣睡。她知道天快亮了，若是往时，公婆是比她先起的，老人总睡不踏实。可是今天有些反常，他们竟睡得这么香甜。

她给小儿子掖好被，就穿衣下床。窗户上透进来微白的晨光，射在儿子宁静的小脸上。这个孩子，是她最后生的。为了他，她和鲁维都付出了代价。她被结扎，还被罚了超生款。鲁维也因此把公办的指标让给人家。早先，板央和鲁维都不想生了，只是拗不过婆婆，碍不过她的脸，看不得她的眼泪，于是就生出来了。生孩子的事巴桑是不闻不问的，他认为是女人的事，男人只管想自己想的，干自己想干的。

只是苦着了板央自己。丈夫出门在外，公婆又都老了，家里的地里的活都是她一个人担。除了缝衣种地，还有日常的砍柴挑水。好在她是个吃得苦耐得苦的人，从小就习惯了逆来顺受，忍辱负重。自从自己寻死不能，被这家人救起来后，她就做好了吃苦受累的准备。

她是个沉默寡言的人，凡事不声不响，生性还有些倔强，想要干什么别人也不轻易说服得了。比如这一地的玉米苗和四周的南瓜葫芦藤，都说要搬家了，水要淹了，种下来也是没有收获，但她偏要一棵一蔸地种，白天除草培土，早晚担水浇淋。经她侍弄的庄稼绿油油的，惹人疼爱。真的就吃上了瓜苗红米菜之类的菜蔬，她的心便有些欣愉。

她在河边的沙井中挑回一担水，燃了灶火，给婆婆和小儿子热洗脸水。公公是从来不用温水洗脸的，而且从来不使用毛巾洗脸，每天早晨他都是掬一把河水擦在脸上，然后是搓搓脚杆。鲁维曾经形象地比喻父亲这种洗漱方式叫作猫洗脸。

板央把部分热水舀到一只桶里，剩下的催火煮沸，然后开始煮玉米糊。她弓身立在灶边，一手往锅里撒玉米面，一手用木勺不停地搅动。不一会，半锅黄灿灿的玉米糊就做成了，这便是一家人一天的饭食，谁饿了谁舀吃。

做完这一切，天已大亮，公婆也已起床。她出到门外，往玉米地里看去，不由得大惊失色，在前天被打死的母猪周围，跳跃着无数乌鸦，黑压压的一片。河谷上空尚有一些滑动的黑影，不住地朝玉米地拢来。

乌鸦们沉默着，无声无息，一起扑向死猪。这时，走到门口的巴桑也看到了这一情景。但他并不惊讶，而是沿着往常的道路，从玉米地旁边走过，来到河边。乌鸦群对他的出现并不惊慌，照样旁若无人地抢食。

野猪窝上出现这样众多的乌鸦并不多见，平时它们都是沿着河谷飞行，寻觅那些顺水流来的各种动物的尸身，极少停留在这里。看见乌鸦的时候巴桑总会生出一丝亲切感，它们也是红河滋养的一群生命，和自己一样。

河水已经盈到岸边，成堆的泡沫和浮物漂游在浑浊的河面上，河心的礁石所剩无几，像一顶雨帽。巴桑无心再坐下来观看，洗了脸脚就往坪地上走。

原先葱绿的玉米地里掺进了一些黑色之后变成了一种沉重的色调，腾跃不止的乌鸦在死猪的四周窜来窜去，它们舞蹈、欢叫，轮番享受着美餐，巴桑估摸那头瘦得皮包骨的死猪如今可能只剩下一副老骨了。

他上到坟地的时候忽然听到玉米地里传来一阵嘈杂声。是乌鸦们在互相搏杀了。它们大概有的还没有吃到美餐，而先来的却腹胀如鼓，于是就发生了战事。

合社和板央同时出到屋檐下观看乌鸦们的厮杀。看见那些嫩绿的玉米苗被乌鸦们糟蹋得一片狼藉，板央急得胡乱捡起一些石块往玉米地里掷，企图吓跑那些邪物，但她愈扔石头，乌鸦们愈咬得凶。合社则平静地观望着，仿佛乌鸦们在为她唱歌跳舞。她也没见过这么大群的乌鸦聚在一起，更没有见过这种为食而战的惨烈情景。

巴桑只看了一会，就转身去继续昨天的事。他想每只乌鸦都有这么锋利的嘴和爪子，那原本就是用来撕咬的！

一眼茶杯口粗的洞一直从坟头深入到棺木中，滑亮而幽深。老鼠们竟然把窝筑到酉的棺材里了，巴桑恨死了这些尖头尖脑的东西，一捉到就剁成肉酱。

扒完土，他轻轻撬开了霉腐的盖板，正要寻找老鼠的影子，却听到呼的一声，冒出个扁弯的蛇头，丑陋的头部正对着他，身子急速地滑动。他感到一阵眼花，颓然坐地，那蛇见没有威胁，又把头缩回去，继续盘在酉的脸骨上。

待巴桑清醒过来，他首先意识到的是要把蛇赶走。若是往时，他就会将它捉住或者打死，然后拿去煮吃。只是，现在他手脚不灵便了，捉住一条生猛的毒蛇是十分困难的，弄不好还被咬了。要打死它也并非易事，会伤着酉的。他忽然想到了烟，就摸出烟盒，站到高处，把烟丝撒进坟窝里。一会，那条手腕般粗大的蛇就不安地蠕动起来，终于缓缓地滑出酉的尸骨，向草地里游去。

乌鸦的争斗持续了半个上午，它们在玉米地上留下了一层黑色的羽毛，在玉米蔸上染了些血迹。几只伤残得不能飞行的乌鸦在玉米地里扑腾了一阵之后，竟都争相跃下红河，淹在水里死去。

板央愣站在玉米地里，目光落在坟地上。在白布帐幔旁边，有一块青灰色的墓碑，她只看到那块碑的顶尖。

正午时分，巴桑从帐幔里钻出来。他一眼就看见两个熟悉的人影，一个是玉米地里的板央，另一个是合社。

合社正立在粗大的木棉树边，捞起一边裤腿。他在声声知了的鸣叫中，听到了一阵清晰的尿响。巴桑一直对合社站着撒尿的姿势恨之入骨。他始终无法接受一个女人也能像男人一样站着排尿的事实。早在她刚成为他的妻子的时候他就发觉她有这种恶习。

更令他反感的是，合社时常无所顾忌地当着他和其他家人的面站着行便，偶尔还弄出些响屁，或者和别人唠叨。

只是如今他们都到了这把年纪了，这种年岁的人心都麻木了，脸皮也厚了，一切都无所谓了。

但是，巴桑并不因为她的这种恶习而嫌弃她。她是个疼爱别人胜过疼爱自己的人，尤其是对儿孙。

许多年前的一个黄昏，在玉米地里劳作的合社忽然感到肚里的小生命一阵蠕动，她来不及赶回家，就蹲在地边的木棉树下把孩子生了。当巴桑从山上回到家，才惊奇地发现多了一种声音，那是孩子的哭声，这种哭声陌生而又亲切。这个孩子就是他们唯一的儿子鲁维。

初时，和她睡到一张床上的巴桑并不奢望已经四十几岁高龄的她还会给他生个孩子。就连后来她的肚皮一天天地隆起，他也还不敢相信里面真是个孩子。

合社生下鲁维以后，乳房随即干瘪了，孩子缺奶，每天嚎哭不止。巴桑每天潜入浑黄的河里，专逮一种鳞皮黑厚的肥鲤鱼，拿回来熬成浓白的鲜汤，让她喂养幼小的儿子。她自己则时常背着孩子翻山越岭，到十多里外的村子去找哺乳期的妇女帮奶孩子。每当孩子生病，她都急得落泪，紧紧地将孩子搂在怀里，彻夜不眠。

鲁维大了，又有了孙子，当奶奶的合社对孩子的爱心不减。除了晚上睡觉和哺乳的时间，她都陪伴着孙子。后来，又添了个孙女，她仍觉得不够，不满足。当她知道板央再次怀孕的时候，便唆使她把孩子生下来。为了逃避计划生育工作队，她带板央藏到溶洞里，一天一只炖鸡给她送去。媳妇受到了婆婆的鼓舞，真的为她生下了第三个孩子。

一般来说，疼爱孩子是母亲的天性，但是像合杜的这种爱法却实在少见。巴桑也无法揣摩到她的内心深藏着的是怎样一种东西。

巴桑走过地边，瞥了一眼板央，她正在将折坏了的玉米苗扶正，就说："下午，你带孩子先走吧，我和你妈明天就离开这里。"

"不，不。要走一起走！"她的神情有些慌乱。

巴桑又说："你看，河水快要淹到地脚了，别为地里的东西费心了。"

她恓惶地看了平静的河水一眼，又将目光收回到眼前的玉米苑上，继续原先的动作。巴桑只好摇摇头，向屋里走去。

·六·

巴桑第一次看见庚是一九四五年秋天。

那时候抗日战争刚刚结束，全国人民沉浸在喜悦之中。国共两党还没有交战，局部地区还出现了握手言和的态势。有一天，保安团团长忽然命令手下宰杀三牲，设了八桌大宴，说要宴请贵客。家人和手下都感到纳闷，说请客却没有客人的影子。

直到日头西斜，酒肉上席了才有手下禀报：游击队队长一行已到城北门。团长精神大振，随即换了一身便装步出大院，立在门楼下恭候。

游击队队长是个身材瘦小的汉子，简直是副獐头鼠目的模样。他一身土布衣裤，脚蹬草鞋，两把“二十响”有节奏地拍击着细瘦的大腿。能够镇人的只有他那两腮赖胡和一双不停溜转的眼睛。他的出现吸引了镇上的人们，大家站在小街两旁，静看队长和他的二十来个队员从街心走过。人们只是都摸不透昔日刀枪相见、水火不容的一对仇敌怎么会坐到一起来喝酒了，都以为打倒了日本侵略者红河边也真的会从此太平。

后来巴桑才听说大胡子队长原先只是他家的一个佃户，在一次与同伴开玩笑的时候把主人家的两匹马的尾巴绑到了一起，然后抽鞭，结果主人家老爷最喜欢的那匹大黑马拉脱了马尾，主人兴师问罪，他被迫逃离了家乡。那时他只有十六岁。

许多人都以为游击队大胡子队长这次下山肯定落入了保安团团长的圈套。其实不然。席间团长笑眯眯地和大胡子按红河边的习惯连喝了三杯交杯酒之后，说：“这次请队长下山，目的有三。其一，都说你使枪能百发百中，想看看你的枪法；其二，想看看扯断我的马尾巴的小伙子如今长成什么样了，他凭什么敢和我作对；其三嘛，如今天下太平，我们也学学人家大人物。”

大胡子嘿嘿一笑，大声道：“老爷，这三条都好说。第一条我很容易满足你。第二条其实也简单，你看见了我这脸胡子就该知道我为什么敢当这个队长了。第三条嘛，我们是真心实意地希望从此天下太平才来的！”

团长笑皱了老脸，连声说“说得好”，大家又干了一杯。

到夜，团长欲留大胡子一干人在他家过夜，大胡子不依，硬要回到山坡脚自家的茅草屋住下。他们整夜轮番和衣而睡，却不见有什么动静。

团长手下有支八个人的手枪队，手上提的都是清一色的二十响驳壳枪，也是天天练打竹节眼百发百中的。这批人都有个奇怪的发型。他们理发的时候只需用半边葫芦往头顶上一罩，剪刀在葫芦壳以下的地方一剪，然后剃刀刮过。看起来像朵蘑菇，当地人都谑称为马卵头。

第二天一大早，红河边的沙滩上就围满了人。团长手下的几个马卵头出够了威风，他们以各种娴熟的姿势将子弹击在同一棵岸竹上。一轮过后，竹子拦腰截断，栽倒下来，众人一阵欢呼，团长也一脸得意。

轮到大胡子了，他叫人把一只秤砣挂吊在伸向河中的一棵牛奶果树上，中间是一根细麻绳。他站在五十步之外，轻轻地举起枪。观众以为他要打那秤砣，不想砰的一声，秤砣被人剪了绳似的直落河面，溅起一朵水花。众人又爆出了一阵更大的欢呼声。当时在人群中的巴桑对这个比自己大不了几岁的大胡子佩服得五体投地。

团长为了表示敬意和大度，竟给大胡子送了一匹好马。

好景不长，随着重庆谈判破裂，保安团团长也不顾年老体弱，亲自进山清剿大胡子。打了半个月的仗，保安团死伤占半。在一次战斗中，团长的大盖帽被子弹打飞了，子弹正中青天白日。他知道这一枪是谁打的，也知道这是对他的警告，于是就带着残兵败将撤下山来。

巴桑知道父亲的那顶军帽是国民党军的一个团长送的，帽子被大胡子击中的消息在家人中悄悄传扬。

打完那一仗之后据说游击队转移了，加入了更大的滇黔桂边纵队。接下来就发生了任命保安团团长为禁烟剿匪司令并被另外两股烟匪袭击而全军覆没的事件。

许多年后的那个阴雨绵绵的庚日，波涛汹涌的红河忽然发出一种异常沉闷的响声。巴桑从屋里出到屋檐下往河心看去，只见河水已淹到了玉米地的地脚，把所有的岸石都埋入水中。河面上铺排了无数的木头，在河湾上缓旋，上游的河面不断地有一些新的木头加入这个硕大的旋流里。

巴桑想：有这么多木头流入红河，肯定是哪个地方遭了洪灾。这么好的木头让洪水推走实在叫人心痛。他没有力量去打捞这么多木头，也用不着再打捞木头。于是他长久地站在那里，观看那些木头怎样被旋流吞进，又如何被吐出去。不时有些木头被挤夹在一起，有的直竖起来，不停地旋转摇晃；有的像一门土炮斜插在河里。倏地，在挨挤的木头中他看到了一个熟悉的物体。尽管只见到局部，但他敢断定那是一个人或是一具尸体。

他按捺不住自己跳荡不止的心，就一头插进雨里，冲向河边。

在漂浮着木头的水面打捞溺水者他以前没干过，弄不好被木头撞着或压到水里，救别人不成反而丢了性命。但他并不犹豫，野猪般扑进浑水中，一会凫，一会潜，一会爬，终于接近了溺水者。但当他触到了目标时，他便断定这人已经死了。

巴桑实在想不到自己捞上来的竟是当年那个大胡子队长。尽管被水长时间浸泡而肉色青白，但他的容貌和蓬勃的胡子已经准确无误地证实了他的身份。

他仔细地察看了死者的身体，除了一些皮肉伤之外并无什么致命的伤口，从那鼓胀的肚腹上看得出是落水而死的。

巴桑破例要合社和板央为大胡子缝制了一身衣服，他想要好好地安葬这个曾经喧嚣一时的人物。

可是当巴桑第二天早上来到河边要为大胡子入殓时，却发现尸体已不翼而飞。细看周围也看不到水位上涨的痕迹。所幸的是大胡子没有被水推走，尸体仍然夹在缓缓挪动的木头中。

多年来巴桑一直被这件有些蹊跷的事困扰。

巴桑一家为大胡子举行了隆重的葬礼，还为他凿了一块墓碑，但没有字，因为至今他仍然不知道大胡子的真实姓名。巴桑相信大胡子是这些死鬼中当得最大的头儿，因此庚的墓就垒得特别高大。

他花了大半天的时间，终于把庚的骸骨移到最后一只瓷坛里。这样，除了寅之外，所有的骸骨都被转移到坚实的新居里。

巴桑钻出帐幔的时候忽然感到有一阵被抽去筋骨般的劳累感，身体摇晃几下便瘫坐在地上，立即昏睡过去。

厚云中不时投下几缕阳光，炽热而鲜明。随着云层的移动，那些明亮的色块在阴暗的大地上迅速晃动。不远处有一个人的目光一直注视着坟地和巴桑，她就是板央。

她那满含仇恨的目光越过巴桑的身体和白色的帐幔，落到那只装有庚骸骨的瓷坛上。她的思绪穿越时空，回到了很多年以前。

那时候，大胡子是红河边的一县之长，出远门有美式吉普车，出近门有高头大马，腰里别着枪，身后跟着好几个人。他走到哪里，百姓翘首相迎，敬之以好酒好肉。他讲一句话说一件事，就会有很多人忙前忙后。他说要男女老少齐上山，种松造林，全县几十万大军就毫不犹豫地住到山上。大胡子是个顶呱呱的好县长，据说上级想要他去当专员，他不干，他说自己文化低，管几十万人都难，管不了几百万人，上级只好依了他。

大胡子住在宽敞的小楼里，内心却有承受不尽的苦痛。他的夫人——当年生龙活虎的游击女战士，成了一个整天卧床不起的病人。每当看到女人那病恹恹的苦脸，他的头就如压石般地疼痛。她给他生了两男一女，把最后一个孩子生下来不久，她就病倒了。他曾经送她到省里的大医院去治，也有无数找上门来的中医，可还是治不愈。

这一切，都是妈说给板央听的。妈曾经是大胡子县长家的保姆，是她亲手把他的三个儿女带大的。

每当母亲回忆起县长和他的家人时，她都是满脸的黯然神伤。

板央渐渐大了，却看到了自己的父母亲经常没完没了地争吵，甚至扭打在一起。她也时常无端地受到父亲的辱骂和体罚。不少大人和孩子都耻笑她，说她是县长家的小姐。其实，那时候的大胡子县长已经常被人戴上高帽，牵到各处游斗。母亲也早已离开了县长家。

在一个风雨之夜，板央终于痛苦地面对母亲。母亲平静地说，她真是他的骨血。

母亲的死是在和大胡子一起游街之后。使母亲绝望的不是群众的羞辱，而是板央的养父把幼小的她推到人前，目睹亲生父母的屈辱。

母亲也是跳的红河。

母亲死后，板央作为私生的狗崽子，继续承受着大胡子带来的羞辱。多年以后，板央敲开已经回复了堂皇的生父的家门，却被生父年轻的后妻逐出门外。

就在那天，板央呼唤着母亲，跳进了红河。

板央没想到天地如此之小，红河又把大胡子送到她跟前，朝夕相处了几十年！

·七·

一股腥凉的河风吹来，巴桑醒了，此时已是黄昏。

他蹲坐在坎子上，惊异地发现板央仍然站在原处，用一种少见的目光朝这边射来，他和她相视了一瞬，便不由得打了个寒噤。

他将目光投向宁静而浑浊的河流，又一次感到了河水膨胀的节拍。西边山顶上漏洒下来的一缕斜阳也鲜亮异常，其中多是一种惨白。河对岸的崖壁上反射出一些跳跃不止的光斑，令他眼花缭乱。在崖壁与河水相接的地方，有一些物体正在游动，有的正朝河这边游来，在水面上荡出一条条好看的波纹。他揉揉眼，终于看出了是一些惶惑的蛇。

龙过江，水汪汪。水边的蛇也不安定了，不就是蓄水上涨吗？他心里嘲笑这些蛇过于敏感了。

看见这么满盈的河水，巴桑的脑子在极力地回忆往日那条狂奔不羁、势不可挡的红河。那时的红河水是褐红色的，它洗刷过了云贵高原的满身污浊，浩浩荡荡，一路狂奔，一路怒吼，震撼着广阔雄奇的桂西北喀斯特山区。然而，瘦红河又是另一种风景。每到冬天，红河的水就由褐红变成橘黄，再变成清澈的碧绿。大多数河段裸露出两条长长的河滩，而河水则静静地缓流在槽状的河道里。两排长滩礁石嶙峋，从远处看去，似万马奔腾。身临其间，巨礁和沙槽宛若迷宫。在巴桑的印象中，红河是条脾气古怪的河流，一时雄性勃发，一时阴柔如蛇。在河边这么多年了，他总觉得还揭不开红河那神秘的面纱，总觉得红河还会有一副他未曾见过的面孔。这种感觉就如同他刚刚看到的板央的目光一样。

他忽然想到了不远处的那个溶洞，那是他早就为这些骸骨选择的最好的宝地。过些天，洞口就会被水永远淹没，而洞里的一些高处则是水永远淹不到的。他只要把这些装有骸骨的瓷坛搬到那里置放，就算完成了一桩大事。干完这件事，要他巴桑上天入地或是当牛做马也无所谓了。但要搬坛子也得明天，现在他是无论如何没这个力气了。

他转回家来，要了支手电筒，又要出门，合社见了有些纳闷，说："你是昏了头啦？外面还有太阳呢，就拿手电筒了？"

他有些气恼，他不喜欢在他想要干事的时候女人东说西说。但他还是答说："晚饭不等我了，我要去钻洞。"

出到屋檐，她又嚷道："拿枪去吧，别让大老蛇把你吞了。"

巴桑想想也有些道理，那个溶洞常有条大蟒出没，他几次想逮它，却没那份力。他踅回屋给枪装上火药火帽。他想这回见到那东西就一枪干了它。

刚才灿亮的阳光消失了，天空和大地一样混沌。他顾不及再看天象景物，佝着身子直走。

来到坎下，恍惚中他看到了一个人影。那影子隐到木棉树的背面去了，他便猜想肯定是板央。

就在他愣神的当儿，她便出现在他的视线里。当他看清了她抱着的是一只瓷坛之后，便有一股说不明的东西在他的体内炸开了。

“站住！”

巴桑大喝一声，双手迅捷地向她伸出了枪。

她蒙了一瞬，但并没看他，自顾朝河边继续走去。

他急了，快步紧跟过去，气呼呼地说：“板央，你，你要干什么？”

板央不语，她像聋了似的毫不理会巴桑。他断定她是在干一件危险的事，就决意要阻止她。于是，他跑到了她的前面，用枪口对准了她。她只得站住了，却仍死抱住瓷坛不放。

巴桑认出了她抱的是装大胡子的那个坛子。她的脸憋得紫红，胸脯也一起一伏的。

他的脸变黑变歪了，一双老眼紧盯住她的脸。她没有看他，目光越过他的头顶，落在对岸的山崖上。

“你为什么要害他？嗯？”他忧伤地问。

板央不说话。巴桑从她浑浊的眸子里看到了仇恨。

“板央，为什么？”

巴桑依旧没听到板央的回答。他沉沉地叹了口气。人生就是谜，每个人都有自己的谜底，如同脚下这红河水。人到老时已不再有探究的兴致。他只是明白了，当年是板央把大胡子的尸体推下河的。

“板央，人死百了！”他说。

然后，他哀伤地掂了掂枪，疲惫而又坚定地说：“我不会让任何人碰他们。你放下他，走吧！”

两股珠子般的泪水忽然盈出了她的眼眶，滑落脸颊，汩汩而下，仿佛多少辛酸和苦痛都随着这泪水倾泻殆尽。倏然，她哇地大哭一声，把瓷坛搁在脚前，跑过玉米地，进家，边哭泣边背上孩子，然后走出屋角，拐上了山路。

合社伫立在屋檐下，目睹了这场冲突的全过程。板央走了好一会，她才喃喃自语道：“老天爷，怎么不来场雨呢？”

·八·

一夜未眠的巴桑和合社拿着手电筒和一捆未燃的火把走出屋来。这是合社的主意，她建议把碎布缠在一些木棍上，浇上煤油，就可以做照明用了。因为经过差不多一夜的争论，两人达成了一致，即黎明时分是最好的下葬时辰。

红河静静的，河谷蛙声成片。巴桑将手电筒往玉米地里一照，不由大吃一惊，河水差点淹到地头了！河面升高了一截，他忽然感到一阵气短。再上半个人高，就平到屋脚了。

他们踩着水边，爬到坎子上，不歇一会就开始把一根根火把布置在溶洞里。水还没进入洞口，他们都舒了一口气。

溶洞口高过人头，往里走十余米就突然宽阔成厅，沿厅拾级而上十多米，就有一个平台，足够那些坛坛罐罐陈摆。这里就是当年老张养伤躲匪的地方。

巴桑弯下身抱起庚的瓷坛的时候，合社便也想抱一个走，但抱不起来。巴桑说："你不要抱了，帮我拿手电筒好啦。"

于是巴桑在前吭哧吭哧地走，合社在后边缓缓地跟。进洞，出洞。出洞，进洞。

水位悄无声息地漫上来了，他们不时踩到水里，溅起一些水花。

"歇会吧，我都累了，你不累？"她说。

他想吱声，却被什么东西卡住喉头，说不上话。但还是不停地来来去去，去去来来。

一根火把倒在水里，嗞嗞地冒着烟火，一晃一晃。水已没到小腿肚，漫进洞口。

准是涨水了，巴桑想。这时天色已经微明。

"巴桑，我好像听到一种声音，是红河的声音。"在洞里，合社说。但他没听出来，开始抱那些瓷坛后他的耳朵就浑然一片。他还是默然。还有两只瓷坛，把它们搬进来就大功告成了。

一些火把相继倒在水中，不过此时已能够看清路线，他们深一脚浅一脚地在齐膝的水中行走。河中间，从上游推下来的漂浮物在缓缓往下游流动，随着水位的不断升高，河湾已不存在，河面变得坦荡而宽阔。

"你留下吧，在这里等我。"他的喉咙滚出一串声音，浑浊而细微。但她听得明白，却说：“洞里还要亮呢。”

“我熟路了。”

她还是随他而去，水里的土皮很滑，一步一个踉跄。他的喉咙又冒出一串声音，她抓住了他的裤腰带，哧哧地笑起来。

忽地，他的脚底一滑，整个人坐到水里，她也被拽到水里。这一摔，却有了重大发现，瓷坛竟在水上漂浮。他赶忙爬起来，她也爬起来，两人一同推着坛子，往洞里荡去。

最后一趟，巴桑执意让合社待在洞里等他。她已经累坏了，不停地咳，喘息的声音很粗重，耳朵里也是浑然一片。

洞口的水位已齐大腿根，有些路段甚至到腰部了。巴桑看到木棉树孤独地撑在河里，如把巨伞。他双手不停地划开浮物，一步一步地前行，浑水在他身后形成了一个又一个小漩涡。

站到老坟地上，他看见水面已平齐那间他住了几十年的房屋的门槛。他猜想屋里头已有些东西漂浮起来。

最后一个了，他呢喃着。就剩寅了，他已经给寅压实一层石块，再大的水也冲不走了。他把最后一只瓷坛抱下土坎，涉进水里，然后让坛子浮在水上，推向洞口。

这时候他确实地听到一种清晰的轰鸣声，有如滚雷。这种声音一直伴随着他进入洞里。

“巴桑，我又听见那种响声了。”合社说，“我的头轰轰地又疼又涨。”

他和她一级一级地抬着坛子，往上移去。

置毕瓷坛，巴桑也开始有了合社说的那种感觉。他们只好相依而坐。

霎时，溶洞里的轰鸣声即刻剧烈起来，有如巨雷。巴桑的双手下意识地搂紧合社。一会，剧烈的轰鸣声过去了，溶洞里飘荡着一种轻快的呼呼声，酷似一阵风响。两人的意识又清醒了。

借助残存的火光，他们发觉洞里的空间比刚才小多了，已找不到洞口。他们都意识到失去了退路，出不去了。两人都开始沉默起来。

很久了，火把已经燃尽，合社摁亮手电筒，说："巴桑，你想听我说说我自己吗？"

沉默良久，巴桑说："还说干吗哩。"

"我想说给你，这一生我一共生了九个孩子。"她说。

"就鲁维活着。是吗？"

"你怎么晓得？"

"我看出来的。你太爱孩子了。"

合社笑起来，说："狗日你个丑巴桑，真鬼精。我不说了，你都晓得了。"

顿了一会，她又说："我们会死吗？"

"你怕啦？"他说。

"我怕？哈哈，我怕了我还跳红河？我们都死过一次，不是吗？"

他又一次搂紧她，还把手电筒弄灭了。溶洞里回荡着一种舒畅的呼呼声，那是红河的声音。

在侧面的山崖上，站着鲁维和板央。

他们注视着吞没了野猪窝和溶洞口的红河水，满面怆然。

[访谈]

地域小说与文化书写

对话人：温存超　黄佩华

温存超，河池学院中国语言文学系（现文学与传媒学院）教授，第五届广西高校教学名师，文学评论家，广西高校人文社会科学重点研究基地——河池学院桂西北少数民族非物质文化资源研究基地主持人，广西高校优势特色重点学科——河池学院中国现当代文学学科带头人。

温存超：佩华，你好，非常高兴与你进行关于“文学地域”与“文学地理”问题的对话。我想，我们就从你的小说谈起，因为你的小说本身就具有相当鲜明的桂西北地域文化特征。在我看来，你的小说创作一直坚持现实主义的创作方法，坚持民间文化姿态，以桂西北高地为生活背景，描绘红水河流域的自然景观和民风习俗，展示居住在这片红土地上的壮族的生存状况和精神风貌，体现出相当明显的桂西北地域与壮族文化色彩。我想知道的是：你在这条道上一路走来的时候，是否考虑过文学的地域性和民族性问题？你是否有意识地给自己的小说创作选择定位——致力于桂西北地域文化和壮族文化心理积淀的书写？

黄佩华：这一直是我非常感兴趣的问题，非常荣幸和你一起探讨。地理或者地域对于作家抑或文学来说是一个

"根"的问题。试想一下，如果没有了"根"，那么我们的文学作品一定是没有生命力的，也一定是没有多少存在价值的。它牵涉到作家的精神家园、精神原型和精神动力问题，也就是理论界常说的价值内化作用问题。坦诚地说，你说的第一个问题我确实从一开始写作就有了思考。我早期的作品几乎都是写我家乡桂滇边界题材和内容的，那些人物故事都是我在村寨、圩镇耳濡目染的。那个阶段的作品，除了写我本民族——壮族生活之外，写苗族、瑶族的作品也有不少。不过那时候我对这个问题的认识尚浅，仅仅写自己熟悉的东西，是一种自觉而已，还没有上升到文学理论的高度。真正认识到地域文化和民族文化心理的重要性，大致是在20世纪80年代末吧，可以说，我从那时候开始才有这种文学意识的觉醒。从1988年我发表中篇小说《红河湾上的孤屋》开始，红河（桂西北群众习惯将红水河称为红河）、驮娘河（桂西北群众习惯将驮娘江称为驮娘河）、桂西北、云贵高原南麓、八达、平用等地理名称就频繁地在我的小说中出现，这些地名甚至成了我的道具和支架。当然，光有骨架和壳是远远不够的，关键是要往架上挂什么物体，往壳里装什么东西。因此，在地域的或民族的框架确定之后，我就思考应该写什么样的人物故事，这些人物故事应该具有什么样的文化特性。

温存超：评论家们注意到你的一种独特"坚持"，即一直坚持以自己的作品书写生活在桂西北土地上的壮族的昨天和今天。由此，我们看到新时期崛起的文学桂军中少见的一种现象，即你在同辈作家中以自己的“坚持”形成了自己所独具的关于桂西北壮族生活多角度、全方位的系列叙事，无形中构成一部桂西北壮族生存繁衍的形象史，称得上真正意义上的桂西北壮族文化叙事。通读你的小说，我感觉到你在进行这一叙事时的构思包括三个角度和层面：人物、家族和村寨的故事。通过对桂西北地区包括人物、家族和村寨命运的叙述，反映壮族的自然生活与社会生活；通过对人物形象的塑造、家族关系的揭示和村寨民族文化心理的呈现，努力地从总体上反映壮族的秉性与文化品格。不知道我的这种感觉对不对头。你是否可以从这个方面谈一谈自己在创作中对取材和构思的一些想法？

黄佩华：近些年来，书写民族、地域、家族命运的少数民族题材作品有不少成功的范例，比如《额尔古纳河右岸》《尘埃落定》《水乳大地》《藏獒》《狼图腾》等。别人能够成功，能够从写这类作品中得到认可，我们为什么不追随、不能坚持书写呢？我认为只要坚持，我也一样有可能成功，这是我的文学理想。有些人原本生活在乡村，到了城市以后就不想吃玉米、红薯了。我不是这样的人。恰恰相反，玉米、红薯会让我的精神世界和乡村的一切保持着一种不可割舍的关系。我个人认为，一个作家能够生活在家族之中，有在村寨居住的经历，这是多么难得的事情。在桂西北，由于自然地理因素的制约，城镇经济发展速度缓慢，大部分人来自乡村。也许这种身份对于某些人来说是痛楚的，但我认为对作家来说是好事情。这种乡村身份和家庭背景使我在创作中不会偏离自己的生命轨迹，不会丢弃我熟悉的文化，反而去选择一些自己陌生的领域来叙事。这种坚持，一方面是出自天性和本能，另一方面也可以看作是固执或懒惰。我的这种叙事态度，可能得益于我比较早就离开了家乡。离开桂西北，使我的地理概念发生了某种颠倒，发生了所谓价值内化，让我的审美观照得到了积淀和升华。这样，我的作品就自然而然地把桂西北的人物、家族、村寨纳入自己的“精神地理”范畴了。这种与生俱来的本能让我在取材和构思作品时，会不自觉地去和民族文化心理、文学地理因素保持一种血脉和根的亲缘关系。

温存超：从人类文化学的角度看，民族的集体无意识往往使民族作家在创作时自觉或不自觉地以本土地域和本民族群体的社会生活为表现对象，成为本土地域和本民族的忠实“书记”。这种现象在世界文学史上具有普遍意义，其意义不仅在于作家创作时轻车熟路和得心应手，还在于其创作过程是对本土和自身民族文化根性的一种切身体验与探索。你的小说是比较典型的地域文化小说，也是典型的壮族小说，体现出对自己相当难得的地域文学创作素材资源的珍惜，也体现出比较强烈的民族历史感和民族责任感。实际上，自20世纪90年代以来，在中青年少数民族作家中，像你这样执着于关注本民族生活和命运的人已经少之又少了，一些少数民族作家不再坚持，甚至有意淡化自己的民族身份。你是否一直有意识地保持着自己的壮族身份意识？对于这个问题你是怎样认识的？

黄佩华：你说得很对。我觉得一个作家不写自己熟知的东西是一种资源上的浪费。这方面，俄罗斯作家和拉美作家是我学习的榜样。当然，我也不反对一个少数民族作家以自己的天赋与才华，去写一些反映普遍人性的文学作品。但是，我总觉得，我个人热爱文学创作的成本要比好多人大得多，我不想浪费掉自己哪怕是一丁点儿的文学资源。你知道我20世纪80年代初就尝试写小说了，90年代初我第一次获得了全国少数民族文学创作优秀奖（骏马奖前身）。那本叫《南方女族》的小说集里有很多壮族元素、女性元素，也有南方的地域元素。我曾经尝试用一些现代性很强的手法写比较新的、都市化的东西，这些作品也都能发在一些文学名刊上，但是回头一看总觉得写得轻飘，没有厚重感。我从来不隐瞒自己的壮族身份，我七岁才开始接触汉语，才会讲普通话，我一直以自己的壮族身份为荣。这种身份让我具有一种使命感，如果我不写壮族小说，就好似有一双利眼从背后盯住我的脊梁，质问我为何不书写壮族。

温存超：纵观中外小说的发展历史，地域文化小说具有强大的审美魅力。从西班牙的塞万提斯到法国的巴尔扎克，从英国的哈代到美国的福克纳和海明威，再到拉美的博尔赫斯、马尔克斯，这些成功的作家都可以说是地域小说大师；就中国现当代小说来看，从鲁迅、沈从文、茅盾、巴金、老舍等作家的各领风骚，到新时期“湘军”“陕军”“晋军”“桂军”的异军突起，几乎也都可以说明地域文化特征在很大程度上成就了小说的美学特征和审美力量。“越是民族的就越是世界的”曾经一度成为小说家和批评家们所共认的小说美学准则之一。但是，近些年来也有不同的声音。你怎么看待这个问题?

黄佩华：米兰·昆德拉说，假如一个作家，只写作只有他的民族才能理解的作品，那他是有罪的，因为他造成了这个民族的短视。我同意他的观点。有些人认为只有本民族的东西才是最好的，这是狭隘的民族主义在作祟。我认为世界是兼容共存、多元共生的，你中有我，我中有你，不是唯一，文学更是如此。在回答你这个问题的时候，莫言先生正以他厚实的作品《蛙》叩击2012年度诺贝尔文学奖的大门。于是我想，如果莫言的作品没有中华民族元素，他能拿出去跟人家比拼吗?这已经不是问题了，问题是他在写中国元素时是不是同时考虑到了人类命运共性的东西，如果考虑到了，那么这些作品就同时兼有了世界元素和民族元素。我在想，这个问题是不是可以通过文学地理学来解决。作家分好几种，有的从出生到成长到成熟都生活在同一个地方，这类作家在文学地理概念上基本不会紊乱和模糊，他的作品可以高举民族大旗。有一种作家他出生成长在不同的地方，成熟在不同的地方，所以他在地理概念上往往容易发生紊乱，身份也比较模糊。这类作家创作的作品往往会有反地理性，因此他们就会对民族性问题产生疑惑。而实际上，他们的作品往往也是有地理含义的，只不过他们不愿意承认而已。我个人认为，只要作家关注到了人类共同的命运、人的本性、人的心灵，只要他把本民族的命运、本民族的情感密码置于人类历史长河之中来审视和表述，那么民族性和世界性问题就解决了，这个问题也就成了一个伪命题。

温存超：注重小说的地域色彩，对于一个小说家而言，在有意识和无意识之间往往形成一种稳态的审美价值判断标准。就小说的创作实践来说，作家们对地域特征的重视程度不一样，有的作家在创作小说时进入的是“有意后注意”的心理层次，有的作家进入的却是“无意后注意”的心理层次，这就造成了小说地域特征的显在与隐在、鲜明与平淡的审美区分。你小说创作的地域色彩形成属于哪种形态？有着怎样的考虑？

黄佩华：如果一定要进行区分，我当属于小说创作“有意后注意”的心理层次，这个前面提到了。我20世纪八九十年代的作品几乎都是中短篇小说，收入集子《南方女族》《远风俗》和《广西当代作家丛书·黄佩华卷》中。这些小说已经有了比较浓重的地域特色和民族特色。21世纪以后写的大量散文作品和《生生长流》《公务员》《杀牛坪》三部长篇小说，便是我有意追求的地方民族特色小说。有评论家称这三部长篇小说为“河流三部曲”。贴上这样的标签我基本没有什么异议，因为这些小说的背景、故事和人物命运也是桂西北的，具有深深的地域烙印。在审美问题上，我觉得有追求和无追求是不同的，有追求的作品显然更成熟更能打动读者的心灵。

温存超：《汉书》云：“凡民函五常之性，而其刚柔缓急，音声不同，系水土之风气……好恶取舍，动静之常，随君上之情欲。”也就是说，自然环境在很大程度上制约着地域人种的文化心理和行为准则，即所谓“一方水土养一方人”。你的小说对壮族生活的书写是基于桂西北高地与红水河流域特殊的自然环境与人文环境之上的，描绘桂西北的原生态自然环境，描写壮族古朴而斑斓的乡风民俗，努力揭示壮族生存状态与民族性格。作为壮族世代生活的地方，桂西北特殊的地理环境承载了壮族人独特的生命寄托和精神寄托，而桂西北的历史演进、社会变迁、乡风民俗等，则渐次演变成了壮族人特有的文化心理结构。我想请你谈一谈对桂西北特殊的地理环境和人文环境与壮族文化心理积淀和民族性格之间关系的理解。

黄佩华：我们壮族人口已达到1600余万（2010年），是中国人口最多的少数民族。壮族聚居在北回归线附近的亚热带地区的两广和云南，贵州、湖南也有散居。所谓“十里不同风，百里不同俗”，不同地域，壮族风俗迥异，语言文化也有很大差别。不过无论怎么不同，壮族共同的方面还是比差异多得多。譬如，他们都是古代百越的子孙，一起创造了那文化（稻作文化）、铜鼓文化、歌圩文化。他们忠诚老实、善良崇德、包容大度、忍辱负重、不怕牺牲、坚韧不拔、勤劳智慧……总而言之，壮族人的优点数不胜数。由于特殊的自然环境和人文生态，以及与多个民族杂居共生，居住在桂西北的壮族非常有包容性。小时候，我知道我父母亲有很多老庚，有壮族的，也有汉族、苗族、瑶族的，他们经常往来，就像走亲戚一样。在桂西北，壮族和其他民族世代生活在这里，共同拥有河流、高山、林地，有一样的物产资源。甚至，这里的人们生存状态和生活方式都非常相似，不分彼此。这一切，构成了桂西北独特的人文环境和文化氛围。当然，要把这种共生文化呈现在创作的作品当中并不是一件容易的事，作为作家你要会选择，会取舍，会识别。否则，你就不能在纷繁的文化现象中找到你真正想表达的东西，你的作品就难有自己的个性。

温存超：你的长篇小说《生生长流》被美国国会图书馆亚洲部收藏，该馆工作人员朱迪致信说："因为您是中国当代著名的作家，您作品中所蕴含的丰富内容，无疑反映了地域辽阔的中华人民共和国人们的当代思想，所以，您的作品，对研究您同时代中国人的社会和文化专题的研究人员，以及对您以后数代进入（我们）亚洲阅览室研究汉语族的研究人员，都将是一个非常有用的信息资源。"这是对你小说的地域性和民族历史文化价值的充分肯定。文学是人学。好的小说要书写人的命运，体现对人生意义的终极关怀，同时，小说要书写文化，要具有丰富的文化内涵。你如何看待这个问题，在创作中如何把握这二者之间的关系?

黄佩华：小说是虚构的产物，作家可以通过虚构一些人物、故事、背景，可以设置情节细节，以表达他所要表达的思想和情感。因此，书写文化和展现文化价值是必然的。《生生长流》写的是一个家族的百年故事，人物众多，命运各异。小说时间跨度较长，经历了不同时期的淘洗，经过岁月的沉淀，呈现出的文化底蕴和内涵自然会显得有厚重感。

小说被美国国会图书馆收藏还说明，我写的题材人家感兴趣，是属于中国的，属于中国南方的，而且纯粹是壮族的。当年长江文艺出版社愿意出版这部作品，证明他们是有远见的。当然，这种被西方评论界称为编年史小说模式的作品，其写作的难度也是相当高的。2006年，我作为中国作家代表团成员访问美国，有幸参观了美国国会图书馆，并与亚洲部主任李华伟博士餐叙。据李华伟介绍，这个图书馆建于1800年，是美国国家级图书馆之一，也是全球最重要的图书馆之一。它是美国历史最悠久的文化机构，已经成为世界上最大的知识宝库之一，在美国文化中占有重要地位。它保存各类收藏约1.3亿件，涵盖近500种语言，图书馆单书架的总长就超过800公里。我认为，自己的作品被这样的图书馆收藏并有这样的评价，也算是一种国际认可。

温存超：你的小说作品相当明显的一个标志是以河流作为叙事的依托背景与元素。你在小说中写自己家乡的两条河流——驮娘江和红水河。这两条河流似乎是你小说创作的素材之源，也成为你小说中的民族文化性格与人文精神的核心寄托。最初那些描写女性命运的中短篇小说，多以驮娘江为背景，而其后描写男性命运的中长篇小说，则多写红水河。这明显有一种象征意味：驮娘江委婉迤逦，富有女性意味；红水河雄奇险峻，极具雄性色彩。同时，还有一个现象，那就是在这些小说中，给读者印象最为深刻的是女子和老汉的故事与形象。两条河流，女子和老汉，这二者联系起来，是不是更能体现一个民族的生存状态与精神文化意蕴？

黄佩华：滇黔桂边界壮族有个民间故事，说的是在洪荒时代，滔天的大水淹没了桂西北高地。造物主布洛陀挥斧劈开了两条大河排洪泄水，一条叫公河，一条叫母河。其中公河引到了大石山区，被称为红河；母河则被引入平地，被称为驮娘河。不知经过多少年，洪水逐渐排干了，大地现出了原貌，桂西北两条河畔就成了壮族世世代代的繁衍之地。我认为，河流承载的文明远比山地深远厚实得多，历史文化随着河水的流淌而源远流长。流过我家门前的驮娘河以鱼米养育了我，因而在我最初的认知里她是我心目中最长的河流。河上的独木舟让我对河下游怀有无限的遐想。长大后，我才知道这条河边上曾经发生了许多大事情。河边曾经出土了西汉时期的铜棺古墓，曾经发生过震惊中外的马赖事件，曾经走出清代岑氏父子一门三总督。再后来，我还知道这里曾经出现过长达四百年的古句町国。由此，你完全可以知道我早期的作品为什么多是写驮娘河了。雄性十足的红河距离我们村只有几十公里，小时候我只是有所耳闻，后来下乡来到河边，那种震撼让我难忘。在我看来，红河给我的想象空间更加广大而深远。所以每当想起红河我总是心潮起伏，写起来更得心应手。至于你提到的两条河流、女子与老汉之间的联系问题，在我的小说中呈现的既是一种寓意，又是一种民族精神。雄性的红河与老汉代表阳刚，阴柔的驮娘河与女子代表婉约，这也是一种写作的意境，文学作品的意境。在桂西北壮族生活形态中，女子与男子具有同等的社会地位，是男人和女人共同撑起了家庭、村寨和民族的天空，在创作地域文化小说时，这个文化符号不应该被忽略。

温存超：文化是地域文化小说的矿藏，作品应充分显示出人与文化的亲和关系。作为地域文化小说，作品不可或缺的正是对色彩斑斓的文化内涵的揭示，使之成为小说的“形”中之“神”与“魂”。如果在地方色彩的表现中，仅仅是为营造环境而去描写自然环境，未能揭示丰富的文化内涵，其效果也就不过是一种地域标签，作为风物志、地方志似的介绍。所谓地域文化小说，应该具备地域人种、地域自然、地域文化三个要素。地域文化小说不仅应描写现实自然地理，同时，也应描摹历史文化地理，揭示由于地理环境或风俗禁忌等因素所形成的地域民族文化心理。或者可以说，地域自然是地域文化小说形成的外在审美因素，地域文化是地域文化小说的内在因素，而地域人种才是地域小说表现的根本。你在小说中注重描写人物与自然环境的关系，除了河流，还有溶洞、奇石、古树等；注重描写人与动物的关系，包括人与狗、人与老虎、人与野猪、人与鸟、人与牛等；还注重描写本土民间风俗，比如自然崇拜、“以弟为子”、“砍牛”等。这些当然不是为了猎奇，而是在自然地理与人文环境中，从传统道德和乡村伦理等层面揭示壮族的文化心理，我以为这是有效的。请你谈谈这个方面的体会。

黄佩华：地域文化小说中的一个核心问题，是“形”和“神”必须兼备。山川、河流、人种等一般被称为“形”，而“神”则是飘荡在“形”上空的“魂”，它包括历史、宗教、习俗、风物、故事传说等。关于西藏的小说可以说是我们国家最具地域特色的小说之一，如果它缺少了藏族、寺庙、高原、宗教、藏经、青稞等文化元素，那么就不能算是地域文化小说。在我家乡红河、驮娘河沿岸，聚居着壮、汉、瑶、苗、彝、仡佬、布依、傣等多个民族，他们生活在这片土地上，共同创造了属于桂西北高地的文明。桂西北这片广阔的地域所富含的文化元素是异彩纷呈的，比如多民族杂居、河流、高山、风物、民俗、气候等都是独有的。谁要是写一篇桂西北题材的小说却抛开当地的民俗风物，舍弃那里独有的文化符号，那么他若不是犯傻就是有意为之。在桂西北的土地上，“形”和“神”是浑然一体的，生活在那里的人们从来就不缺少文化的熏染。我在创作桂西北题材小说时，即使不刻意地去用文化包装作品，文化也会随时出现在人物和故事之中，这一点毋庸置疑。我个人还认为，作家书写地域文化小说更能忠实于自然与人的原貌，也更能反映地域文化的原生态，有利于人们鉴别什么是伪文化、伪风俗。

温存超：文学地理学是一门有机融合文学与地理学研究、以文学为本位、以文学空间研究为重心的新兴交叉学科。文学地理学理论认为，“地理”之于“文学”存在价值内化作用。所谓价值内化，就是经过创作主体的审美观照，作为客体的地理空间形态逐步积淀、升华成为文学世界的精神原型、精神动力和精神家园。浙江师范大学教授梅新林认为，文学地理学中的“地理”应该包括作家籍贯地理、作家活动地理、作品描写地理和作品传播地理等四个层面。

研究者通过对这四个层面的综合分析研究，了解作家的生态环境，复原经过作家重构的时空场景，揭示隐含在作家意识深层的心灵图景，由此探究文学传播与接受的特殊规律。我觉得从文学地理学的角度研究你的小说创作，应当是有意思的，或许也是很有效的。你是否可以就此谈谈自己的一些认识和看法？

黄佩华：有人说，去过一次的地方你甚至可以说上一辈子，但住了一辈子的地方，反而连说它的一句话也讲不出来。我理解这句话的意思，前半句是外延意义上的“地域”，也就是作家活动地理和作品描写地理。后半句应该属于内涵意义上的“地域”，就是作家籍贯地理。一个人在一个地方生活的时间长了，往往容易对这个地方产生某种忽视，就是重视不够，甚至对这个地方也缺少足够的理性思考。这个问题在20世纪末我写完长篇小说《生生长流》时就感受很强烈。我觉得，我离开了桂西北来到城市生活以后，那片土地的一切反而在脑子里变得愈来愈清晰，让我愈来愈有一种要去表达的冲动。这种现象绝不是个案，桂西北的不少作家因为离开自己出生成长的家乡，来到他们陌生的城市生活，不仅作品多了，而且作品的品质也有了明显提升。而一些留守在故乡的作家因为没有在这方面获益，创作上难有明显的进步。这种“地域”意义上的转换使得我在创作中有如神助，之后写的两部长篇小说《公务员》和《杀牛坪》都很顺手。我想如果我还在西林居住，情况可能就不大一样。因此，我觉得作家的写作姿态很重要，回望、记忆、寻根、反刍都是很受用的。

温存超：随着时代的发展，原先那种凝固的民族文化形态被骚动的反文化因子所破坏，由此在地域文化中所形成的亘古不变的稳态文化结构已经面临巨大的裂变。今天的桂西北正在丧失原貌的不仅是河流、植被、飞禽走兽，还包括原生态的古朴之风。作为一名少数民族作家，不仅应意识到对于即将消失的原生态地域环境和民族生活记写的历史责任，也应意识到新的写作姿态的重要性，这就必然存在一种两难性，需要思考，需要探索。实际上，你在长篇作品《杀牛坪》中对于这种思索已经有所体现。在这里，你能否展开来谈谈自己的一些思考？

黄佩华：如果我不写作或许就不会有这方面的疼痛感。写《杀牛坪》只是我某种意识的延续，其实我在1990年就写过一篇叫《弃族》的短篇小说，说的也是牛事。在许多人追求自身利益的时代，人类文明遇到的挑战已经接近了底线。我相信所有的人都明白这一点，但是很多人却不能自已。写了《杀牛坪》后我的这种疼痛感并没有减轻，反而更加重了。为什么会这样？我需要进行更深层次的探讨和思考。这方面，我也希望得到大家的帮助。在此我申明，作家并不是唯我独醒，唯我独痛，而是他们手中有笔，就如同摄影家手里有相机一样。因此他们必须记录，必须书写。这既是良知，也是责任。

图书在版编目（CIP）数据

黄佩华作品精选集 / 黄佩华著. -- 南宁：广西民族出版社，2024. 10. --（全国少数民族文学创作骏马奖获奖作家作品精选集 / 东西主编）. -- ISBN 978-7-5363-7839-1

I. I247. 7

中国国家版本馆CIP数据核字第20242S8Y95号

全国少数民族文学创作骏马奖获奖作家作品精选集

黄佩华作品精选集

HUANG PEIHUA ZUOPIN JINGXUANJI

东西　主编

出 版 人：石朝雄
项目统筹：吴柏强
项目协调：白　煜　吴桐言
责任编辑：张惠琼　郑季銮
装帧设计：张文昕
责任校对：翟芳婷
责任印制：梁海彪　张东杰
出版发行：广西民族出版社
地址：广西南宁市青秀区桂春路3号　　邮编：530028
电话：0771-5523216　　传真：0771-5523225
电子邮箱：bws@gxmzbook.com
印　　刷：广西民族印刷包装集团有限公司
规　　格：889毫米×1194毫米　1/32
印　　张：11.375
字　　数：230千字
版　　次：2024年10月第1版
印　　次：2024年10月第1次印刷
书　　号：ISBN 978-7-5363-7839-1
定　　价：58.00元